J'AI FAILLI TE MANQUER

Lorraine Fouchet a perdu son père à dix-sept ans, juste après son bac. Elle est devenue médecin urgentiste pour sauver les papas des autres. Elle a travaillé pendant quinze ans au SAMU et à SOS Médecins, avant de se consacrer à l'écriture. Elle est l'auteur de vingt-deux romans, dont *Les Couleurs de la vie*, *Poste restante à Locmaria* et *Tout ce que tu vas vivre*. *Entre ciel et Lou*, paru aux éditions Héloïse d'Ormesson en 2016, a remporté le prix Bretagne/prix Breizh, le prix Ouest et le prix Système U. Elle vit entre les Yvelines et l'île de Groix.

Paru au Livre de Poche :

Les Couleurs de la vie

Entre ciel et Lou

J'ai rendez-vous avec toi

Poste restante à Locmaria

Tout ce que tu vas vivre

LORRAINE FOUCHET

J'ai failli te manquer

ROMAN

ÉDITIONS HÉLOÏSE D'ORMESSON

ISBN 978-2-253-07972-9 – 1re publication LGF

« On ne sait jamais ce que le passé nous réserve. »

Françoise SAGAN

« Vivre, c'est s'obstiner à achever un souvenir. »

René CHAR, *La Parole en archipel*

« Le présent est la seule certitude,
la seule île possible dans le vide.
C'est là que nous devons tous vivre. »

Grégoire DELACOURT, *Danser au bord de l'abîme*

— Tu prends le tire-bouchon, mon petit burlat ? lui demande son père.

Cerise n'ouvrira aucune bouteille avec le tire-bouchon dont il parle. C'est le petit train qui, l'été, relie Quiberon à Auray. Elle a dix-sept ans, est la fille unique d'Axel Venoge et de Lise Venoge, née Madec. Pendant l'année scolaire, elle vit à Paris dans le seizième arrondissement. Et ses vacances, elle les passe chez sa grand-mère maternelle dans le Morbihan, face à la petite plage de Castero, côté baie de Quiberon.

Au Monopoly, sa mère et elle ont pioché les bonnes cartes « Chance » : santé, maison, sécurité. Mais la carte « Caisse de Communauté » a tari le filon de la joie. Ses amies ont les traits, la silhouette et la voix de leurs mères, on les confond au téléphone, elles se prêtent leurs vêtements, elles sont coulées dans le même moule. Les cheveux de Cerise sont aussi noirs que ceux de sa mère sont blonds. La première est rondelette, la seconde filiforme. La voix de la fille est basse et rauque, celle de la mère haut perchée. À croire qu'elle a été échangée avec un autre bébé à la maternité. Elle aime la crème Chantilly, l'océan, la Bretagne, les bains brûlants, écrire, lire, rire. Sa mère aime s'habiller pour sortir, prendre des douches glacées suivies de saunas bouillants, enchaîner les longueurs de piscine, se chauffer au regard des hommes subjugués. Elle est incroyablement belle. Elle rêvait d'un fils. La déception a été grande.

Cerise vient d'avoir son bac il y a dix jours, de justesse, mention passable. Adieu les maths. Elle veut devenir romancière, comme son père qui a publié une trentaine de livres, sauf que lui écrit des romans historiques. Il passe à la télévision et à la radio, ses pairs le respectent. Oui, son père a des pairs ! Les histoires de Cerise finiront bien, toujours. Le matin de ses dix-huit ans, elle quittera ses parents. Reverra sa mère pour Noël, Pâques, la fête des Mères et leurs anniversaires respectifs. En revanche elle déjeunera souvent avec son père dans ses bistrots du Quartier latin, tartare omelette et verre de vin rouge.

— Tu as choisi un livre pour le train, mon bigarreau ? dit Axel en buvant son café.

— Pas encore.

— J'ai ce qu'il te faut.

Il cherche dans les rayons de la bibliothèque avec le sourire gourmand de l'épicurien choisissant un gâteau dans une pâtisserie, lui tend *Le Vicomte de Bragelonne*. Il ne lit rien de postérieur à 1850, peut-être fera-t-il une exception pour les romans de sa fille.

— Tu pars à quelle heure ? crie Lise depuis la cuisine.

Lise dans une cuisine, c'est antinomique. Elle ne supporte ni le fumet du poisson, ni le parfum du poulet rôti. Si elle pouvait, elle se nourrirait de crème d'oursin tartinée sur une biscotte de régime et de Chivas.

— Dans vingt minutes, répond Cerise.

Elle prend le train aujourd'hui pour rejoindre sa meilleure amie à l'intérieur des terres. Le vrai prénom sur le passeport de son amie c'est Claude, à cause de la Claude Dorsel du *Club des Cinq*. Tout le monde l'appelle Ganaëlle, ça veut dire heureux et généreux en breton.

— Tu vas nous manquer, souffle Axel.

Axel est un héros de films, un mix de John Wayne, Paul Newman et Philippe Noiret. Un homme et un père formidable. Lise aussi fascinerait sa fille sur scène ou au cinéma, c'est un personnage, une actrice, un feu follet, un ludion, une diva, une beauté absolue, glacée et hiératique. Un mélange de Michèle Morgan et de Catherine Deneuve. Cerise n'est pas une héroïne, c'est une ado banale, elle a du charme, n'est ni la plus belle ni la plus moche. Chaque soir, elle ouvre sa boîte à bonheurs imaginaire et y glisse les joies du jour enfui. Mais Lise est le caillou dans sa chaussure. Et Cerise est la mouche qui se noie dans sa coupe de champagne.

— Tu viens avec nous ? demande Axel à sa femme.

— Allez-y tous les deux, je fais mon yoga, répond Lise.

Axel conduit sa fille à la gare.

— Bon voyage, mon petit burlat, amuse-toi bien.

Sa voix a une note grave qui la réjouit. Elle regarde s'éloigner la haute silhouette souple, des gens le reconnaissent et se retournent sur son passage.

Cerise trouve sa place dans un compartiment pour quatre personnes. Un couple de voisins y est déjà installé, elle les connaît de vue, le monsieur est un lecteur de son père.

— Vous êtes la fille d'Axel et Lise Venoge, n'est-ce pas ? Votre prénom évoque une chanson, je crois ?

— Cerise, dit-elle, résignée à ce qu'il entonne *Le Temps des cerises* ou *Cerisier rose et pommier blanc*.

Plus original que les autres, il chantonne *L'amour est cerise* de Jean Ferrat. Un bon point pour lui.

— Et votre mère était danseuse, c'est ça ?

Elle acquiesce, habituée à ce que des inconnus connaissent sa famille. Lise danse en tutu le soir devant son miroir, pour elle seule, ses bras ondulent comme de gracieux papillons, elle raconte volontiers qu'elle a sacrifié sa carrière d'étoile par amour pour son mari.

— Vous ne ressemblez ni à votre mère, ni à votre père, remarque le voisin.

Sa femme se trémousse sur la banquette du train comme si elle était assise sur une fourmilière.

— Ne dis pas de bêtises, Paul !

— Mais c'est vrai, Pénélope. Nos quatre fils sont tes clones. D'ailleurs je me demande parfois s'ils sont de moi, dit-il avec un bon sourire.

— J'ai envie d'un café, décrète Pénélope en se levant et bousculant son Paul. On va au bar ?

Ils s'éloignent. Leurs voix portent. Cerise entend distinctement quand, au bout du couloir, il s'écrie :

— Comment veux-tu que je sache que cette gamine a été adoptée ? Ce n'est pas écrit sur sa figure !

Pénélope répond :

— Sa mère me l'a dit. Son mari était fou d'elle, leur couple lui suffisait, il ne voulait pas d'une tierce personne entre eux. Mais elle a insisté pour adopter.

Cerise tombe des nues. D'abord elle rit, incrédule. Ils confondent forcément avec quelqu'un d'autre. Puis elle reçoit le choc retour, sous la forme d'un uppercut à l'estomac. Stupéfaite. Pétrifiée. Anéantie. Glacée.

Et soudain, contre toute attente, la vapeur s'inverse. Elle se sent incroyablement soulagée. Ses chaînes tombent, son ancre se détache. Parce qu'elle comprend avec une foudroyante acuité ce qui la gênait. Ce qui fausse depuis le début ses relations avec Lise. Elle tient, enfin, l'explication de tout.

Elle n'est pas la fille biologique de Lise, elles n'ont pas le même ADN. Lise n'est pas sa mère. Cerise ne sort pas de son ventre plat et bronzé. Adoptée. Le mot clignote dans son cerveau comme l'enseigne d'un casino de Las Vegas. Pourquoi sa mère en parle-t-elle à des voisins qu'elle connaît à peine et pas à elle ? Pourquoi ne lui avoir jamais rien dit ?

Le plus extraordinaire, c'est qu'à aucun moment elle ne songe que, dans ce cas, Axel n'est pas son père. Elle réarrange les lois de l'hérédité de Mendel à sa sauce, elle nie la logique et le principe de la transmission des chromosomes. Elle est la fille de son père, pas celle de sa mère.

Quand le couple revient s'installer dans le compartiment, elle décoche un large sourire à Paul. Il la dévisage, perplexe. Elle est tellement reconnaissante à Lise. Elles sont deux étrangères sur la frontière de la tendresse. Lise Venoge née Madec ne lui a pas donné la vie. Axel et Lise Venoge lui ont donné leur nom.

Elle passe le reste du trajet à contempler béatement le paysage qui défile. Sans écouter de musique, sans ouvrir le Dumas, sans griffonner dans son fidèle carnet. Adoptée. Elle roule le mot dans sa bouche, navigue dessus hardiment, trace vers le large *hatoup*, toutes voiles dehors, en breton. Sa mère et elle ne sont pas homogènes, leur promiscuité fait des grumeaux depuis dix-sept ans. Pour Lise, elle n'est qu'une tierce personne. Pour Axel, un atout gagnant. C'est lui, forcément, qui a insisté pour l'adopter, pas le contraire.

À midi plein, le même jour, Axel Venoge, tranquillement installé sur sa terrasse à Quiberon, s'effondre sur son *Ouest-France*. Infarctus massif. La tempête balaie tout sur son passage, efface la joie du matin, crève les abcès, perfore le cœur de Cerise, répand sur sa vie d'ado insouciante la pire marée noire.

Elle n'entendra plus jamais la voix de son père. Elle la gardera au creux de l'oreille le reste de son existence. Certains écoutent la mer dans un coquillage, elle entendra son père lui souhaiter bon voyage sur tous les quais de gare du monde.

Lise Madec

La guerre a débuté en France en septembre dernier. J'ai douze ans, je vis à Quiberon avec mes parents, mes deux grands frères et ma petite sœur. Ma meilleure amie, Nadine, m'a invitée au mariage d'une cousine à Carnac.

Pour gagner du temps, maman a posé sur mes cheveux couleur de blé un bol breton et coupé ce qui dépassait. Nadine a pris un coup de soleil, on ne voit que son long nez rouge au milieu de sa figure, un nez digne de Cyrano. Nous quittons Quiberon dans la voiture de ses parents pour rejoindre l'hôtel Le Tumulus où se déroule la noce. Nous arrivons pile à l'heure pour le déjeuner, fondons sur le buffet. Je suis heureuse d'être loin de chez nous où l'atmosphère est tendue entre mes parents. Papa vient encore de partir pour une durée indéterminée, il travaille dans le renseignement militaire, on ne lui pose pas de questions, il n'a pas le droit de répondre.

Nadine discute avec des membres de sa famille, j'en profite pour m'échapper de la salle et aller flâner derrière l'hôtel. Je vois, sur un tertre, une grande croix de pierre. Je grimpe le sentier qui y mène, les semelles de mes sandales blanches glissent. Je m'approche de la croix, adresse une prière à Dieu pour qu'il protège les hommes de ma famille. Et aussi maman et ma petite sœur Manon, même si ce sont seulement des filles.

— Les archéologues ont fouillé la terre et trouvé un tombeau, des haches, des perles et des coffres de pierre. Quelqu'un est enterré là-dessous depuis sept mille ans. On lui a attribué un nom, comme à moi, prononce une voix claire.

Je me retourne. Une fille de mon âge, les cheveux aussi bouclés que les miens sont raides, se tient là, en robe orange, on a les mêmes sandales.

— Je m'appelle Lise, dis-je.

— Ça alors, moi aussi !

La coïncidence est amusante, je n'en connais aucune autre.

— J'ai changé de nom de famille, précise la fille. Je ne dois plus prononcer celui d'avant. Maintenant, j'ai celui de mon second père.

— Ah bon ?

Il se met brusquement à pleuvoir. On court s'abriter ensemble sous le porche de la chapelle voisine. En deux secondes, comme souvent en Bretagne, le ciel si bleu vire au gris.

— Mon amie Nadine va s'inquiéter, dis-je.

— Mes parents aussi, on est à l'hôtel pour le week-end. J'habite à Auray avec ma mère. Mon père vient quand il peut, il est militaire et tout le temps en manœuvres. On ne peut pas redescendre, on va être trempées.

Je souris à cette fille qui s'appelle comme moi et dont le père est militaire comme le mien. On attend que le ciel se calme.

— Quand la guerre sera finie, mon second père va m'adopter, ajoute ma nouvelle amie. D'habitude on ne choisit pas ses enfants et on les accepte comme ils sont. Mais moi, ils m'ont choisie.

— Je comprends, fais-je pensivement.

Soudain, une voix d'homme retentit, couvrant la danse de la pluie.

— Lise ! Hou hou ! Lise ! Ohé !

— Je suis là ! crie-t-on en chœur.

— C'est papa, dit la fille bouclée.

Son père a la voix aussi grave que le mien. Une haute silhouette monte vers nous sur le sentier, floue à travers le mur de pluie. Le tonnerre gronde, un éclair zèbre le ciel, et dans cet intervalle d'une demi-seconde je le reconnais. C'est *mon* papa.

Foudroyée, je souffle à Lise :

— Tu t'appelles comment maintenant ?

— Lise Madec.

Mon nom. Instinctivement, je file me cacher derrière le tumulus pendant que papa gravit le chemin. Je l'entends dire à la fille bouclée :

— Lise, on t'attendait pour déjeuner, qu'est-ce que tu fiches ici toute seule ?

— Je n'étais pas seule, l'autre Lise était avec moi, elle vient juste de partir…

— Qu'est-ce que tu racontes ? Viens vite, tu vas attraper la mort !

— C'est juste de la pluie.

— On attrape froid par les pieds, décrète papa.

C'est une de ses antiennes, il la répète à tout bout de champ. Il redescend vers l'hôtel avec cette Lise qui habite Auray. Je reste longtemps, transie, accroupie derrière la tombe de l'inconnu.

Quand finalement je rejoins la noce, Nadine et ses parents sont à ma recherche. Sa mère me gronde parce que je suis ruisselante de pluie et de larmes. Je prétends être allée voir le tumulus : l'averse m'a surprise, je suis descendue du mauvais côté et me suis perdue. Par ma faute, nous rentrons tôt à Quiberon.

La vérité sort de la bouche des papas, j'ai attrapé froid par les pieds et contracté une pneumonie. Je reste une semaine au lit, grelottant de fièvre. Quand enfin je peux me lever, je ne sais plus si j'ai déliré à cause de la fièvre ou si tout ça était réel. Existe-t-il vraiment une fille bouclée qui porte mon nom et a pris ma place ? Elle va revenir souvent hanter mes rêves.

La guerre dure maintenant depuis cinq longues années. J'ai un vélo bleu. Celui de Nadine est noir. Nous avons dix-sept ans. Je sais ce que je risque en acceptant de transporter des lettres pour la Résistance. Il n'y a qu'un seul chemin possible de Port-Maria vers Carnac. Mon amie et moi pédalons hardiment sur la route de la presqu'île pour livrer les médicaments de la pharmacie de son oncle. Les lettres ne sont ni sur moi, ni dans mes sacoches, ni parmi les comprimés ou les sirops, elles sont écrites sur du papier très fin roulé en boule et dissimulées sous la selle, entre les ressorts. Je mets ma plus jolie robe pour ces dangereuses expéditions, tablant sur la jeunesse des soldats allemands qui me laissent passer avec des rires et des yeux pleins d'étoiles. Ce sont des gamins eux aussi, qui portent la photo de leur petite amie sur leur cœur.

Avec Nadine, nous faisons la paire, la belle et son faire-valoir. Quand je rêve de trouver un prince charmant célèbre, de monter à Paris, de l'épouser en grande pompe et d'avoir un fils, elle rêve de devenir journaliste. Son plan de carrière est tout tracé : rubrique des chiens écrasés et des estivants noyés dans le canard local ; cap sur un journal breton national ; traversée de l'océan séparant le Morbihan de Paris ; transat en solitaire comme grand reporter à travers la planète. Quelques amants, le respect des confrères, surtout pas d'enfants à qui transmettre son long nez. Dans notre pays occupé, brisé, sanglant, ma copine au visage ingrat et au cœur généreux veut raconter et informer. Elle ignore que j'appartiens au réseau de résistants de mes parents et qu'on livre autre chose que des pilules. Nous parlons souvent de ce qui se passera dans cinq ans, dix ans, vingt ans. J'affirme :

— Mon mari sera grand. On se retournera sur nous dans la rue. Il m'aimera à la folie.

— Et toi ? Tu seras amoureuse ?

— Moins que lui, comme dans tous les couples, il y en a toujours un plus attaché à l'autre.

— D'où te vient cette science ?

J'hésite à lui parler de mes parents et de la fille en

robe orange qui s'immisce dans mes nuits depuis le mariage de sa cousine à Carnac. Ce souvenir, peut-être inventé de toutes pièces, me pèse. Maintenant, l'hôtel Le Tumulus est occupé par les Allemands.

— Je suppose, c'est tout.

— Je ne me marierai jamais, soupire Nadine. Je préfère parcourir le monde, les océans et les déserts. Je signerai mes articles N. Le Tallec, les lecteurs me prendront moins au sérieux s'ils savent que je suis une fille, je dois d'abord gagner mes galons.

— Fais comme tu veux. Moi, j'épouserai le plus bel homme de la terre. Pas besoin d'aller dans le désert pour le trouver. Et j'aurai un fils, surtout pas de fille.

On rit.

— Quand la guerre sera finie, nos hommes rentreront et les Allemands repartiront chez eux. Mon futur mari est sûrement en train de se battre avec papa et mes deux frères.

— Quand la guerre sera finie, la France se relèvera et séchera ses larmes pour sourire à l'avenir.

— Un peu pompeuse ta phrase, non ?

— Je m'entraîne ! Un jour, les journaux se disputeront pour m'engager. Et les hommes trouveront mon nez superbe et inégalé.

— Ton nez est parfait, dis-je pour lui faire plaisir.

— Bien sûr, c'est d'ailleurs pour ça que les garçons m'appellent Pinocchio.

— Ce sont des idiots. Ton visage a du caractère.

— Et il sera beau grâce aux caractères d'imprimerie de mes articles !

— Je gravirai les marches des palaces au bras de mon mari. J'aurai une nounou pour s'occuper de notre fils. On habitera un sublime appartement à Paris mais on viendra en vacances ici sur le front de mer. Et on rachètera le château Turpault sur la pointe de Beg er Lann ! Tu y auras ta chambre, évidemment.

J'adore le manoir anglo-médiéval des années 1900 qui marque l'entrée de la côte sauvage.

— Ce sera parfait quand je reviendrai de New York. Où je vivrai, forcément. D'ailleurs, tu seras mon invitée d'honneur quand je recevrai mon Pulitzer, dit Nadine.

— Ton quoi ?

— Un prix américain créé par un grand éditeur de presse au début du siècle.

— Je serai là pour t'applaudir avec mon mari. Toutes les femmes présentes m'envieront.

— Toutes les femmes présentes me liront !

Ce jour-là, nous pédalons tranquillement vers les soldats en vert qui barrent la route. En général, je leur souris avec une insouciance calculée, je les connais, nous échangeons quelques mots : pharmacie, médicament, urgent. Ils fourragent vaguement dans nos sacoches puis nous laissent passer. Ils me parlent plus volontiers à moi, Nadine est habituée, on joue une partition bien rodée. Mais je repère un nouvel officier, il a un visage très beau avec une tache de vin grumeleuse sur la joue. Il y a eu du rififi la veille, une explosion sur la voie ferrée, il s'est fait remonter les bretelles et on l'a rétrogradé jusqu'à cette route sans gloire où il brûle de capturer des espions.

Il s'approche de moi, plonge ses yeux pâles dans les miens. Je ne cille pas. Il réitère avec Nadine dont la pupille tremble. La bouche du nazi se tord en voyant son nez disgracieux, il voit en elle une sœur d'infortune qui, comme lui, a subi des moqueries toute son enfance. Contre toute attente, il la prend pour cible. Lentement, il fait le tour de son vélo, il fouille sa sacoche, sort les boîtes de médicaments, les étale devant lui. Il ouvre chaque boîte, chaque tube. Enfin, il trouve quelque chose à se mettre sous la dent. Un article fièrement écrit par mon amie. Un article brillant, forcément. Un texte qui aurait changé la face du journalisme pour des siècles, qu'on aurait cité en exemple aux apprentis plumitifs, vous voulez travailler dans la presse, lisez ce papier de N. Le Tallec et vous comprendrez tout.

L'officier le déplie avec un cri de victoire. Il lisse la page du plat de la main, il fait un geste et les soldats s'emparent de mon amie. Elle ne flanche pas, elle reste droite et courageuse. Mes genoux ploient, je suis pétrifiée. L'officier inspecte les médicaments de ma sacoche, mais il n'y a rien de suspect, il peut chercher autant qu'il veut. Les lettres sont sous ma selle, bien plus compromettantes qu'un article rédigé par une adolescente enthousiaste. Nadine ne fait pas de propagande, elle s'entraîne, elle n'appartient même pas à la Résistance. Son article n'est destiné à personne, commandé par aucun journal, c'est son viatique, son porte-bonheur, sa bannière étoilée.

Mon père et mes frères ont rejoint la France libre, nous sommes sans nouvelles d'eux. Après l'arrestation de Nadine, je continue à livrer les lettres du réseau sur mon vélo bleu, seule. Chaque fois, l'homme à la tache de vin, obstiné, inspecte tous les médicaments en me toisant.

Puis un jour, les Américains nous libèrent. Je croise le premier char à l'endroit précis où Nadine a été arrêtée. Les soldats agitent des drapeaux, ils arborent le sourire des vainqueurs. Un géant roux me pointe du doigt, et il crie :

— *Look at that girl, she's beautiful !*

Je comprends « *blue tifoul* ». Je crois qu'il parle de mon vélo bleu. Je l'abandonne dans le fossé et monte sur le char avec eux. Je crois encore naïvement que Nadine, mon père et mon frère Louis vont revenir, que la vie recommencera comme avant. Les Américains m'emmènent à Paris.

L'avion de mon père a été descendu. Mon frère Louis a été fusillé. Des années plus tard, j'apprendrai que Nadine a été déportée au camp d'extermination d'Auschwitz où elle a mené une courte vie de journaliste sans papier ni stylo ni machine à écrire, renseignant chaque baraquement sur la vie du camp.

Jusqu'à mon mariage, je ne me sentirai plus jamais en sécurité.

Axel Venoge

La guerre est loin, maintenant. J'ai été doublement cadet. Cadet de ma fratrie jusqu'à la naissance de Briac, et cadet de la France libre. Quand elle a éclaté j'étais encore lycéen, j'aimais les filles, la grande Histoire, ma famille nombreuse. Je jouais au tennis, j'avais un bon classement, je participais à des tournois et gagnais souvent, j'étais un jeune type en pantalon de flanelle, une raquette à la main.

Notre famille n'a pas été épargnée. Mon frère aîné a été tué dans le crash de son avion. Le deuxième est tombé à la tête de sa compagnie de chasseurs à pied. Le troisième, officier de marine, a péri en mer. Notre père est mort quand j'avais treize ans, notre mère l'a suivi au printemps 1940. Je suis passé en Espagne à quinze ans, avec un ami, pour me battre, puis j'ai rejoint Londres et intégré le corps des cadets avant de devenir pilote. Nous étions jeunes, fougueux, ardents, nous défendions la liberté au péril de nos vies, beaucoup des nôtres ne s'en sont pas tirés. Je suis vivant mais je ne suis plus le même homme.

À la fin de la guerre, de retour à Paris, j'étais incapable de reprendre mes études. Je portais mes morts avec moi, mes trois frères, mes parents, mes camarades. J'ai choisi de voyager, tandis que mes amis mettaient leurs pas dans ceux de leur père. Ils sont rentrés dans la vie active, se sont mariés, ont eu des enfants, sont devenus des types sérieux, des pères de famille solides et respectables.

J'ai vécu en Italie, en Espagne, aux États-Unis, puis je suis retourné à Londres. J'y ai rencontré des femmes merveilleuses. J'ai compulsé les archives passionnantes de bibliothèques privées. J'ai dormi, rarement seul, dans des endroits sublimes. C'est là que j'ai commencé à écrire, que j'ai découvert la joie de raconter, la force d'évoquer. J'ai publié plusieurs livres, le dernier a été un franc succès.

Je viens de rentrer au bercail, j'en ai eu assez de jouer les nomades. Depuis la disparition de mes trois aînés, c'est moi le chef de famille. Il reste mes deux sœurs et notre benjamin. Ce soir, sous prétexte de nous réunir, ma sœur Anne m'a piégé. Elle et son mari Maurice ont invité ma seconde sœur célibataire, que tout le monde surnomme Rire, mon petit frère Briac et son épouse Jeanne, et deux exquises jeunes filles à marier. Après avoir hésité sur le plan de table, Anne a privilégié l'attaque frontale : les deux impétrantes m'encadrent.

Elles se prénomment Marie et Lise. Elles se jaugent, amusées de cette bataille larvée, chacune décidée à captiver le grand type brun tombé du ciel.

Elles me savent résistant. Je leur résiste. Je ne parle ni des cadets ni de Londres, je détourne la conversation, je ne me pousse pas du col, je laisse mes morts en paix.

— Cela a dû être effroyable, dit Marie. Vous êtes un type très courageux.

Mes frères aînés l'étaient, ils ne sont plus là pour savourer la crème au caramel dont Anne tient la recette de notre mère.

— Quels sont tes projets ? me demande affectueusement Rire.

— Continuer à écrire et à publier.

— J'ai beaucoup aimé ton dernier ouvrage.

— Les enfants m'accaparent, mais j'en ai entendu le plus grand bien, ajoute Anne.

— C'est intéressant ? demande Marie.

— C'est passionnant, mais ça rapporte moins que médecin ou avocat.

— Tu as l'âge de fonder une famille, mon petit vieux, déclare Briac. Comment comptes-tu l'entretenir ?

— Je ne compte pas, je n'entends rien aux chiffres.

À ma gauche, Lise pouffe de rire. À ma droite, Marie tord le nez. Elles sont plus jeunes que moi. Elles sont ravissantes, savent si peu de la guerre, ignorantes des avions en flammes, des corps calcinés et des mères au cœur disloqué. Qu'aurais-je à leur offrir ? Je suis un ours qui hiberne pour fuir la lumière. Un survivant, pas un héros, ceux-là dorment sous la terre, paisibles.

Marie est époustouflante, des yeux bleu lagon, des cheveux noirs comme la nuit, des jambes interminables. Sa robe habillée la déshabille, elle semble sortir de l'eau avec. Elle me parle toute la soirée, je lui renvoie la balle en habitué du fond de court. Anne semble ravie de mon choix. Marie mange sans qu'on le remarque, son assiette est vide sans que sa bouche soit jamais pleine, elle traverse la vie avec l'assurance du bonheur et de la beauté. Elle monte au filet, me décoche un smash que je n'ai pas vu venir :

— Mon père est un grand éditeur, il donne un cocktail samedi, je vous le présenterai. Mon frère travaille à ses côtés, vous devriez bien vous entendre.

— Avec plaisir, dis-je en notant que ses dents ressemblent à des perles.

Lise chipote dans son assiette, elle n'aime pas la crème au caramel. Des yeux vert amande, des cheveux à la blondeur nordique, elle porte un pantalon avec un chemisier cintré, façon Audrey Hepburn dans *Vacances romaines*. Je suis un loup de mer cerné par deux sirènes.

— Et vous, que fait votre père ? lancé-je pour l'intégrer à notre badinage.

— Il a organisé la Résistance en Bretagne. La Gestapo l'a poursuivi, il a rejoint Londres. Son avion a été abattu.

Elle dit cela sans agressivité, avec une fêlure dans la voix. Elle ajoute :

— Il a été nommé général à titre posthume. Mes deux frères étaient cadets de la France libre. Charles est lieutenant-colonel de parachutistes. Louis, sous-lieutenant, a rejoint le maquis où il est mort à dix-huit ans.

— Je suis désolé, dis-je.

— Vous n'y êtes pour rien.

La jolie nappe damassée aux armes de la famille, l'argenterie qui brille, les fleurs, mes sœurs et mon frère s'effacent. Nos trois aînés disparus sont assis autour de la table, comme autrefois. Ils lèvent leurs verres avec les cadets de Londres. Nous n'étions qu'une poignée venue des quatre coins de France, Paris, Marseille, Brest ou Strasbourg. Nous ne nous occupions pas de politique, nous étions des jeunes brûlés de la même fièvre, prêts aux mers hostiles et aux ciels de combat. Nous parlions peu des morts. Un mot, une pensée qui vagabonde, une photo qui passe de main en main, une silhouette estompée se dessinait dans nos mémoires, un geste, un regard souriant ou mélancolique, une confidence murmurée la nuit entre deux cigarettes. Demain, c'est peut-être moi qui dormirai dans une tombe de sable, de mer ou de rocher, ou toi qui ris doucement, ton verre à la main. Même les meilleurs amis, même les femmes aimées ignoreront comment nous vivions là-haut, comment nous accueillions les petits incidents et la fatigue et les dangers, et ce rire amer que nous avions parfois. Nous n'étions pas venus pour mourir mais pour vaincre. Un bel esprit des temps calmes a écrit : « Les jeunes gens savent qu'ils mourront un jour mais ils ne le croient pas. » Il ne nous connaissait pas. Nous le savions et ça ne nous faisait pas peur.

— Encore un peu de vin ?

Mes camarades d'hier disparaissent, la jolie Marie aux boucles d'ébène se matérialise à ma droite, la carafe à la main.

— Avec plaisir.

Je vide mon verre d'une seule lampée. Toute ma carcasse tremble, mais pour les autres je suis sérieux comme un lord anglais. Lise, frémissante, me fixe. Mon sourire se veut une main sur son épaule. Anne propose du café. Nous le buvons dans de fines tasses de porcelaine, bien différentes des quarts militaires en aluminium de Londres.

Le temps se plie. La soirée prend fin. Marie est venue en voiture. Je raccompagne Lise dans ma vieille Traction Avant Citroën. Je m'arrête devant l'immeuble où elle vit chez sa mère, avenue Hoche. Dans la nuit d'été, près de l'Arc de Triomphe sous lequel dort le soldat inconnu de 1920, je me lance sans préméditation. Comme ça. D'un coup. Elle me chamboule, ses yeux verts s'écarquillent.

Je viens de lui dire : « Voulez-vous m'épouser ? » Elle rit doucement. Je répète : « Veux-tu être ma femme, Lise ? » Elle va me prendre pour un dingue, elle aura raison. Je frissonne. Elle va évidemment refuser. Je ne suis pas un cadeau, hanté par de trop nombreux fantômes, passionné par un métier que l'on associe à la vie de bohème.

Elle dit oui. Je vous jure, sans blague, elle dit oui !

J'ai côtoyé mon ami Tonio moins longtemps que certains camarades, mais plus intensément. Avec lui, à Alger, il y a eu le déclic de l'amitié, une rencontre rare. On parlait de tout, des femmes, d'amour, de guerre, de famille, de nos camarades morts, du sens de la vie. On jouait au portrait chinois, entre pilotes. Un soir, nous avons mis Tonio sur la sellette. Si c'était un animal ? Un ours. Si c'était une époque ? La Renaissance. Si c'était une qualité ? La sensibilité. Tonio était connu du monde entier sous le nom d'Antoine de Saint-Exupéry, ses livres étaient des phénomènes littéraires mais il s'en fichait royalement. En juillet 1944, l'ours de la Renaissance s'est envolé de Corse avec son Lightning, l'avion n'était pas armé, il avait du carburant pour six heures. Il a disparu dans les nuages. Lui qui avait écrit : « Un pilote ne meurt jamais, il s'envole juste et ne revient pas. »

Seul dans ma voiture avenue Hoche, une fois que la porte s'est refermée sur ma fiancée, je joue au portrait chinois. Si Lise était un animal ? Une biche. Si c'était une époque ? Le début du XIXe siècle. Si c'était une qualité ? La beauté.

Lise

Je suis fiancée ! J'ai tenté d'amadouer la nuit, sans parvenir à m'endormir. Ce jour viendrait, je le savais, je l'espérais ardemment. J'imaginais des préliminaires, une cour assidue, des dîners, des danses joue contre joue, jusqu'au soir du genou en terre et de la bague dans l'écrin. Axel Venoge a parlé toute la soirée à cette Marie. Si elle n'était pas venue en voiture, lui aurait-il proposé de la raccompagner ? Peut-il m'aimer sans même me connaître ?

Notre mère m'a toujours préféré mes frères. Notre père nous a élevés à la dure. Quand nous étions petits, l'hiver, il nous envoyait en bas du jardin dans le noir « voir au portail s'il y était ». Aucun de nous n'aurait osé lui répondre : « Vous ne pouvez pas y être, puisque vous êtes là ! » On descendait, trébuchant dans l'obscurité, en se tenant par la main, on n'en menait pas large.

Je dormais bien la nuit, jusqu'au jour où j'ai rêvé de la fille en robe orange au Tumulus de Carnac. Depuis, le regard des hommes me réchauffe. J'ai tellement froid depuis la mort de Louis. Axel a du charisme, il est plus âgé que moi, c'est un homme. Son sourire à la fois éclatant et mélancolique est irrésistible. Il s'est battu, il a défié la mort aux commandes de son avion, elle a reculé, il saura me protéger. En l'épousant, je ne serai plus jamais seule. Je deviendrai Mme Axel Venoge. Je m'imagine entrant d'un pas conquérant dans le hall d'un grand hôtel, souriant au concierge, « Bienvenue, madame Axel Venoge », ou débouchant sur la terrasse d'été d'un restaurant huppé, « Par ici madame Axel Venoge ». Je suis sauvée.

Un taxi me dépose devant la gare Montparnasse. Je pars à une réunion de famille en Bretagne. Je vais leur annoncer la grande nouvelle. Je m'abandonne au bercement du train, la tête appuyée contre la vitre. Axel m'emmènera choisir une bague à mon retour. Je rêve d'une émeraude assortie à mes yeux. Ma petite sœur Manon, elle, a une topaze. Elle s'est mariée avant moi, m'a coupé l'herbe sous le pied. Ce jour-là, je lui ai soufflé : « Je te laisse ton Pierre parce qu'il ne m'intéresse pas. » Avant, je m'amusais à lui voler ses soupirants.

Axel n'envisage pas la vie sans enfants. Nous aurons un petit garçon qui valsera avec moi pendant qu'il écrira. J'aurais aimé que mon père soit là pour me conduire à l'autel. Je descendrai au portail voir s'il y est.

Les parents d'Axel sont morts, c'est plus simple. Il semble très attaché à ses sœurs et à son frère. Notre vie sera magnifique. Je le rendrai heureux. J'ai beaucoup de chance. Toutes les femmes présentes s'étrangleront de rage. J'ai peu d'amies, les femmes sont trop jalouses.

Axel

Lise est si époustouflante, je n'ai pas réfléchi, je rêvais de l'avoir dans mes bras, je l'aurai à mon bras. Elle m'a subjugué et fait perdre tout sens commun. J'aspire, comme Briac, à être un patriarche responsable et aimé, à de franches rigolades et à des déjeuners dominicaux. Les yeux des hommes dévorent Lise et me mitraillent.

— Nous aurons des enfants, n'est-ce pas ? dis-je en l'enlaçant.

Elle m'échappe, danse en faisant tournoyer sa jupe fleurie autour de ses jambes bronzées.

— De splendides garçons.

— Ou de merveilleuses filles, ajouté-je.

— Tu n'as pas besoin d'une autre femme. Je devrais te suffire.

Je souris à sa plaisanterie.

— Nous avons toujours eu des chevaux et des chiens, mon père était officier de cavalerie. Tu aimes les animaux ? Les chiens sont de merveilleux compagnons.

— Ça non ! Ils mettent des poils partout c'est

affreux, il faut les sortir, les nourrir. Ma petite sœur en a un. Elle a aussi un fils.

Lise est en concurrence permanente avec Manon. Alors qu'avec mes sœurs et mon frère nous nous sommes toujours entraidés.

Briac a épousé une femme charmante, gaie et bonne cuisinière. J'emmène Lise dîner chez eux. Dans sa robe rouge cintrée, elle a tout d'une actrice de cinéma. L'œil de Briac s'allume quand il nous ouvre la porte. Ma belle-sœur, Jeanne, déboule, de la farine sur la joue. Puis leurs cinq enfants suivis des teckels qui nous font la fête.

— Bienvenue chez les fous ! lance Briac à ma fiancée.

Je suis le parrain de Flore, la petite dernière. Les doigts poisseux, elle s'accroche à la robe de Lise, qui tressaille. Les chiens Pommard et Petrus sautent après elle. Briac sort une bouteille de derrière les fagots pour l'occasion. Lise s'extasie en la goûtant. Elle complimente Jeanne sur son pâté en croûte maison et sa tarte. Mais dans la voiture en revenant, elle soupire :

— Je vais être obligée d'apporter ma robe au pressing. Ils auraient pu essuyer les doigts de ta filleule. Quant à leurs chiens, ils ont besoin d'être dressés.

La femme qui portera mon nom est la plus belle de Paris. Quand je la regarde, j'oublie tout le reste, les femmes précédentes, les bons copains, mes frères disparus, mes sœurs et mon frère survivant dont je suis si proche. Lise est une sirène. Nous allons nous engager pour le meilleur et pour le pire. Je repense au portrait chinois avec Tonio. La future mariée que j'ai emmenée dîner chez Briac n'est pas une biche. Si c'était un animal ? Une panthère. Si c'était une qualité ? Le don d'envoûter. Nos sorts sont désormais liés.

On sonne à la porte de la bijouterie Barrier. Le vigile se raidit. Le bijoutier débloque l'ouverture. Un homme entre, sourire aux lèvres. Il tient la porte à une femme blonde si jolie que tous les clients cessent de respirer. Elle marche avec grâce, consciente de l'effet qu'elle produit dans sa robe vert amande fluide. Lui aussi est beau, il émane de lui franchise et force.

— Nous souhaitons voir vos émeraudes, dit-il en enveloppant sa femme d'un regard tendre.

Elle s'assied, croise ses longues jambes. Le bijoutier, troublé, sort les rubis.

— J'ignorais qu'il existait des émeraudes rouges, s'étonne la femme.

— Oh, pardon !

Confus, le bijoutier rétablit son erreur.

Lise

— Choisis l'émeraude que tu préfères, ma chérie, dit généreusement Axel.

Ma mère m'a appris à regarder discrètement les prix sur le menu quand je suis invitée à déjeuner, pour ne pas prendre le plat le plus cher même si j'en meurs d'envie. J'ai parfois rongé mon frein en voyant mes chevaliers servants déguster une langouste grillée alors que je mangeais poliment un cabillaud.

Une grosse émeraude colombienne en poire me fait de l'œil. Bien élevée, je désigne une pierre rectangulaire brésilienne moins tape-à-l'œil. Je m'attends à ce qu'Axel me dirige vers l'autre, mais il montre celle que j'ai élue :

— Celle-ci, je vous prie.

Je brûle de lui dire : « Je me suis trompée, je préfère l'autre. » Je n'ose pas.

Nos fiançailles sont brèves, la guerre nous a appris à saisir le bonheur quand il passe. J'ai opté pour une robe de mariée sans voile ni traîne ni flonflons, avec un corsage sage et sexy à la fois. Axel ne l'a pas vue, ça nous porterait malheur.

Nous aurons bientôt nos alliances. Pour l'instant, mon futur époux, le pauvre, est en quarantaine : il a la rubéole. Notre mariage est un peu repoussé. Je l'attends en me promenant seule sur la plage de Port-Maria au sud de Quiberon.

Manon et Charles arriveront au dernier moment, en même temps que mes futurs beaux-frères et belles-sœurs. Ma mère s'est démenée pour tout organiser. Nous ne parlons jamais de Louis, le garçon de dix-huit ans qui riait au soleil et que les filles aimaient. Elles l'ont oublié, elles ont épousé les prudents. Elles élèvent leurs enfants. Elles ont effacé le souvenir de mon frère comme on balaie d'un coup de torchon la trace d'un verre de bière mouillé sur le zinc d'un bistrot. « Les soldats qui défilent sous les arcs de triomphe sont ceux qui ont déserté la mort », a écrit Giraudoux. En épousant Axel, chevalier de la Légion d'honneur, croix de guerre et de la Valeur militaire, médaille de la Résistance et cadet de la France libre, je mords la vie à pleines dents sans trahir Louis. J'avancerai vers l'hôtel au bras de Charles, le héros survivant qui passe sa vie à voyager. Il a toujours préféré notre petite sœur. Mon complice, c'était Louis. Je repense beaucoup à mon amie Nadine, elle me manque. Elle aurait été mon témoin.

Axel

J'ai menti à Lise. J'ai bien eu la rubéole, quand j'étais enfant. Aujourd'hui je me porte comme le Pont-Neuf, pas le moindre bouton à l'horizon. Pourtant je me suis dérobé devant l'obstacle. En temps de guerre j'ai été courageux, je ne jouais que ma peau. Tandis que là, je risque notre avenir à tous les deux. Si je m'engage à rendre Lise heureuse, je dois m'en donner les moyens. Et commencer par quitter ma maîtresse. Lana est mariée, notre liaison est joyeuse, sans souffrance ni complications. Tout Paris le sait, sauf son époux. Nous nous retrouvons dans les soirées, au théâtre ou au concert, nous ne faisons de mal à personne.

L'autre soir, dans un cocktail, elle a soufflé à ma fiancée : « J'adorais Axel mais il ne regarde plus que vous, alors je m'incline de bonne grâce. » Lise, subtile, a rétorqué : « Nous avons les mêmes goûts, nous sommes faites pour nous entendre. » Lana est attachée de presse, je continuerai à la voir dans les manifestations littéraires. Elle et son mari, éditeur, sont invités à notre mariage.

Ma rubéole est un prétexte parfait. Hier, Lana et moi avons fêté notre rupture au champagne. Son mari était en déplacement en province, elle est restée dans mes bras toute la nuit. Je me suis levé tôt pour aller nous chercher des croissants chauds. Nous nous sommes quittés bons amants pour devenir bons amis. Je prends mon mariage au sérieux. Dieu, que Lise est belle. Cela efface mes doutes et mes appréhensions. Je pourrais me noyer dans ses yeux.

Les mariés se tiennent par la main. Personne, ce jour-là, ne voit autre chose que le bonheur.

Les Chinois prétendent que la main droite donne et la main gauche reçoit. En France, la bague de fiançailles se porte à l'annulaire gauche jusqu'au mariage. Puis on y ajoute l'alliance. Celle de Lise est en or, discrète, élégante, avec leurs initiales gravées à l'intérieur.

La vie des alliances est éphémère. Elles terminent au doigt d'un squelette dans un cercueil ou sont vendues au poids et refondues. Tandis que les pierres précieuses changent de main et de cœur.

Les couples se font, se défont, rient, pleurent et meurent. Pas les pierres.

Axel

La noce a lieu en Bretagne chez la mère de Lise. Nos deux familles sont présentes, les vivants sourient, le manque des absents est d'autant plus cruel. On dit ici que si on voit un bout de ciel bleu, assez pour raccommoder le pantalon d'un marin, le soleil va se montrer. Ce matin, le ciel est bleu roi, le soleil fera flamboyer les yeux émeraude de ma femme assortis à sa bague de fiançailles.

Lise marche vers l'autel au bras de son frère aîné, frêle. Elle est la plus éblouissante mariée du monde. Tous les types réunis dans l'église m'envient, les célibataires se soûleront pour oublier qu'elle n'est plus libre. Le champagne Mercier de ses cousins coulera à flots. Ma chère mère serait si heureuse. Je revois la moustache martiale de mon père, son assiette à cheval, droit comme un I. Mon petit frère Briac est mon témoin. Nos sœurs endimanchées et émues se serrent au premier rang.

— Voulez-vous prendre pour épouse Lise Madec ?

— Oui, je LA veux, dis-je.

Le prêtre fait semblant de ne pas avoir entendu mon lapsus. Oui, je la désire. Aujourd'hui, si Lise était un animal, ce serait un cygne.

Lise

Le soleil brille sur Torcello, l'île de la lagune de Venise où nous sommes en voyage de noces. Je pose ma main à plat sur la nappe blanche pour faire jouer le soleil sur mon alliance et mon émeraude.

— Savez-vous où est mon mari ? dis-je au concierge de la Locanda Cipriani.

— Il est allé visiter l'église et le campanile, *signora.*

J'aurais préféré partir au bout du monde, mais Axel n'est pas homme à bronzer à Tahiti ou à Maurice en sirotant des punchs planteur. Il préfère visiter des bibliothèques poussiéreuses, voir le soleil éclabousser les *palazzi* du Grand Canal, rouler avec moi dans un *letto matrimoniale.*

Une chose me rassure : j'aime le sexe. C'est une découverte intense. Le jeu m'amuse. Je n'ai aucune expérience, contrairement à mon mari. Nous sommes complices, notre duo nous isole du reste du monde. Je ne suis plus seule. Je n'éprouve plus cette peur abyssale que tout s'écroule autour de moi. Le sol n'est plus mouvant sous mes pieds, Axel étaye mes fondations, ma vie, c'est mon roc.

Le jour s'est levé sur l'hôtel romantique où nous avons fait l'amour. Ernest Hemingway y écrivait, Winston Churchill y peignait des aquarelles. Cette nuit, nous avons conçu un fils, j'en suis sûre. Il aura mes cheveux clairs et les yeux sombres de son père, il sera brillant et irrésistible, il n'ira pas à l'école, je prendrai un précepteur à domicile.

— J'aimerais que notre fils s'appelle Louis, dis-je.

— J'avais pensé à Jacques, en hommage au cadet pilote qui m'a sauvé la vie pendant la guerre. C'est grâce à lui que cet enfant verra le jour.

— Alors Jacques-Louis ?

— Adjugé ! Et si c'est une fille, je voudrais qu'elle se prénomme Marguerite, comme ma mère, qu'en penses-tu ?

Inutile de s'en préoccuper, ce sera un garçon. J'habillerai Jacques-Louis en page, avec des culottes longues à l'anglaise. Je serai à l'abri entre mes deux hommes. Axel s'imagine que nous aurons une famille nombreuse mais je ne veux qu'un seul fils. Si nous en avions plusieurs, ils joueraient ensemble et me délaisseraient.

Venise est fabuleuse, les hommes y sont plus beaux qu'ailleurs, pourtant le mien les surpasse. Nous entrons dans une librairie donnant sur un petit canal à Dorsoduro, il se présente et salue le libraire avec politesse. Mon mari adore les manuscrits, les parchemins, les bibles, les rayonnages, le papier, les reliures. Je fais mine de m'y intéresser, pour lui plaire. Je me sens parfois exclue de son monde. Ses lecteurs, et surtout ses lectrices, croient le connaître et se l'approprier à travers ses romans, or c'est à moi qu'il appartient.

Axel

J'ai adoré grandir entouré de frères et sœurs, ma famille était l'équipage de mon bateau. Nous aurons des enfants aussi beaux que mon épouse, j'imagine deux filles et deux garçons pour carguer les voiles si le vent forcit. Je plains les enfants uniques. Longtemps célibataire, je suis désormais un époux et bientôt un père. Ce n'est pas une mince affaire.

Lise n'est pas comme les autres. Je le sais parce qu'elle n'a pas choisi la plus grosse émeraude chez Barrier. Non, ma délicate Lise a élu la plus belle.

Lise

Je suis enceinte de sept mois et demi. Je n'aurais pas cru que ce serait si dur. Dire que ma mère a traversé cette épreuve quatre fois. Et celle d'Axel sept ! J'ai l'impression d'être une baleine. Axel est plein d'attentions mais son regard a changé, il faudra que je retrouve ma ligne rapidement. Jacques-Louis naîtra fin novembre, ce sera mon cadeau de Noël en avance.

Axel est à Rome pour quelques jours, invité chez un érudit italien. Je me traîne le long de la Seine alors qu'il longe le Tibre. Mais soudain, en ce matin d'octobre, je ressens une douleur intolérable et m'aperçois que je saigne. Affolée, je téléphone à ma mère qui accourt.

— Ça ne peut pas être Jacques-Louis, il est prévu dans un mois et demi !

— Il en a manifestement décidé autrement, répond calmement ma mère.

En route vers la clinique, je me dis que le moment de vérité est arrivé, enfin. Je m'apprête à lui parler de l'enfant en robe orange du Tumulus à Carnac. Mais une contraction d'une violence inouïe me cloue sur place et j'oublie tout le reste.

Jacques-Louis est né. Axel, prévenu, a sauté dans le train de nuit, il arrivera demain matin. Le médecin tout faraud a posé le bébé sur mon cœur en annonçant triomphalement :

— Vous avez une ravissante petite fille !

J'ai demandé stupidement :

— Vous êtes sûr ? Vérifiez !

— J'accouche des femmes depuis vingt ans, a rétorqué le médecin, je sais encore les reconnaître.

Donc, Jacques-Louis est une fille. Valsera-t-elle avec des hommes qui la trouveront plus jolie que moi sous prétexte qu'elle sera plus jeune ? Je suis désespérée mais j'essaye de voir le bon côté des choses. L'enfant va me ressembler, je l'emmènerai partout, l'habillerai comme moi, ce sera amusant. Petite, j'étais isolée dans ma tour d'ivoire, mes frères jouaient à se bagarrer, ma petite sœur était fragile, j'étais l'enfant du milieu, celle dont on fait moins cas. Grâce à ma fille, je ne serai plus seule. Je n'ai pas encore osé annoncer la mauvaise nouvelle à Axel. J'ai menti, spontanément : « Jacques-Louis est superbe, il attend son père. » À l'autre bout du fil, Axel a eu un rire heureux.

Mon mari entre dans la chambre avec un bouquet de roses rouges et un énorme ours en peluche. Je déglutis avec difficulté.

— Il y a un problème.

Il s'affole.

— Le bébé va mal ? Ou c'est toi ?

Il s'inquiète pour l'enfant avant de demander de mes nouvelles.

— Je me porte bien, rassure-toi. Ta fille aussi.

Il sourit, soulagé. Puis il écarquille les yeux, il a une sorte de hoquet, il comprend ce que je viens de dire.

— Nous avons des jumeaux ? demande-t-il, fou d'espoir.

Il se penche sur le berceau, éberlué, mais non, il n'y a qu'un poupon emmailloté.

— Je suis navrée, Axel.

— Tu dis ?

— Je te demande pardon.

— De quoi, grands dieux ?

— C'est une fille.

— Elle est magnifique !

Ses yeux brillent, il saisit l'enfant avec délicatesse, on dirait un jouet entre ses bras immenses. Il lui promet gravement : « Je serai toujours là pour toi. » Je lui en veux d'utiliser ces mots qu'il a prononcés pour moi le soir de notre rencontre. Le bébé régurgite, il lui essuie doucement la bouche. Il s'occupe d'elle plus que de moi.

— Tu aurais dû être là, dis-je avec humeur.

Il repose le paquet de langes et s'approche de mon lit, m'embrasse sur le front.

— Tu as été un brave petit soldat. Merci pour ce bonheur, chérie.

J'ai les yeux emplis de larmes, c'est un don dont je sais jouer, ça marche avec les hommes.

— J'imagine ta déception. Tu aurais préféré un garçon, toi aussi.

— Absolument pas ! Nous avons tout le temps d'avoir un garçon. Cette petite fille est splendide. Comment allons-nous l'appeler ? Marguerite ?

Jusqu'ici, je n'y ai pas songé, elle restait pour moi un rendez-vous manqué avec Jacques-Louis. Pas question qu'Axel lui donne le prénom de sa mère, déjà si présente dans son cœur. Le plateau du petit déjeuner n'a pas été débarrassé, le pot vide du yaourt aux fruits rouges tombe dans mon champ de vision avec ses fraises et ses cerises écarlates. Le couturier Courrèges a prénommé sa fille Clafoutis, les journaux s'en sont fait l'écho. Je lance :

— Cerise, c'est un joli nom, tu ne trouves pas ? Cerise Venoge, c'est musical et original, non ?

Ma trouvaille me ravit. Je lui ouvre les bras. Il fond. Jacques-Louis était viril, intense, fort. Cerise est amusant et frais, elle ne sera pas une femme fatale, j'ai trouvé la parade. Aucune amoureuse passionnée ne s'appelle Cerise. Elle ne me volera jamais Axel.

Le jour de la présentation du bébé à la famille, je n'évoque pas le pot de yaourt et préfère une explication plus romanesque.

— Cerise, comme la cerise sur le gâteau de notre amour.

Mon mari m'enveloppe de son regard tendresse.

Mes belles-sœurs, fines mouches, m'observent sans se compromettre. Nous sommes adversaires. Elles ont leurs armes : l'enfance, les souvenirs, leurs parents, leurs trois frères aînés disparus. J'ai les miennes : la danse des corps, le désir, la maternité. L'amour d'un homme a ses limites, il n'y a pas de place pour tout le monde. Axel est mon mari et le père de Cerise. Elles figurent son passé. Nous sommes son présent et son avenir.

— Tu allaiteras l'enfant évidemment ?

— Certainement pas !

Mes belles-sœurs sont choquées. Elles allaitent leurs enfants à table devant tout le monde, épaule et sein dénudés, jamais je ne les imiterai.

— Cerise ressemble déjà tant à son papa, s'écrient-elles en chœur.

Jacques-Louis aurait été mon portrait ou celui de Louis. J'ai du mal à faire le deuil de mon fils perdu. Porter la cerise, c'est porter malheur. Pourtant, quand je la regarde, j'ai très envie de l'aimer. Sans nous, ses parents, elle n'existerait pas.

Axel

Je ne suis plus le même homme. Je suis devenu un père. J'ai autrefois risqué ma vie avec l'ardeur et l'insouciance de qui n'est responsable que de sa paillasse. Je déteste d'avance le type boutonneux qui posera les yeux sur ma fille, dans vingt ans.

Lise est épuisée. Je dédierai mon prochain livre à Cerise. Non, à sa mère. Ou plutôt aux deux.

Hier soir, en sortant de la clinique, je suis allé dîner chez Briac et Jeanne, Rire nous a rejoints et nous avons célébré l'événement. Mon frère, éternel optimiste, m'a dit : « Lise sera une mère formidable. » Jeanne écoutait, dubitative. Rire, toujours prête à accorder aux autres le bénéfice du doute, a hoché la tête. Lise les étonnera.

Lise

Je suis enfin rentrée à la maison. Finalement, j'étais mieux à la clinique où ils s'occupaient de Yaourt. Dieu merci, je ne change pas ses couches, nous avons engagé quelqu'un pour ça.

Le premier soir, quand elle s'endort enfin, Axel a prévu un petit dîner fin au champagne. Au dessert, il sort de sa poche un écrin de chez Barrier qu'il dépose sur la nappe en souriant. J'espère qu'il a choisi la grosse émeraude. Non. C'est un collier.

— Tu l'aimes, ma chérie ?

— Je l'adore, dis-je en ravalant ma déception tandis qu'il passe ce foutu collier autour de mon cou.

Ma sœur a réussi le garçon. J'ai échoué.

Lise porte son émeraude depuis un an, elle ne la retire même pas pour dormir. Une nuit, le chaton de la bague érafle le dos d'Axel pendant leurs étreintes. Il ne dit rien. Quand elle s'en rend compte, elle est navrée et embrasse doucement la peau blessée de son mari.

Elle retourne chez Barrier sous prétexte de resserrer une griffe de la monture. Elle demande à revoir d'autres pierres.

La grosse émeraude colombienne en poire est encore là, elle est trop chère, trop lourde, personne ne la choisit. Lise la tripote rêveusement. Le bijoutier la félicite pour la naissance de l'enfant.

— Oh, vous savez, c'est une fille… Quand nous aurons un garçon et que mon mari reviendra, pourrez-vous lui conseiller cette pierre si vous l'avez encore ?

Axel

Cerise vient de faire ses premiers pas. Elle a marché vers moi sur ses jambes flageolantes, je lui ouvrais les bras, son petit visage se crispait sous l'effort, elle ressemblait à une rose chiffonnée. J'étais ébahi. Lise a lancé :

— Nous marchons, nous aussi. Pas de quoi pavoiser ! Je préférais quand elle jouait dans son parc, au moins on n'avait pas besoin de la surveiller.

— Comment peux-tu dire ça ?

— C'est une plaisanterie, chéri, un peu d'humour.

Elle se love tendrement contre moi, offre une main à Cerise qui l'évite pour se réfugier contre ma jambe. Lise tressaille. Nous restons un moment serrés les uns contre les autres, image d'une famille parfaite et unie.

La semaine dernière, un journaliste est venu faire une photo pour illustrer un article sur mon dernier roman. Nous avons posé sur le canapé du salon avec Cerise entre nous. Je la tenais fermement pour qu'elle ne gigote pas. Les photos sont parues dans

Jours de France. Lise regarde l'objectif et sourit au photographe avec une grâce infinie. Moi je regarde notre fille.

Lise

Le drapeau est orange à Quiberon, vent modéré et belles vagues, vigilance de mise. Axel est resté à Paris, le nez sur sa machine à écrire, il travaille du matin au soir, puis dîne avec des copains écrivains dans des bistrots, nappes à carreaux, gros rouge qui tache, entrecôte et frites. Moi, je marche le long de la plage et nage mes deux kilomètres de brasse quotidiens au large en tractant Yaourt qui babille joyeusement dans sa bouée. Ma mère tente de m'en dissuader.

— Tu es inconsciente, Lise, que deviendra ta fille si tu as un malaise ?

— Aucun risque, je suis née sous une bonne étoile.

— C'est absurde. Réfléchis et pense au bien de Cerise !

— S'il m'arrivait quelque chose, elle serait trop malheureuse, il vaut mieux pour elle qu'elle parte avec moi.

— Tu n'es pas sérieuse ? s'indigne ma mère.

Je la considère avec étonnement.

— Axel serait incapable de l'élever seul, il est trop absorbé par ses livres. Il se remarierait et sa nouvelle femme n'aimerait jamais ma fille autant que moi. Sans compter qu'elle aurait peut-être un fils, ça ce serait le pompon.

— Donc si tu meurs, tu préfères qu'elle meure aussi ? vérifie Manon.

— Évidemment. Je suis une bonne mère, je pense au bonheur de mon enfant !

Ma mère et ma sœur ont tout de même de drôles d'idées.

Cerise

Je m'appelle Cerise, une blague de mes parents qui aiment le clafoutis aux cerises. J'ai sept ans, j'adore l'école, il y a des enfants, je ne m'y ennuie jamais. Alors que chez nous, je n'ai que les amis de papier muets de mes livres : les enfants du *Club des Cinq*, Mowgli et Baloo, *Rémi sans famille* ou *Mon amie Flicka*. Mes camarades de classe attendent impatiemment la fin des cours pour jouer avec leurs frères et sœurs. Moi, j'attends tous les matins que l'école recommence.

À la maison, je lis tout le temps. Quand je suis avec ma grand-mère Enez ou ma tante Rire, on joue aux Mille Bornes ou aux Sept Familles, au 421 ou à la crapette. Maman n'a pas le temps de jouer, elle fait des longueurs au bois de Boulogne dans la piscine du Polo de Paris. Elle s'étire dans des postures de yoga. Elle enchaîne devant son miroir les arabesques, les battements, les pas chassés, et les sauts de biche.

La personne que j'aime le plus au monde, c'est papa. Ensuite vient mon marin de chiffon Maëlann, prince en breton. En troisième, à égalité, tante Rire et grand-mère Enez. En quatrième, mon chien Loullig, un cocker rouge et vert qui m'obéit au doigt et à l'œil et dort au pied de mon lit. Son nom à lui veut dire boule de poils.

L'autre jour, maman m'a demandé si je préférais papa ou elle. Comme on m'a appris à ne pas mentir, j'ai dit :

— Papa.

Sa figure s'est allongée comme le crocodile des polos de papa. J'ai ajouté :

— Et tante Rire.

Ses yeux sont devenus des fentes. Elle a grondé :

— Ta tante est toujours mal fagotée.

— Ça veut dire quoi ?

— Regarde-nous, tu vois la différence ?

— Elle aime jouer avec moi. Et tu es plus jolie.

— Je t'aurai quand même appris quelque chose…

Tante Rire se moque d'être jolie. Je passe mes week-ends chez elle, on se promène à vélo, on joue avec ses chats et le chien qu'elle a récupéré à la SPA. Notre menu est immuable : crêpe à l'œuf. Elle retourne la crêpe, je casse l'œuf dedans sans briser le jaune, on ne change pas une équipe qui gagne. Tante Rire est peintre, elle dessine tout le monde à l'encre de Chine, même ses trois frères aînés que je n'ai pas connus et qui ont la même tête que papa. Elle me raccompagne à la maison chaque dimanche soir. Si papa revient tard d'un festival littéraire, il s'assied au bord de mon lit et m'embrasse pendant que maman, dans l'embrasure de la porte, s'impatiente :

— Je t'ai préparé une assiette et un verre de vin, dépêche-toi !

— Dors bien, mon petit burlat, souffle papa.

Loullig se rendort le premier, il ronfle et ça me gêne. Je pose la main sur sa patte verte et rouge, et je sombre. Il n'a pas besoin de sortir le soir, c'est commode, un chien imaginaire, ça ne fait pas pipi, ça n'aboie pas, c'est doux et ça réchauffe. Un père réel et un faux chien, ça suffit à rendre un burlat heureux.

Lise

Cerise part en pension en Angleterre, il faut étiqueter ses affaires, petites culottes, shorts, chemisiers, cardigans, jupes, et uniforme violet. Ma belle-sœur Rire s'en charge, elle n'a rien à faire de ses journées sinon barbouiller. Elle est d'un autre siècle, Axel l'adore, elle s'est sacrifiée pour s'occuper de leur mère paralysée, en refusant d'épouser l'homme qu'elle aimait. Sa voiture sent le chien, son appartement pue le chat, elle dirige les chants à la messe, elle rit tout le temps alors que sa vie n'est pas gaie.

Moi j'aurais détesté aller en pension, mais notre fille est aux anges à l'idée de nous quitter. Elle va dormir dans un dortoir, manger au réfectoire, jouer à la batte. Pendant ce temps, j'aurai Axel pour moi seule. Nous confions Cerise, ravie, aux soins d'une monitrice inconnue. Axel est ému. Cerise est tellement plus tendre avec lui.

— Je t'ai mis des chaussettes chaudes, on attrape froid par les pieds, lui dis-je le jour de son départ.

C'était l'obsession de mon père, sa fameuse antienne. Je n'ai finalement jamais parlé à ma mère de l'enfant bouclée de Carnac. Elle vieillit, elle est fragile.

Je profite de l'absence de Cerise pour ranger sa chambre avec notre femme de ménage.

— On pourrait en profiter pour laver Maëlann, madame, propose-t-elle en brandissant le chiffon mâchouillé qui suit ma fille partout depuis sa naissance.

Je saisis avec dégoût le marin crasseux offert par Rire.

— Elle n'a plus besoin d'un doudou. Mettez-le à la poubelle.

— Oh non, madame, elle y tient beaucoup.

— C'est une insulte à l'hygiène. Je lui en offrirai un neuf.

— Mais elle est très attachée à celui-là, madame.

— Espérons qu'elle ne nous ramènera pas plus tard un garçon qui lui ressemble.

— Elle a sept ans, madame.

— Il faut prendre les devants, parce qu'une fois qu'on se trompe, c'est foutu.

J'aime ma fille, même si je la comprends mal. Son absence me pèse plus que je ne le croyais. En grandissant, elle se rendra compte de ce que je fais pour elle et sera fière de m'avoir pour mère. Je foudroie le piteux Maëlann du regard et je le jette aux ordures où il disparaît parmi les épluchures. Je n'en parlerai pas à Axel, les hommes n'entendent rien à l'éducation des enfants.

Cerise

Je rêvais d'aller en pension. Chaque fois que j'en parlais, maman disait d'une voix sourde :

— Tu veux m'abandonner.

Je protestais :

— Mais non, je reviendrais chaque week-end.

Elle me promettait :

— Si tu es sage, tu iras en pension.

— C'est vrai ?

— Une mère ne ment jamais.

Et puis, enfin, elle a accepté de me laisser partir dans ce pensionnat anglais jumelé avec mon école parisienne. Je sens que je vais adorer, même si ma famille va me manquer. J'emmène Loullig avec moi, il est gourmand et se régalera des *eggs and bacon* et de la sauce marmite à la levure de bière.

À la fin du trimestre, je suis aussi triste de partir qu'heureuse de retourner en France. Sur le quai de la gare, je saute dans les bras de papa et me cogne à la joue de maman.

— Attention à mon rouge à lèvres, chérie !

En voiture, Loullig s'installe sur mes genoux avec ses pattes boueuses qui ne tachent pas les vêtements. Papa conduit. Maman, à sa droite, râle parce qu'il vient d'accepter une dédicace en librairie à une date à laquelle elle projetait un week-end en amoureux.

— Tu vois plus souvent tes lectrices que moi, c'est insensé. Tu m'avais promis !

— Je suis tributaire des dates choisies par les libraires.

Maman se renfrogne. À la maison, je me précipite dans ma chambre pour offrir à Maëlann son cadeau *made in London*, un petit chapeau de *policeman*. Il n'est pas à sa place sur mon oreiller. Je le cherche partout, il a dû se cacher pour bouder parce que je suis partie sans lui, craignant que les autres pensionnaires se moquent. Il n'est ni dans ma table de nuit, ni dans ma commode. Maman l'a peut-être puni et enfermé quelque part.

— Tu sais où est Maëlann ?

— Chérie, tu as sept ans.

— Tu l'as mis où ?

— Tu n'as plus besoin d'un doudou, tu es grande.

Une main chiffonne l'intérieur de ma poitrine.

— Il reste dans ma chambre, il ne gêne personne.

Elle ne répond pas. Un pressentiment m'envahit.

— Tu ne lui as pas fait de mal ?

— C'est un vieux chiffon, Cerise. Malodorant, de surcroît.

— Pour moi il sent bon, dis-je sans préciser que je le préfère à son Samsara entêtant.

— Raconte-moi plutôt l'Angleterre. *How was it? Tell me everything!*

J'ai du mal à respirer, comme si quelqu'un était assis sur moi.

— Où est Maëlann, maman ?

— Je l'ai fichu à la poubelle. Tu n'es plus un bébé.

Je crie :

— C'était mon ami ! Tu n'avais pas le droit !

— Je suis ta mère, j'ai tous les droits.

— Qu'est-ce qui se passe ici ? intervient papa alerté par les bruits de voix.

— Ne t'en mêle pas, Axel. Cerise fait le bébé mais elle va se calmer.

Je baisse la tête, vaincue. C'est ma faute, j'ai abandonné Maëlann, il n'avait plus personne pour le protéger. Loullig saute autour de moi pour me consoler, il jappe. Je tends la main pour caresser sa tête soyeuse. Maman remarque mon geste.

— Cette enfant a vraiment un grain, soupire-t-elle.

J'imagine Maëlann, si élégant et fier dans son costume marin, couvert d'épluchures, au milieu d'une décharge publique. J'espère de tout mon cœur que les dents du camion poubelle l'ont épargné. Peut-être qu'il s'est fait de nouveaux amis là-bas, dans la décharge, pour être moins seul. Tout le plaisir de mon trimestre en Angleterre a disparu. Je m'en veux d'avoir laissé mon ami. Il a dû croire que je l'avais lâché et oublié.

Lise

Les années passent. Axel devient une référence dans sa partie. Nous sortons beaucoup le soir, notre train de vie est étourdissant. Yaourt passe ses week-ends chez ma belle-sœur Rire, ses vacances chez ma mère à Quiberon. Nous n'avons pas les mêmes horaires. Je lui dis souvent :

— Je suis plus épouse que mère.

Axel fronce les sourcils :

— Ta maman plaisante.

— Non, je suis sincère ! Et tu verras que Cerise sera comme moi plus tard, quand elle aura un mari et des enfants.

Parfois, la voix de Nadine résonne dans ma tête. Je fais des cauchemars dans lesquels elle et l'enfant bouclée du Tumulus pédalent, insouciantes, sur la route de la presqu'île vers le cruel officier nazi à la tache de vin, ignorant qu'elles vont tomber dans la gueule du loup.

Je me réveille en sursaut, haletante, angoissée. Lorsque Axel me questionne je prétexte un mauvais rêve. Il travaille beaucoup. Il est si grand et si intense que les conversations cessent lorsqu'il pénètre dans une pièce. Les femmes sont séduites, les hommes l'écoutent. La guerre est finie. Il faut laisser les morts dormir en paix.

Cerise

Ça y est, j'ai mon bac, sans mention mais ça n'a pas d'importance. Les lecteurs de mes futurs romans s'en ficheront. J'ai dix-sept ans. Après deux semaines de vacances avec mes parents chez ma grand-mère Enez, je pars rejoindre Ganaëlle dans les terres. Papa m'accompagne à la gare pendant que maman enchaîne les postures de yoga. Je monte, légère, dans le tire-bouchon qui relie Quiberon à Auray. Un couple de voisins, Paul et Pénélope, est déjà installé dans le compartiment. Ils connaissent mon père. La conversation s'engage.

J'ai l'habitude qu'on me parle de lui. Qu'on fredonne *Le Temps des cerises* à cause de mon prénom. Qu'on évoque certaines inventions de maman, elle a une imagination fertile, plus rien ne m'étonne de sa part. Mais là, forcément, elle a dit la vérité à notre voisine. C'est trop grave. Adoptée. Le mot tombe comme un couperet depuis le fond du couloir où Pénélope a entraîné son mari, visiblement mal à l'aise.

C'est ce jour-là que j'apprends que je ne suis pas

la fille de mes parents. Seule dans le compartiment, j'encaisse. D'abord scotchée, incrédule, angoissée. Puis soulagée. Et finalement délivrée. C'est pour ça que je ne ressemble ni aux Venoge ni aux Madec ? Pourquoi Paul et Pénélope le savent et pas moi ? Pourquoi on ne me l'a jamais dit ?

À midi plein, papa s'effondre sur son *Ouest-France* ouvert à la page Quiberon. Maman et grand-mère Enez se précipitent, appellent les secours, c'est trop tard. Dieu, là-haut, a éteint la lumière. Que je sois, ou non, adoptée est relégué au second plan.

Le jour de l'enterrement d'Axel Venoge, la bague de fiançailles de son épouse est la seule couleur de sa tenue. Elle n'aura pas de fils. La grosse pierre colombienne ne brillera jamais à son doigt.

Des centaines d'inconnus serrent les mains de Lise et de Cerise. La jeune veuve pleure, ses larmes coulent sur la pierre verte.

Les diamants et les émeraudes sont éternels, pas les hommes.

Cerise

Tu viens de mourir, papa. Je serai majeure dans deux mois. Je suis inscrite à la Sorbonne, en lettres, je suis sûre que ça t'aurait plu.

L'Ankou, le serviteur de la mort en Bretagne qui vient chercher les défunts en charrette dans les terres ou en barque au bord de l'eau, t'a kidnappé. Tu as cessé d'écrire. De respirer. De vivre. Tu avais évité les tirs des mitrailleuses allemandes, un caillot de sang bouchant une artère de ton cœur a eu raison de toi. Les petites bêtes ne mangent pas les grosses, dit tante Rire quand j'ai peur des araignées. Les petits caillots assassinent les grands hommes. Quand un écrivain meurt, c'est pour de vrai, contrairement à ses personnages. Il reste les flash-backs, les ellipses. Et un vide gigantesque qui vous aspire à la façon d'un trou noir sur une page blanche en lambeaux.

Tu es parti là où on va après, tu me laisses en tête à tête avec maman. Une nuit, je dors en rêvant que je passe devant une librairie dans la vitrine de laquelle trône mon premier roman à côté de ton dernier livre.

Je m'arrête, je vois mon reflet dans la vitre, je fais le geste d'attraper les livres, de les serrer contre mon cœur. Ma main traverse le verre. Mes doigts touchent le papier, les tranches, les feuilles. Le libraire jaillit de sa boutique en criant « Au voleur ». Je lui montre ma photo sur la quatrième de couverture, je lui explique que je suis l'auteur et ta fille. Mais il hurle et bientôt un attroupement se forme autour de nous. La lumière s'allume au moment où le libraire m'arrache les livres. La porte cogne fort contre le mur. Pas le mur de la librairie, celui de ma chambre.

— Je n'arrive pas à dormir, dit maman.

Je m'assieds. Je suis dans mon lit, à Paris. Mon premier manuscrit est encore à l'état d'ébauche. Tu n'écriras plus de nouveaux livres. Mon bras ne passe pas à travers les vitres.

— Je n'arrive pas à dormir, répète maman.

— Moi j'étais en train de rêver.

— Tu as de la chance. J'ai pris deux somnifères, ça ne marche pas. Mais toi, tu dormais !

Je regarde mon réveil.

— Il est trois heures du matin. J'ai cours à la fac à huit heures.

— Il n'y a pas de raison que tu dormes si moi je ne dors pas.

— Je ne vois pas le rapport ?

— Tu es ma fille.

De son point de vue, ça se tient. Sauf si je suis adoptée… Mais je mets cette découverte de côté en attendant que la tristesse se tasse.

Quelques jours plus tard, je travaille dans ma

chambre quand Ganaëlle passe. On a envie de voir le dernier film de Claude Lelouch, j'adore ses héros cabossés et aimants. Je préviens maman :

— Je sors, je vais au cinéma avec Ganaëlle.

— Il n'en est pas question, dit-elle froidement.

La main sur la poignée de la porte, je m'immobilise.

— Pourquoi ?

— Parce que je suis triste.

Elle sourit gentiment à Ganaëlle.

— Cerise ne peut pas aller s'amuser avec toi ce soir.

Mon amie ouvre des yeux grands comme des soucoupes.

— Vous voulez nous accompagner ? demande-t-elle poliment.

— Non, ça ne me tente pas.

— Vous êtes malheureuse, donc Cerise doit l'être aussi ?

Maman hoche la tête, ses yeux verts s'emplissent de larmes, elle est belle même quand elle pleure, elle n'a jamais le nez rouge ni les paupières gonflées.

— Bien sûr, dit-elle.

Et elle pousse mon amie dehors.

J'ai grandi fascinée par les familles des autres, les grandes fratries qui jouaient ensemble sur la plage, leurs Noëls à quarante. Mes tantes Anne et Jeanne sont mères de familles nombreuses, c'est toujours la fête chez elles. Enfant, j'aimais jouer avec mes cousins, puis la joie se tarissait quand je rentrais seule à la maison. Je me réfugiais dans les livres, dans les balades avec ma grand-mère Enez et Ganaëlle jusqu'à la pointe de Beg-er-Goalennec pour apercevoir Belle-Île, dans les week-ends chez tante Rire. Et dans les instants magiques où tu rentrais le soir, papa, et où la chape de plomb tombait de mes épaules avec le bruit métallique d'une armure dont le chevalier se déleste.

Tu ne rentreras plus jamais. Alors je me cuirasse.

Axel

Ma femme et ma fille se déchirent. Leurs points de vue sont inconciliables et ça ne date pas d'hier. Aux dernières vacances de Pâques, j'étais allé les chercher à la gare Montparnasse. Elles venaient de passer deux semaines ensemble. Nous sommes arrivés dans le salon, Cerise a dit :

— Je vais téléphoner à mes amis pour les voir demain.

Lise l'a regardée, puis elle est partie en claquant la porte. Si j'avais eu un franc pour chaque porte claquée chez nous depuis mon mariage, j'aurais assez pour payer mes impôts le reste de ma vie.

— Qu'est-ce qui lui prend ? m'a demandé Cerise, surprise.

— Tu connais ta maman, elle est blessée que tu aies l'air si contente de la quitter pour retrouver tes amis.

— Je viens de passer quinze jours avec elle !

— Elle est exclusive. Et fragile.

— C'est un euphémisme, a dit Cerise. Moi je crois qu'elle est folle comme un lapin.

— On ne dit pas ça de sa mère. Ne sommes-nous pas tous un peu fous ?

Si je cherche des synonymes au mot « fragile », je trouve « délicate, altérable, instable, changeante ». Lise est tout cela. Courageuse aussi, elle l'a prouvé pendant la guerre. Et d'une beauté stupéfiante.

Peu avant ma mort, j'ai pris un risque énorme. Nous rentrions d'un dîner chez mon éditrice Myriam. Elle est veuve, très attachée au souvenir de son mari, elle me comprend et je reconnais son immense compétence. Lise ne l'apprécie pas, Myriam lui rend la pareille. Ce soir-là, j'étais au volant, Lise à ma droite, Cerise à l'arrière. Soudain, Lise a crié :

— C'est la dernière fois que je dîne chez ton éditrice. J'ai horreur des plats en sauce. En plus, elle me nargue avec son *name-dropping* et ses sous-entendus que je perçois trop bien !

— Je ne vois pas de quoi tu parles.

— Ne me prends pas pour une gourde. Lorsque tu pars dédicacer en province, j'ignore avec qui tu dors.

— Cette conversation est ridicule.

— Je te déteste !

Elle a détaché sa ceinture de sécurité puis ouvert la portière alors que je roulais sur la voie de gauche du périphérique. Le vent s'est engouffré dans la voiture.

— Qu'est-ce que tu fais ? ai-je rugi en me penchant pour l'attraper, ce qui m'a fait dévier de ma trajectoire.

La voiture a heurté la rambarde séparant les deux voies, nous avons failli partir dans le décor. J'ai redressé en donnant un coup de volant.

— Je te préviens, je saute ! a hurlé Lise.

Cerise, derrière, ouvrait de grands yeux. Sa mère, les cheveux ébouriffés, le visage déformé par la colère, la portière toujours ouverte, a continué :

— Je te jure que je vais le faire, Axel !

Cerise n'a pas esquissé un geste pour l'en empêcher. J'ai serré les dents et lâché :

— Je suis fatigué, alors vas-y, et qu'on en finisse, ça devient insupportable.

— Tu l'auras voulu !

En une terrible seconde, j'ai vu défiler plusieurs scénarios. Lise saute, elle meurt, notre vie est fichue. Lise saute, elle s'en sort paraplégique après des mois d'hôpital, notre vie est foutue. Au lieu de ça, elle a refermé sa portière, rebouclé sa ceinture de sécurité, abaissé le pare-soleil pour se recoiffer dans le miroir de courtoisie. Puis elle s'est calmement tournée vers moi :

— J'ignorais que tu aimais la blanquette de veau.

— Quoi ?

— Elle n'était pas mauvaise mais j'ai laissé les champignons de Paris, je préfère les morilles.

Cerise

La première chose à laquelle j'ai pensé, papa, quand j'ai appris que je ne te verrai plus, c'est : on ne dédicacera jamais ensemble. Au lieu de penser à toi, j'ai pensé à moi.

Maître Jules, le notaire de la famille, me donne une lettre que tu m'as laissée. Je l'empoche sans la montrer à maman qui ne me le pardonnera jamais. Tu m'écris : « Si je disparais, souviens-toi que je t'aime autant que j'aime écrire. Sois une chic fille, honnête, aimante. Occupe-toi de tante Rire et de ta mère. "Marche à l'étoile même si elle est trop haute", a écrit mon amie Alexandra. Trouve ton plan de vol personnel, le juste endroit de ta vie. Et décolle. Le bonheur est réservé à tout le monde. »

Alexandra David-Néel, tu l'as rencontrée en faisant des recherches pour un livre et vous êtes devenus amis. C'était une grande dame, exploratrice, tibétologue, chanteuse d'opéra, franc-maçonne, bouddhiste, née au XIXe siècle. Elle a écrit une quarantaine de livres et marché des milliers de kilomètres. Tu me dis de m'occuper de ta sœur avant de m'occuper de ta femme, maman ferait une crise de nerfs carabinée si elle le savait. Être une chic fille, ce n'est pas être une femme chic. Honnête et aimante, ça semble facile. Marche à l'étoile, en revanche, ça veut dire quoi ? Comment connaître le plan de vol qui m'est destiné ? Il est où, mon couloir aérien ?

Je retourne la feuille, il n'y a rien d'autre. Ta première phrase me fait trembler d'émotion. Si tu m'aimais autant que tu aimais écrire, c'est quelque chose.

Maman et moi signons des documents, puis nous quittons maître Jules et rentrons à la maison. Où es-tu, papa ? Je t'ai entendu répéter toute mon enfance que tu craignais de mourir au milieu d'un livre, en laissant un texte inachevé. Dieu t'a entendu. Tu as fini ton dernier roman, tu l'as vu publié, tu en as assuré la promotion, tu as croisé dans des trains ou des avions des lecteurs plongés dans tes pages. Déjà, tu réfléchissais au prochain. J'espère que là-haut ils ont des fauteuils de bureau confortables et des rubans de rechange pour ta fidèle machine à écrire.

Maman et moi sommes assises côte à côte sur le canapé, le regard fixé sur les jardinières du balcon. Dehors, les voitures roulent, les passants passent, ton éditrice rencontre de jeunes écrivains prometteurs qui te remplaceront. C'est ainsi. Il fait chaud dehors mais je gèle. Je propose à maman d'aller lui chercher un cardigan. Elle me dévisage comme si elle avait oublié mon existence, avec ses yeux couleur nymphéa, et elle a cette phrase splendide :

— J'aurais préféré que tu meures, toi, plutôt qu'Axel.

Je lui souris, je te jure, papa, parce que pour la première fois nous sommes sur la même longueur d'onde.

— J'aurais préféré que tu meures, toi, plutôt que papa, dis-je en écho.

Je suis une chic fille honnête, je dis la vérité. Et je glisse :

— Le jour où papa est mort, j'ai rencontré nos voisins de Quiberon, Paul et sa femme, dans le train.

— Pénélope en pinçait pour lui mais je veillais au grain. Son mari n'est pas insensible non plus à ma présence, répond maman, persuadée que tous les hommes sont fous d'elle et que toutes les femmes veulent papa.

Je vais lui parler de mon adoption, quand elle ajoute d'une voix sourde :

— Trois sur trois…

— Trois quoi ?

Elle me regarde, brisée, les yeux embués.

— Les trois personnes que j'ai le plus aimées dans ma vie sont mortes : mon père, mon frère Louis et Axel.

Je murmure bêtement :

— Moi je suis là, maman.

Elle décrète brusquement :

— Je t'interdis de revoir Rire, Briac ou Anne. Je suis sérieuse. J'exige que tu coupes les ponts avec eux.

La terre s'ouvre sous mes pieds.

— Papa ne serait pas d'accord.

— Choisis ton camp. Jusque-là, je vais te retirer la clef de l'appartement.

— Je vais rentrer comment à la maison après la fac ?

— Tu patienteras jusqu'à mon retour.

Pendant une semaine, en revenant de la Sorbonne, j'attends maman dans l'escalier. Je révise mes cours à la lumière de la minuterie, en me levant régulièrement pour rallumer. Enfin, je me résigne à téléphoner à tante Rire pour lui expliquer la situation, dire que je regrette, que je n'ai pas la force de partir en guerre contre maman.

— Lise va se calmer, le chagrin l'égare. Je parlerai à Anne et à Briac. Tu seras dans mes prières, m'assure ma tante.

Alors maman me rend la clef :

— C'est bon, je te fais confiance. Nous sommes dans le même bateau, il n'y a plus que nous deux.

Lise

Cerise n'en a toujours eu que pour toi, Axel. Que vais-je devenir ? Pourquoi tous mes hommes m'abandonnent ?

Tu appelais tous les matins tes sœurs et ton frère, je suis débarrassée d'eux, et aussi des parasites intéressés par ton succès. Mais je me retrouve seule comme un chien. Et j'ai peur.

Cerise fera son chemin dans ton ombre tutélaire, je ne m'inquiète pas pour elle. Ton amour la cuirasse, et puis je suis là.

Mon père à moi est mon talon d'Achille. L'enfant du Tumulus surgit de plus en plus souvent dans mes cauchemars. Je n'en parle à personne. Tu m'avais promis de m'aimer pour le meilleur et pour le pire, Axel. Dis-moi que je vais me réveiller et t'entendre ronfler, que c'est juste un mauvais rêve.

Axel

Calme-toi, Lise. Toi aussi, Cerise. Je voudrais tant vous protéger, vous conseiller, vous concilier puis vous réconcilier. Vous aimer ne devrait pas être si compliqué, mettez-y un peu de bonne volonté, que diable ! Vous êtes comme chien et chat. Aimez-vous au moins pour moi, si vous n'y parvenez pas pour vous.

Tous ceux que j'aimais m'ont accueilli à mon arrivée là-haut : ma chère mère, mon père, mes trois frères aînés, mes camarades cadets, mes amis Alexandra et Tonio, mon vieil épagneul Bluedog, les hommes et les animaux qui m'ont précédé là où nous allons tous.

Lise, Cerise, faites la paix.

Cerise

Ça y est, je suis majeure. Je projetais de quitter la maison pour prendre mon indépendance, mais je ne peux pas abandonner maman, maintenant que tu n'es plus là.

J'admire sa détermination. Chaque fois qu'elle trouve dans la boîte aux lettres un courrier administratif adressé à « Mme Veuve Venoge », elle le renvoie en écrivant en gros en travers de l'enveloppe « Je suis Mme Axel Venoge, je n'ai pas épousé M. Veuve, j'ouvrirai votre lettre lorsque vous en changerez l'intitulé ». Ça a de la gueule.

Je fais partie d'un rallye, un groupe d'ados de bonne famille qui dansent ensemble le samedi soir et dont les parents espèrent qu'ils se marieront entre eux. Les parents des jeunes filles reçoivent à tour de rôle chez eux ou en louant une salle. Cette année, ça devait être mon tour. Sauf que je suis en deuil. Avant, le deuil d'une femme pour son mari durait deux ans et celui d'une fille pour son père dix-huit mois. Elles portaient une robe de laine unie, des bas noirs, aucun bijou. Le progrès a du bon. Je suis fracassée de tristesse, mais on n'a dix-huit ans qu'une fois.

— Sans ton père, il n'est pas question de donner la grande soirée qui était prévue, dit maman. Mais tu peux inviter des amis le jour de ton anniversaire et rendre les invitations des filles de ton rallye.

C'est ce soir, dans l'orangerie du château de mon parrain, à la campagne. Je porte une robe longue d'un gris doux. Maman, en bleu marine, soupire :

— Axel devrait être là.

Je me blinde pour ne pas me liquéfier. Je me concentre sur mon plaisir égoïste, j'ai envie de danser, d'être invulnérable pour ne pas te rejoindre tout de suite.

— Amuse-toi, dit maman. Je vais accueillir les invités puis me retirer dans ma chambre.

Je reçois pour la première fois. Tout à ma joie, je ne la vois pas s'éclipser pour retourner dans sa chambre à l'autre bout du parc. Je suis un peu pompette, je danse, je ris, j'oublie quelques heures que je ne t'oublierai jamais.

Lise

Je prends un somnifère pour dormir et fuir la voix de Serge Reggiani qui chante dans ma tête les paroles de Georges Moustaki : « Votre fille a vingt ans, que le temps passe vite, hier encore pourtant, elle était si petite. » Et la strophe détestable : « Il y a bien longtemps qu'on vous a mise en gerbes, madame, le printemps vous oublie. »

Ta fille ne se rend pas compte de l'effort que j'ai fourni pour organiser cette soirée et donner le change. Elle ne pensait qu'à s'amuser avec ses copains, je croyais pourtant qu'elle t'aimait, Axel. Quand mon père est mort, j'avais exactement le même âge qu'elle. Jamais ma mère n'aurait toléré pareilles réjouissances.

Cerise a la vie devant elle, j'ai mon amour derrière moi.

Cerise

Bientôt un an que je n'ai revu ni ton frère ni tes sœurs, papa. Mon premier roman est terminé, j'entame ma deuxième année en lettres. Et puis un matin, sur un coup de tête, je téléphone à tante Rire pour lui proposer d'aller au cinéma. Je suis si heureuse de la retrouver. On voit un Kurosawa très beau et triste, *Dersou Ouzala.* On goûte ensuite dans un salon de thé. J'ose lui poser la question qui est restée tous ces mois coincée dans la file d'attente de mes mots :

— Maman prétend que j'ai été adoptée.

— Je ne l'ai jamais entendu dire.

Je m'attendais à ce qu'elle proteste ou éclate de rire.

— Maman raconte que je suis adoptée, dis-je à oncle Briac.

Au lieu de lever les yeux au ciel, il répond calmement :

— Pas que je sache.

— Donc c'est faux ?

— Je suppose, dit mon oncle.

— Ta sœur affirme que j'ai été adoptée, dis-je à tante Manon.

— Plus rien ne m'étonne de sa part. En tout cas, elle était enceinte, tu es devant moi, et ton père était fou de bonheur, affirme ma tante en riant.

J'y vais plus doucement avec ma grand-mère Enez.

— Tes voisins, Paul et Pénélope, croient que je suis adoptée, dis-je tandis que nous jouons à la crapette. C'est bizarre, non ?

— Sornettes ! Axel était à Rome, c'est moi qui ai conduit Lise à la clinique, je t'ai vue alors que tu venais de naître, tu étais fripée et rouge.

— Donc ils se trompent ?

— Oui, à moins que les infirmières t'aient échangée avec le nouveau-né d'à côté, me taquine-t-elle.

Je pose la question à oncle Charles :

— Ne perds jamais ton temps avec les racontars, fait-il en haussant les épaules.

Je finis avec tante Anne.

— Tu te souviens de ma naissance ?

— Je me souviens surtout de la grossesse de ta mère. On aurait dit qu'elle gravissait l'Himalaya. J'ai eu cinq enfants, je n'ai jamais fait un tel cirque.

— Donc je n'ai pas été adoptée ?

— Ce bruit stupide a couru, tu sais combien les gens sont à l'affût des ragots. On n'a jamais su qui avait lancé la rumeur, puis le soufflé est retombé. Mais ta mère ne peut pas te renier, tu lui ressembles.

— Moi ? dis-je, stupéfaite. Tu rigoles ? Elle est sublime.

— Il y a quelque chose, dans le sourire, dans les yeux.

— Je ressemble à papa. Je suis son portrait.

— Nous avons tous un air de famille, mais tu tiens plus de ta mère.

— Elle est blonde aux yeux verts !

— Enlève les couleurs. Regardez-vous en noir et blanc.

Je n'y comprends plus rien. Comment a-t-elle pu mentir à Paul et Pénélope sur un sujet aussi grave ?

Du coup, je décide d'emménager avec Ganaëlle.

— Les rats quittent le navire, commente maman en l'apprenant. Si ton père était encore là, tu resterais. Évidemment c'est moins drôle maintenant.

— Les enfants quittent leurs parents, dis-je doucement. Tu pensais que j'allais rester toute ma vie ?

— Tu es ma petite fille.

J'ai une boule dans la gorge. Dois-je demeurer encore un peu avec elle ? Elle ajoute :

— Les parents et les enfants concluent un pacte au départ : je t'élève, je m'occupe de toi. J'avance en âge, tu t'occupes de moi. Tu romps le pacte, ça ne se fait pas. Tu m'appartiens. Je suis très déçue.

~

Avec Ganaëlle, la cohabitation est incroyablement

simple et légère. Mon amie est une femme libérée, son corps et sa tête sont en harmonie, les hommes l'abordent dans la rue. Elle considère l'amour comme un acte naturel sans conséquences entre adultes consentants. Pour moi, c'est un engagement qui réconcilie ma tête et mon corps fâchés au quotidien. Ma tête écrit des romans, prend des décisions et te pleure, papa. Mon corps prend le pas quand je mange, nage dans l'océan ou fais l'amour.

Ganaëlle m'invite une semaine à la neige avec des amis de son école de management. Un Autrichien nous dépasse d'une tête, il a la même taille que toi et c'est un champion de ski. Hansel est un type réservé, galant, blond aux yeux bleus. Ganaëlle a repéré quelques futurs camarades de galipettes, moi je viens dévaler les pentes et rire en buvant du vin chaud. Le garçon qui me plaît, Vivian, est brun aux yeux noirs. Je m'arrange pour m'asseoir à côté de lui à la soirée tartiflette. Il est drôle et cultivé, nous parlons cinéma et littérature.

— Tu as une très jolie bouche, me dit-il gravement.

Ganaëlle rigole avec un type qui la savoure du regard, ils ne finiront pas la nuit seuls. Les haut-parleurs de la salle crachent de la musique.

— On y va ? me propose Vivian.

Nous nous levons. D'autres couples nous imitent. Ganaëlle danse avec son nouveau soupirant, elle secoue la tête pour me dire quelque chose, mais quoi ? Vivian et moi dansons un bon moment avant de retomber sur nos chaises. Le skieur autrichien ne danse pas, il mange pour nourrir sa carcasse élancée. À l'autre bout de la pièce, il y a un groupe de seniors. Les femmes ont des permanentes et des fuseaux comme dans les vieux films, les hommes des chemises à carreaux et des bretelles. Soudain, une dame aux cheveux blanc-bleu franchit la frontière des générations et se plante derrière Hansel. La musique moderne a fait place à une valse, les danseurs de mon âge ont déserté la piste que les seniors ont envahie. La dame propose à Hansel :

— Vous dansez ?

Il se lève, elle semble minuscule à côté de lui, il prend galamment sa main et ils se mettent à tournoyer comme Sissi et Franz Joseph lors d'un bal à la cour de Vienne. À la fin du morceau, il s'incline et toute la salle les applaudit. J'ai de l'indulgence pour le monde entier, ce soir. Je pense à ma mère, si seule. Et je m'en veux de ne pas être assez présente pour elle. À mon retour, je l'emmènerai au cinéma.

— Je n'aime pas la valse, mais mon compagnon l'adore, répond Vivian.

Il me faut une seconde pour comprendre pourquoi Ganaëlle secouait la tête. Mauvaise pioche.

— Il n'est pas là ce soir ?

— Il doit nous rejoindre demain.

Piteuse et navrée, je regarde Ganaëlle. Elle me fait signe de me retourner. J'obéis en craignant de trouver un senior à bretelles et charentaises. Hansel se tient derrière moi, très droit.

— Tu m'accordes cette danse ? demande-t-il.

Puis il se tourne vers Vivian :

— Tu permets ?

— Je t'en prie. J'espérais que tu m'inviterais moi, mais tant pis, répond drôlement Vivian.

J'oublie le chalet, la tartiflette, Hansel danse si bien. La semaine de ski se déroule ensuite comme un rêve. Hansel me protège, je le suis avec inconscience sur les pistes noires, il me ramasse quand je tombe, me déneige, remet mes skis, souffle sur mes doigts, vide mes moufles, réveille mon corps chaque nuit. Nous formons un trio inséparable avec Vivian, que finalement son compagnon n'a pas rejoint.

Les mois passent. Je vois presque tous les jours Hansel et Vivian. Maman s'est prise d'affection pour eux et les invite parfois à dîner. Je regarde des comédies musicales hollywoodiennes avec Vivian dans les cinémas parisiens Action. J'assiste à des concerts de musique classique salle Pleyel avec Hansel. Nous allons tous les trois écouter la grande Barbara chanter.

— J'ai fait une énorme bêtise, dis-je un soir à Vivian. Je suis enceinte.

— Je ne suis pas certain d'être le meilleur des pères, répond Vivian avec son humour habituel. Hansel a réagi comment ?

— Il ne le sait pas. Tu es le premier à qui j'en parle.

Hansel n'est pas l'homme de ma vie et je ne suis pas la femme de la sienne. Nous aurions des enfants bien élevés, des chiens obéissants, j'apprendrais à skier hors piste. Mais nous ne serions pas heureux. Lorsque je le mets au courant, il prend la chose en gentleman.

— Veux-tu le garder, Cerise ? Construire une famille avec moi ?

— Cet enfant mérite une meilleure mère et tu mérites une autre vie. Nous le savons tous les deux.

Nous sommes tristes pour celui qui ne sera pas, que nous n'aimerions pas comme il faut, qui s'annonce au mauvais moment dans la mauvaise famille.

Pas question d'en parler à maman. Elle dirait : « Garde-le si c'est un garçon. » Tu me conseillerais quoi, papa ? Hansel est un type bien, il serait un père solide et aimant. Je suis le gravillon dans sa chaussure de ski. Nous sommes deux amants stupides, deux petits cons sans cervelle.

Mon gynécologue, qui est aussi le médecin de maman, est lié par le secret professionnel. Vivian m'accompagne par amitié et soutient vaillamment son regard réprobateur sans préciser qu'il n'est pas le père. Il est là aussi pour l'échographie, et il me récupère en vrac après que le radiologue m'a dit avec enthousiasme : « Je crois que ce sont des jumeaux ! Ah non… enfin, de toute façon, c'est sans importance, puisque… »

Puisque. Il y a cela, dans les heures qui suivent. Je ne peux pas être mère puisque maman ne voulait pas de fille. La veille du jour grave, je passe la soirée avec Vivian et Ganaëlle. Maman est chez des amis aux États-Unis, elle rentrera après la bataille, après la défaite, sans rien remarquer. Je ne reverrai plus Hansel.

Axel

Le coup du moniteur de ski aux yeux d'azur, c'est indémodable. Je t'ai vu venir, mon petit vieux, la langue pendante et le bas-ventre dressé. Si tu l'avais fait souffrir, j'aurais bricolé ton télésiège et trafiqué les fixations de tes skis.

À mon époque, on se mariait avant d'avoir un enfant. Les choses sont différentes, vues de là où je suis maintenant. Avant, je t'aurais collé au mur et je vous aurais ordonné de convoler *fissa.*

Je t'ai senti déçu de son refus. Les femmes sont surprenantes. Si j'avais été là, Cerise aurait-elle pris une autre décision ? Qui peut le savoir ? Nos enfants ignorent que nous avons eu leur âge, que nous avons été confrontés aux mêmes choix.

On propose à Lise de témoigner dans une conférence sur les coulisses du travail d'écrivain. Son intervention est drôle, émouvante. C'est une excellente actrice, elle brûle les planches. On lui demande ensuite de participer à un livre de témoignages de femmes d'écrivains, son texte est ciselé et beau. Mais on dirait que ce qu'elle est ne lui suffit pas, qu'elle est condamnée à prouver sa valeur *ad vitam aeternam*.

Cerise

J'ai su très jeune qu'une famille est un jeu de chaises musicales. Chaque fois que la musique s'arrête, Dieu retire une chaise et il manque quelqu'un à l'appel. C'est toi qui as ouvert le bal, papa. Ma douce grand-mère Enez part te retrouver là où on va après et rejoint son fils Louis.

Maman hérite de Quiberon, sa sœur a déjà une maison et son frère n'en veut pas. Mais pour moi ça reste chez Enez, je la vois partout. Sa cuisine, qui était l'âme des lieux, devient une pièce morte, sans chaleur, sans parfum, sans joie.

Peu après, maman part dix jours chez des amis et omet exprès de me prévenir. Alors qu'elle me téléphonait régulièrement la nuit en se plaignant d'insomnies, brusquement, plus d'appels. J'en déduis qu'elle boude. Je lui laisse un message. Pas de réponse. Je réitère. Puis je passe chez elle. Sa valise n'est plus en haut de l'armoire, elle a laissé un mot à Mme Fernandez dans la cuisine en précisant sa date de retour. Je ne lui dis pas que je me suis fait du souci pour elle. Je fais comme si je n'avais pas remarqué son absence.

Lise

À présent que ma mère a rejoint mon père et Louis, je suis doublement orpheline. Manon a sa famille pour la consoler, moi je n'ai personne. Cerise pleure de son côté. Du coup je lui joue un tour à ma façon : je m'absente sans la prévenir et fais l'autruche. Elle s'affole, vient chez moi, Mme Fernandez la voit passer et me prévient à mon retour. Ma fille tient tout de même un peu à moi, cela me rassure.

Je n'ai pas envie d'aller seule à Quiberon cet été alors que nos voisins ont des maisons emplies d'enfants et de petits-enfants. Cette poule pondeuse de Pénélope parade flanquée de ses quatre fils. Tous nos amis sont en couple, les femmes mariées sont réticentes à séjourner avec leur mari et une jolie veuve. Je convoque Cerise :

— J'aimerais que tu passes deux semaines avec moi en juillet ou en août.

— On ne vit vraiment pas au même rythme, maman.

— Tu te lèves beaucoup trop tard !

— Tu te lèves aux aurores. Et tu n'aimes pas quand on cuisine.

— Toute la maison sent le graillon, c'est insupportable !

Je fais un pacte avec notre fille :

— Si tu me tiens compagnie quinze jours, je te prête ensuite la maison pour inviter tes amis pendant que je suis chez Gloria en Espagne.

— Sérieusement ?

— *It's a deal!*

Elle vient. On cohabite tant bien que mal. Puis je pars comme convenu et ses amis déboulent. Le troisième jour, je l'appelle :

— Je me suis trompée, c'est la semaine prochaine que je vais chez Gloria. Je reviens à Quiberon ce soir.

Silence à l'autre bout du fil. Puis :

— Bien sûr, tu es chez toi, maman.

— J'arriverai pour dîner, viens me chercher à la gare.

— Impossible. Nous serons partis.

— Comment ?

— Je ne veux plus qu'on se dispute. Je te laisse la place. La maison sera rangée, ne t'inquiète pas.

Elle tient parole. Quand j'arrive, la maison est vide, propre, les draps lavés et mis à sécher, trois lits ont été occupés. Le frigidaire est plein.

Cerise

Mon premier roman sort aujourd'hui ! Le lancement aura lieu dans une librairie de la rive gauche, mon éditrice sera là avec son équipe. Je te dédie le livre, papa, ton nom figure à la proue pour l'aider à tracer la route. La dédicace débutera à dix-neuf heures. J'ai prévenu maman, pas moyen de faire autrement. Mais du coup, je n'ai pas pu inviter Myriam.

— Je viendrai tôt, a répondu maman. Je n'ai jamais raté un lancement de ton père. Il y avait tout Paris, les journalistes se pressaient… Quelle fête !

— C'est mon premier livre, maman. Ça n'a rien d'un événement germanopratin, et les journalistes ignorent que je suis sa fille.

— C'est précisé sur la quatrième de couverture, j'espère ?

— Mon éditrice me l'a proposé, j'ai refusé. Je veux réussir sans piston.

— Tu es une gourde, il faut utiliser ses atouts.

J'ouvre mon placard de gourde, j'essaye plusieurs tenues de gourde, je choisis un ensemble bleu ciel et mes mocassins rouges porte-bonheur. J'aurais aimé mettre des escarpins à talons hauts, mais je me tords les chevilles avec.

On sonne à ma porte. Un livreur au visage caché par une énorme corbeille de fleurs me demande s'il est bien chez « Madame Lécrivin ». Je m'apprête à répondre non, c'est une erreur, mais une intuition me fait vérifier : « Quel nom ? » Il consulte à nouveau son papier : « Cerise Lécrivin. » J'éclate de rire. C'est signé Vivian.

J'ai peur, j'avoue, papa. Je t'ai vu dédicacer à tour de bras, souriant, jamais fatigué. Qui se déplacera pour moi ? Je ne suis personne. J'ai eu tort de mettre mes pas dans les tiens. Je vais me ridiculiser devant mes amis, mon éditrice, Vivian et maman. Ganaëlle a une cousine qui vient aussi de publier, son père a fait imprimer un carton d'invitation avec la couverture de son livre.

— C'était grotesque, dit mon amie.

Je donnerais tout pour que tu reviennes et fasses la même chose, papa.

J'arrive à dix-huit heures cinquante-cinq. Ma photo et la couverture de mon livre sont affichées sur la vitrine, mon cœur fait un double salto en les voyant. J'entre en souriant, dos contracté, jambes flageolantes. Au fond de la librairie, une table et une chaise sont préparées à mon intention. Une femme se tient à côté, mon éditrice et son équipe se tordent de rire en l'écoutant. Maman t'imite, raconte des anecdotes sur tes dédicaces. Je marche vers elle.

— Ta mère est fantastique, dit mon éditrice, conquise.

La soirée est joyeuse. Rien à voir avec tes signatures, mais l'honneur est sauf. L'honneur, c'est ne pas rester seule derrière ma pile de livres. C'est me dire que je porte ton nom et que je te dois d'être impeccable. Je suis ta fille, je t'aime d'évidence. En prétendant que vous m'avez adoptée, maman voulait m'éloigner, c'est de bonne guerre. Elle aurait été une formidable romancière.

La librairie ferme bientôt, il reste encore quelques lecteurs, des amis et des inconnus qui me font le cadeau d'adopter mes personnages de papier.

— Rupture de stock, bravo Cerise ! dit mon éditrice.

Le stock était modeste, mais je vibre de plaisir à l'idée que des gens emportent mes mots chez eux. Je suis le pilote qui les emmène au bout du monde sans quitter leur fauteuil. C'est grisant, papa.

— Veux-tu que nous allions manger quelque chose ? me propose maman.

— Je ne peux pas, je dîne avec mon éditrice.

Elle ne tressaille pas. Elle sourit, congédiée. Je ne suis plus une gamine. C'est un dîner de travail, les mamans ne sont pas invitées. Certains auteurs viennent avec leur conjoint ; moi, c'est Vivian qui m'accompagne.

— Désolée, je ne peux pas y échapper, dis-je pour atténuer l'impolitesse de ma réponse.

— De toute façon je n'ai pas faim, rétorque-t-elle, légère.

Je me fais des idées, elle s'en fout. Elle salue tout le monde.

— Vous partez déjà ? s'étonne mon éditrice.

— Je dois travailler pour une publication au Collège de France.

— Oh ? fait mon éditrice. Sur quel sujet ?

— J'ai promis d'être discrète. J'épaulais Axel de très près. La femme de l'ombre, vous voyez ? Je continue avec une grande plume.

Maman va rentrer seule chez elle, je la plains. Mais c'est mon soir, je ne veux pas le partager, je tiens à savourer égoïstement ma joie.

— Merci d'avoir été là, dis-je doucement.

— Après les dédicaces de ton père, nous allions souper chez les Russes. Saumon, blinis et vodka jusqu'au bout de la nuit, l'orchestre jouait pour moi, c'était merveilleux.

Elle part, de sa démarche souple. Elle va enfiler son tutu et faire des révérences devant son miroir. Elle n'a jamais mis les pieds au Collège de France, jamais appartenu à un corps de ballet, une faiblesse à la cheville a tué ses ambitions de danseuse dans l'œuf. J'invente des histoires qui deviennent des livres. Ma mère, elle, invente sa vie. Je lui ai offert mon livre en avant-première. Elle ne m'en a rien dit. Je suis d'abord allée au cimetière de Passy en déposer un sur ta tombe, papa. La pluie a dû le détremper, ou quelqu'un l'a volé. J'ai hésité pour la dédicace. Finalement je t'ai écrit « Tu me manques ». Est-ce que tu as le temps de lire, là où tu es ?

Ma conscience m'asticote. Maman ne ressemble pas aux mères de mes amies, mais elle m'a transmis les bonnes clefs. Dès l'enfance, j'ai su que je pourrais devenir ce que je voulais, à condition de me battre. Certaines femmes doutent, n'ont pas confiance, n'osent pas. Ton absence est un déchirement, papa, mais maman m'insuffle parfois une force inouïe. J'ai écrit trois autres manuscrits avant celui-ci, je les ai déposés chez des éditeurs qui m'ont remerciée de leur avoir envoyé « un texte qui présente d'indéniables qualités mais ne correspond pas à leur ligne éditoriale ». Au premier refus, j'ai serré les poings. Au deuxième, j'ai pleuré. Au troisième, j'ai eu envie de baisser les bras. Maman m'a secoué les puces.

— Tu te laisses abattre pour si peu ? Tu sais que Gallimard a refusé *Du côté de chez Swann* ? Remonte en selle, tu es ma fille !

— Je suis ta fille, tu es certaine ?

— Tu as le nez de ton père et mon sale caractère. Alors tu vas écrire, foncer et recommencer jusqu'à réussir.

— Je me suis peut-être trompée, je n'ai ni les épaules ni le talent. J'ai envie de jeter l'éponge.

— Tu es une limace ou une panthère ?

— Une étoile de mer échouée à marée basse.

— Alors remue tes bras et retourne vers le large !

Sans elle, j'aurais laissé tomber. C'est grâce à elle que ce livre existe.

Je cours dans la rue après maman. Je la rattrape, hors d'haleine. Elle se retourne, lèvres serrées.

— Tu as oublié quelque chose ?

— Tu veux dîner avec nous ?

Elle hésite, puis secoue la tête.

— On m'attend au Collège de France, dit-elle, magnifique.

Un an plus tard, je publie mon second roman. Je fais des interviews et des dédicaces en librairie, je participe à des festivals littéraires en province. Les auteurs masculins ont l'embarras du choix le soir dans les hôtels, avec les admiratrices qui papillonnent autour d'eux. Un écrivain bien intentionné vient frapper à ma porte une nuit, un essayiste m'apporte un petit déjeuner au lit, je ne suis pas intéressée et m'en débarrasse. Après quelques mois de colocation sympas et foutraques avec Ganaëlle, elle a rencontré Géraud et j'ai fait la connaissance de Samuel avec lequel je vis depuis deux ans. Jusqu'à ce dimanche soir où je rentre épuisée mais contente, pleine d'anecdotes marrantes et de rencontres émouvantes, pour trouver notre appartement vide. Samuel revient au petit matin, beau avec ses cheveux roux, ses yeux caramel, ses mains d'anesthésiste. Les mains des hommes me chamboulent, même quand elles ne me caressent pas. Celles de Samuel font dormir son patient pendant que le chirurgien opère, puis le réveillent. Les malades sont reconnaissants envers leur chirurgien mais oublient celui qui leur permet de ne pas sentir la douleur quand le premier trifouille leur corps. Les médecins sont entourés de jolies infirmières de bloc, d'externes joyeuses, d'internes facétieuses.

— Il faut qu'on parle, dit-il.

Je devine, tout de suite.

— Elle travaille dans ton service ?

Il secoue la tête.

— C'est une patiente.

— Elle était impatiente de te connaître.

— Tu trouves ça drôle ?

— Je pleure de rire.

— Tu passes trop de temps en province.

Je croyais que l'absence donnait du piment au couple. Je trouvais que nous avions de la chance d'être atypiques, de continuer à être des amants, de ne pas tomber dans l'habitude. J'aimais ses mains qu'il lavait comme les chirurgiens, les savonnant puis les rinçant tout en maintenant ses avant-bras au-dessus de ses coudes. Il se lave désormais les mains de notre amour.

Il déménage le lendemain. Séparation au scalpel, nette et sans bavures. Je n'en parle à personne sauf à Ganaëlle et Vivian. Nier l'évidence, continuer comme si de rien n'était. Écrire. Dédicacer. Voyager. Sourire. Ne pas ouvrir des vannes que je ne saurais refermer, comme les bouches d'incendie ouvertes par les gamins quand il fait trop chaud. Tenir bon, droite, digne. Écrire. Je vais seule aux cocktails littéraires, c'est commode de vivre avec un médecin, on prétend qu'il est de garde, personne ne s'étonne. N'entendant plus parler de lui, maman me demande un jour :

— Qu'as-tu fait de Samuel ?

— C'est fini entre nous, dis-je sans épiloguer.

— Il te manque ?

— Pas du tout.

Elle ne le mentionnera plus jamais.

Vivian a des projets loufoques, un talent fou, il écrit, il publie, il travaille dans la mode, il connaît par cœur les chansons des comédies musicales de Jacques Demy, il s'habille comme Gatsby le Magnifique, il fait pétiller ma vie. Il est fatigué. Épuisé. Pâle. Il chancelle. Il consulte. Le diagnostic tombe, l'épée de ce connard de Damoclès se plante dans la cible en vibrant. Sida, HIV+. Dans la légende, la lourde épée pend au-dessus de la tête du roi des orfèvres en tenant par un crin de cheval. Dans la réalité, la vie de mon ami ne tient plus qu'à un cheveu. Le temps d'un numéro de claquettes, Vivian plonge dans le coma puis meurt. Je m'abîme dans un quotidien noir d'encre.

L'église est emplie de monde. Vivian doit se gondoler là-haut en voyant ces gens vêtus de sombre, lui qui se moquait des pingouins en smoking aux soirées. Ses parents et ses deux sœurs sont abasourdis de chagrin. Je m'assieds près de Ganaëlle, je détourne les yeux de la boîte à poignées dorées dans laquelle est couché un jeune homme mi-James Dean mi-Gérard Philipe qui dansait aussi bien que Fred Astaire. Un second choc me fait chanceler. Maman est deux rangs derrière nous, ses cheveux blonds tranchent sur son tailleur-pantalon en velours noir de chez Franck et Fils. Qu'est-ce qu'elle fait là ?

— Ma mère est ici, dis-je à Ganaëlle.

Elle se retourne, constate que je ne délire pas.

— C'est toi qui l'as prévenue ?

— Bien sûr que non.

Je lui en veux de s'immiscer dans ma peine. À la sortie, je défile avec les amis de Vivian devant sa famille. Son dernier employeur, qu'il croyait son ami, l'a berné. Vivian avant de tomber malade voulait avoir une augmentation. Le type lui a suggéré de donner sa démission pour créer un électrochoc. Vivian a suivi le conseil, puis il a été hospitalisé, et le traître a accepté la démission.

— Je suis navré, dit le type à la mère éplorée.

— C'est à lui qu'il fallait le dire, pas à moi, répond-elle dignement en refusant de lui serrer la main.

Je retrouve maman sur le parvis de l'église, près de la voiture des pompeux pingouins funéraires. Sa présence m'est une violence inouïe.

— J'ai pensé que cela te ferait plaisir que je vienne, dit-elle.

Je la regarde, stupéfaite. Elle le croit vraiment. Je devrais être émue qu'elle se soit déplacée. J'entends l'écho de la voix de Vivian chantonner *La Chanson des jumelles* dans *Les Demoiselles de Rochefort* : « Nous fûmes toutes deux élevées par maman, qui pour nous se priva, travailla vaillamment, elle voulait de nous faire des érudites, et pour cela vendit toute sa vie des frites. » Maman ne cuisine pas, elle ne mange pas de frites, c'est trop calorique. Mais elle déteste les enterrements et elle a mis son ensemble noir pour moi.

Lise

Ce Vivian était un garçon délicieux. Notre fille n'est jamais seule, elle a un rempart d'amis pour lui servir de cuirasse. J'ai pourtant cru qu'elle aurait besoin de moi aujourd'hui.

— Tu veux qu'on déjeune ensemble ? propose-t-elle brusquement sur le parvis de l'église près du corbillard. On ira manger des moules et puis des frites et du vin de Moselle ?

— Je n'aime pas les frites, tu le sais bien. Je préfère les légumes.

— C'est dans une vieille chanson de Jacques Brel que Vivian aimait : « Non Jef t'es pas tout seul. »

Évoquer le grand Jacques me ramène à mon fils qui n'est jamais né.

— Tu aurais dû avoir un frère, il se serait appelé Jacques-Louis. J'ai attendu ce bébé après toi et je l'ai perdu. Comme il me manque, ce petit garçon…

Ma fille me regarde droit dans les yeux.

— Je ne te l'ai jamais dit, moi aussi j'ai été enceinte, me balance-t-elle brusquement. J'ai attendu un enfant d'Hansel, mon ami autrichien. J'étais paniquée, Vivian m'a aidée.

— Tu aurais pu m'en parler.

— Tu aurais pu le remarquer. J'ai choisi de ne pas le garder.

Si elle avait eu cet enfant, tellement de choses auraient changé pour nous deux.

— Tu as eu raison. Sauf si c'était un garçon, dis-je.

Elle laisse échapper un drôle de rire triste.

— Donc, ni moules, ni frites, ni vin de Moselle ?

— Je vais manger une salade au Polo puis nager.

Seule comme un chien, contrairement au Jef de sa chanson.

Je traverse le bois de Boulogne en chantant : « *So long, Marianne, it's time that we began, to laugh, and cry, and cry, and laugh, about it all again.* » Cette chanson de Leonard Cohen pour sa muse me bouleverse.

Cerise

Je me sens allégée d'un grand poids après m'être enfin confiée à maman. Nous avons toutes les deux failli avoir un fils.

— C'est vrai que j'aurais pu avoir un frère ? dis-je à Manon le lendemain.

— Oui. Ton père était parti au Danemark pour faire des recherches, Lise l'a rejoint, elle a fait une fausse couche sur place.

— Pourquoi personne ne m'en a jamais parlé ?

— Parce qu'il n'est pas né, dit ma tante.

— Donc je ne suis pas fille unique ?

— Pas au sens strict du terme.

Lise

C'est l'anniversaire de Manon. Charles est en mission à l'étranger. Pierre emmène sa femme à l'aéroport, où elle a la surprise de voir arriver son fils et sa belle-fille, puis Cerise et moi.

— Que m'avez-vous donc concocté ? s'écrie-t-elle, ravie.

— Nous allons déjeuner dans les airs !

— En voilà une surprise ! Où partons-nous ? Combien de temps ? Je n'ai rien pris ! Tu as prévenu nos amis qui venaient dîner ce soir ? Et…

— Ne t'inquiète pas, fais-moi confiance, la coupe Pierre.

Une hôtesse de l'air vient nous chercher pour embarquer dans un avion effilé qui ressemble à un oiseau.

— Bienvenue dans le Concorde, l'avion de ligne supersonique. Dans quelques instants nous allons décoller, voler à Mach 2,02 et survoler l'océan jusqu'au continent américain, faire une boucle, puis revenir nous poser à Paris ! annonce le pilote.

L'avion, magnifique de l'extérieur, est inconfortable, les sièges sont petits, les couloirs étroits, les hublots étriqués, les toilettes exiguës, mais il file à plus de 2 000 km/h. Pierre, qui mesure 1,85 m, est obligé de se baisser. Il y a deux sièges de chaque côté du couloir. Pierre et Manon s'asseyent d'un côté, leur fils et leur belle-fille de l'autre. Je me mets avec Cerise derrière.

Le champagne coule à flots. Le déjeuner est délicieux. J'aurais préféré faire ce vol avec toi, Axel, même si tu aurais eu du mal à caser tes grandes guibolles. Tout le monde t'aurait reconnu. J'aurais eu mon homme à mes côtés. Cerise me ressemble si peu. Je m'inquiète pour elle. Pourquoi n'est-elle pas mariée ? Je me serais assise avec mon gendre, on aurait ri ensemble.

— Ta tante a de la chance d'avoir un mari et un fils, dis-je.

— Tu devrais te remarier, tu te sentirais moins seule, ose me répondre Cerise.

— Aucun homme n'est à la hauteur de ton père, je ne veux pas épouser n'importe qui ! Toi, tu peux.

Cerise

Le décor est superbe, le champagne pétille dans les verres, les couverts sont en argent et les plats savoureux. Manon et Pierre sont heureux de partager cette aventure avec leurs enfants. Les autres passagers sont en couple, leurs yeux brillent. Maman et moi sommes sans joie sans toi. Après avoir trinqué à la santé de Manon, je lève ma flûte et lui glisse à l'oreille :

— À papa !

— À Axel ! renchérit maman.

Si tu étais là avec nous, le commandant de bord t'aurait peut-être invité dans le cockpit, les pilotes sont solidaires.

— Je suis allée à Quiberon la semaine dernière, ajoute maman. Témoigner au commissariat pour mon amie Coline.

— Témoigner ?

— Son mari a été violent, il l'a frappée et menacée, elle a été obligée de fuir sa maison. Il lui fallait des témoins.

— C'est courageux de ta part !

— Non, c'est normal. Je n'allais pas me débiner par peur des représailles. Ce sale type a eu le culot de venir me demander des comptes chez moi après, je lui ai dit de débarrasser le plancher *illico.* Il est reparti la queue entre les jambes. Je n'ai pas craint les nazis autrefois. Je n'ai peur de personne.

Sur ce coup, maman m'épate. Pourquoi on n'arrive pas à s'entendre ?

— Ta tante Manon a de la chance d'avoir un mari et un fils, dit-elle.

Voilà pourquoi.

Lise

Et puis il y a tous ces Noëls sans toi, Axel. Autrefois, nous nous retrouvions chez ma mère à Quiberon, avec Charles, avec Manon, son mari et son fils, puis sa belle-fille, puis leurs enfants, et tous les esseulés qu'elle se faisait un devoir d'inviter. Elle plaçait symboliquement une assiette supplémentaire sous la sienne, pour Louis. On buvait du champagne Mercier Réserve de l'Empereur et tu découpais la dinde. On allait à la messe de minuit en s'emmitouflant. Le recteur comptait sur notre enthousiasme pour réchauffer son église.

Tu nous as quittés, maman aussi. Maintenant, je passe Noël à Paris avec Cerise. Je prépare une jolie table avec des sets rouges, des bougies, des fleurs. Je passe mes airs préférés, *Strangers in the Night*, *La Chanson de Lara*, et des chants de Noël américains. Le repas est léger, je n'aime pas la dinde aux marrons et tous ces plats étouffe-chrétien. À minuit, nous débouchons le champagne Cuvée Eugène et ouvrons les paquets posés au pied du sapin.

— Si tu avais des enfants, nos Noëls seraient plus gais, dis-je gentiment à Cerise.

J'ai raté mon coup en ayant une fille, puis j'ai fait cette fausse couche à Copenhague. Après quoi on m'a découvert un fibrome et j'ai subi une hystérectomie.

— Le jour où j'ai rencontré Paul et Pénélope dans le tire-bouchon, elle croyait que j'étais adoptée, lance brusquement Cerise.

— Les gens racontent n'importe quoi, ce n'est pas nouveau.

Je me souviens combien Pénélope m'avait énervée au marché de Quiberon, à se pavaner avec sa garde rapprochée de fils. Alors pour la faire redescendre de son nuage, j'ai prétendu devant elle que je suffisais à ton bonheur. Que tu ne voulais pas qu'un enfant s'immisce dans notre couple. Qu'on avait finalement adopté notre fille à ma demande. Elle ne savait plus où se mettre, ça lui avait cloué le bec.

— Joyeux Noël, maman.

— Joyeux Noël, Cerise.

J'ai préparé la crèche avec les santons, accroché des branches de houx, me suis donné du mal. Cerise part tôt, vers minuit et demi. Les familles normales prolongent la soirée en jouant à des jeux de société, mais je n'aime pas ça. De toute façon il n'y a plus que nous deux. D'ailleurs nous n'allons plus à la messe, il faut arriver en avance, les églises sont pleines de maris et de petits-enfants alors que je n'en ai pas.

Cerise

Et puis il y a tous ces Noëls sans toi, papa. Je me souviens encore quand grand-mère Enez entrait en cuisine le 24 décembre à l'aube, comme on entre en religion. La maison embaumait, on s'y mettait ensemble, on préparait tout, la farce, la purée de châtaignes, les desserts. On se tenait chaud, même si l'assiette de Louis mouillait les yeux de ma grand-mère. Le lendemain, pendant qu'on dormait, elle allait au carré militaire du cimetière souhaiter bon Noël à son fils disparu.

Aujourd'hui je m'accroche au souvenir de ces Noëls tendres et joyeux quand j'arrive chez maman. Je mets en pensée trois assiettes de plus à la table du réveillon : la tienne, celle de grand-mère Enez et celle de Louis.

Je continue à aimer cette fête, même à deux. On mange du saumon fumé, du fromage à la truffe, du panettone. Maman me remercie pour mes cadeaux que je retrouverai au fond d'un tiroir. Elle m'offre des chèques généreux. On se connaît si mal.

À minuit plein, le compte à rebours commence

dans ma tête. À minuit vingt-neuf, je l'embrasse, c'est une heure honorable pour prendre congé. On ne va plus à la messe, il faut arriver en avance et s'installer près de familles nombreuses, heureuses de se retrouver.

— Si tu avais des enfants, nos Noëls seraient plus gais, me dit maman.

« Si j'avais des frères et sœurs, tu aurais des petits-enfants », ai-je envie de lui répondre.

Après l'avoir quittée, je rejoins le joyeux réveillon des parents de Ganaëlle qui m'a gardé une part de dinde avec une farce exquise. Maintenant il y a en plus son compagnon Géraud, et leur famille s'est agrandie d'une craquante Émeline qui est ma filleule. J'ai bonne conscience, je n'ai pas laissé maman seule. Je dîne deux fois, je prends un kilo à chaque Noël, mais ce second souper est léger à digérer.

Axel

Et puis il y a eu ce réveillon pendant la guerre en Angleterre, aux commandes de mon avion. Il neigeait, j'avais froid aux mains malgré mes gants de pilote. Quelqu'un à la base avait posé des décorations de Noël sur la table du mess, j'avais emporté dans le cockpit un sapin miniature pour me porter chance. C'était une erreur, c'est pour moi que ça a failli sentir le sapin. Je n'avais pas vu le Focke-Wulf derrière moi.

J'étais en train de penser à mon enfance, au *Christmas pudding* que préparait notre gouvernante anglaise un mois avant, aux glissades sur le sol gelé avec mes frères et sœurs en allant à la messe. J'avais relâché mon attention une seconde.

Mon camarade cadet Jacques m'a sauvé la vie en faisant un passage entre l'avion allemand et le mien. Son avion a été abattu quelques jours plus tard. Sa femme attendait un garçon.

Cerise

Cette semaine de vacances va être géniale. Juste Ganaëlle et moi. Nous décollons de Roissy pour Addis-Abeba en Éthiopie où nous ferons escale dans sept heures. Puis direction Windhoek, capitale de la Namibie. Ganaëlle vit avec un type formidable qui déteste l'avion. Géraud répare tout ce qu'il croise, il a des mains en or. Avec lui, les maisons s'habillent de frais, les volets s'ouvrent, les voitures roulent, on prend le temps d'être heureux. Il laisse entrer la lumière et repeint la vie de ses clients. Mais il refuse de monter dans un engin plus lourd que l'air. Alors il reste à Paris avec leur petite Émeline.

Les saisons en Afrique australe sont inversées par rapport à l'hémisphère Nord, il fait beau et chaud à Windhoek. Épuisées, le dos en compote, on n'a qu'une envie : s'affaler et dormir. Des guides avec des pancartes « M. et Mme X » attendent les voyageurs à la sortie de la douane. Des couples français, italiens, allemands, américains s'avancent. Il n'y a personne pour nous. Mon amie et moi avons l'impression d'être des chiens de la SPA que personne ne choisit. Un homme blanc en bermuda beige, chaussures de cuir clair et chemise blanche à la poche décorée d'un petit avion s'impatiente en consultant sa montre sans nous prêter attention. Il n'y a plus que lui et nous. On se dirige vers le comptoir de renseignements où je donne nos noms en expliquant qu'on va à Sossusvlei. Le type tend l'oreille, s'approche, dit en français :

— On prononce « Sossuseflai ». Et Windhoek se prononce « Vinetouke ». J'étais persuadé d'attendre un couple, M. Claude Stéphan et Mme Venoge.

Monsieur, à cause du fichu prénom épicène de Ganaëlle. Mon amie est le genre de personne qui, quand des plateformes téléphoniques la harcèlent en appelant aux heures de repas pour demander « Monsieur Stéphan », répond avec un sanglot dans la voix : « Il est mort ce matin. » La personne au bout du fil se confond en excuses. Crevée par le voyage, Ganaëlle ne résiste pas au plaisir de déstabiliser celui qui nous accueille mal.

— M. Stéphan est mort. J'accompagne Mme Venoge à sa place, dit-elle sur un ton lugubre.

L'homme change de visage.

— Oh, je suis navré. Suivez-moi, je serai votre pilote jusqu'au lodge.

Il nous emmène vers ce que l'agence de voyages appelle une avionnette, et qui à mes yeux ressemble à un jouet.

— Vous n'avez pas l'intention de nous faire monter là-dedans ?

— Si vous préférez rester à Windhoek, libre à vous.

— Allez, Cerise, on ne va pas y passer des heures, m'encourage Ganaëlle.

Le cockpit est minuscule. Il y a le siège du pilote, un siège à sa droite, deux places exiguës derrière. Tu n'aurais jamais pu y entrer, papa.

— Ça te gêne si je me mets devant ? dis-je à mon amie.

La fenêtre y est plus grande, je me sentirai moins coincée.

— Toutes les places se valent pour les photos, dit le pilote d'un ton blasé.

— Je ne prends pas de photos, j'ai des yeux pour regarder.

Ça commence mal. Il charge nos sacs dans la queue de l'avion et nous nous installons.

— Le règlement m'oblige à vous énoncer les consignes de sécurité. Notre temps de vol à bord de ce Cessna 210 monomoteur sera d'une heure vingt. Gardez vos ceintures attachées. Si nous devions atterrir en urgence et que j'étais inconscient, appuyez sur ce bouton rouge là, vous le voyez ?

— Si l'avion s'écrase ? Avant que les lions nous mangent ou que les éléphants nous chargent ?

J'ai mal dormi, l'ado derrière moi donnait des coups de genou dans le dossier de mon siège chaque fois qu'il gigotait dans son sommeil, et mon voisin puait la transpiration. Notre pilote d'aujourd'hui sent bon, il coiffe son casque, parle dans sa radio en anglais sans s'occuper de ma panique.

— Je fais la sieste, prévient Ganaëlle en fermant les yeux.

L'avion roule sur la piste, tremblant de toutes ses membrures. Le pilote lève son pouce pour me signifier que tout va bien, puis décolle. La piste s'éloigne rapidement. Cap sur le désert du Namib, l'un des plus vieux du monde. Pourquoi je n'ai pas choisi les Seychelles ou les Maldives, eau turquoise, matelas, parasols, cocktails et farniente ?

— Détendez-vous, profitez de la vue, nous allons survoler les colonies d'otaries du littoral et les épaves de bateaux de la côte.

Le ciel est d'un bleu affolant. Le sol jaune se fendille et se crevasse sous nos pieds. Le pilote a posé devant lui son téléphone portable et le consulte comme le GPS de ma voiture. Ma vie est entre les mains d'une application qui peut bugger à tout moment. Soudain, l'avion convulse, enchaîne les soubresauts, je m'accroche à mon siège, les mains crispées de chaque côté de mes cuisses, dans un absurde effort pour ralentir la chute inexorable.

— Ça va ? vérifie le pilote avec un calme olympien. Il y aura pas mal de trous d'air, à cause de la chaleur. Les vols du matin sont plus confortables. L'après-midi la terre est chauffée, ça remue plus.

Je vais mourir avec un inconnu et ma meilleure amie. On retrouvera nos corps broyés et nos os blanchis par les vents du désert. Le pilote a le cou rotatif, il passe son temps à regarder à droite, à gauche, en face, sans rétroviseurs.

— Vous devriez dormir comme votre amie, il va y avoir des turbulences, me prévient-il.

— Il va y avoir ? C'était quoi, tout à l'heure ? Des préliminaires ?

Une fossette creuse sa joue.

— Juste l'intro. Mais vous avez de la chance, il n'y a pas de vent aujourd'hui.

Je déteste ce type, sa tête à croquer la vie, bronzé, athlétique, et ses yeux bleus qui se foutent de moi.

— Vous pouvez lâcher le siège, il est boulonné à la carlingue. Regardez le paysage.

— Oui, dis-je en scrutant le sol aride.

L'avion descend, remonte, caracole. Ma dernière heure est arrivée.

— Vous avez fait votre testament ? dis-je.

— On ne peut pas mourir maintenant, il y a de l'oryx pour dîner.

— Du quoi ?

Il désigne une gracieuse antilope au corps beige, à la tête maquillée de noir et blanc et aux longues cornes droites annelées, qui court en bas à l'ombre de l'avion.

— Qu'il est beau ! Vous plaisantez, j'espère ?

— C'est l'équivalent du bœuf en France, délicieux.

Je hais ce bouffeur de gazelle namibienne. Je ne veux pas m'écraser avec lui. Ganaëlle dort paisiblement, bouche ouverte, tête contre la vitre. L'avion tressaute. Le pilote maintient le manche d'une main et écrit un texto de l'autre.

— Gardez vos deux mains sur le manche s'il vous plaît.

— J'indique notre position au lodge, madame.

— Appelez-moi Cerise, dis-je.

— C'est votre premier désert ? me demande-t-il.

Il attrape son portable, cherche dans sa playlist de musiques. Du coup, il n'a plus de GPS. Au lieu de se crasher, on va se perdre.

— Vous avez vu *Bagdad Café* ?

Je hoche la tête, Vivian aimait ce vieux film.

— Écoutez…

« *A desert road, from Vegas to nowhere, some place better, than where you've been, a coffee machine, that needs some fixing, in a little cafe, just around the bend.* »

— Il y a du bon café au lodge, vous verrez, dit-il. Vous étiez déjà venue en Afrique ?

— Non.

« *Oh oh, I'm calling you.* » La voix poignante de Jevetta Steele monte dans l'habitacle. J'en oublie ma peur un moment. Le paysage sous l'avion est jaune, vert et brun. On navigue dans un océan de ciel bleu. Je ne vois aucun humain. La Namibie fait une fois et demie la France pour deux millions d'habitants.

C'est mon premier désert, en effet, même si tu m'as décrit le siège de Bir Hakeim pendant la guerre, papa. Les yeux de l'armée étaient fixés sur un terrain cerné de champs de mines et de désert, les aviateurs le reconnaissaient à la tache noire qu'il faisait dans la blancheur des sables. La plaine de Libye était coiffée d'un nuage de poussière soulevé par les files de tanks. Tu m'as raconté les habitants et les animaux, les avions sillonnant le ciel floconneux, les chars s'ébranlant pour l'assaut. Puis le calme revenu sur le désert, les carcasses calcinées et les centaines de croix de bois qui rappelaient l'héroïsme des hommes.

— Si l'avionnette tombe, qui mettra une croix pour nous trois ?

Je me rends compte trop tard que je viens de prononcer cette dernière phrase à voix haute.

— L'avion ne tombera pas, dit gaiement le pilote, je suis trop jeune pour mourir… Oh, pardon…

Il me lance un sourire d'excuse. Il me croit veuve. Je maudis Ganaëlle qui ronfle paisiblement derrière.

— Je parlais à mon ange gardien, dis-je, gênée.

— Vous en avez deux pour le prix d'un. Je m'appelle Aelig, ça veut dire petit ange en breton. Je suis l'ange gardien de cet avion.

— Vous vous appelez vraiment Aelig ?

— *Yesss*, mâm. Je suis né en Namibie, dans une ancienne ville de chercheurs de diamants où il fallait une autorisation pour entrer. Mon père est d'Afrique du Sud ; ma mère d'une petite île du Morbihan.

— J'ai passé mon enfance à Quiberon. Quelle île ?

— Groix, en face de Lorient. J'y allais l'été chez mes grands-parents jusqu'à leur mort. J'y retourne dans un mois pour le mariage de mon cousin.

— Vous parlez de quoi ? demande une voix issue des profondeurs de l'avion.

Ganaëlle, les cheveux en bataille, a rejoint le monde des vivants.

— Notre pilote est un ange, dis-je.

— Vous êtes devenus amis pendant que je dormais ?

Je dissipe le malentendu.

— Il s'appelle Aelig, ça veut dire ange.

Le silence retombe, façon de parler parce que la carlingue vibre, mugit et se cabre. J'ai fait mon testament après ta mort, papa, je lègue mes biens à Ganaëlle, ce qui aujourd'hui est absurde vu qu'elle est dans le même avion que moi. Si on tombe, on sera tuées sur le coup puis savourées par les hyènes. Je fouille mon sac à la recherche de mes écouteurs, je branche la fiche dans mon téléphone, je veux une musique qui couvre les bruits de l'avion. Mozart, trop subtil. Bach, trop délicat. Brel, pas assez sonore, même avec le volume au maximum. Je trouve mon bonheur avec *My Everything* de Barry White que je mets à fond et en boucle pendant tout le reste du vol. *« I know there's only, only one like you. There's no way they could have made two. »*

— Nous allons atterrir. Prévenez-moi si vous voyez un animal à proximité de la piste, ça peut être dangereux.

Super rassurant. L'avion décrit une large boucle puis se présente en face d'une bande délimitée au milieu des sables, flanquée d'un manche à air. Un rebond, deux rebonds, le Cessna roule, tremble et, enfin, s'immobilise.

— Vous pouvez lâcher votre siège, dit le pilote.

Je déplie mes doigts. Je sors du cercueil volant. Comment as-tu eu le courage de monter dans des engins si fragiles sous la mitraille, papa ? Le pilote qui ne nous a pas tuées sort nos sacs de la soute.

— Désolé pour le malentendu à l'aéroport, fait-il en plantant son regard dans le mien. Je dois m'occuper de l'avion, une voiture va vous conduire au lodge.

Une Jeep arrive en faisant voler le sable. Nous montons dedans. Je grogne à ma meilleure amie :

— C'est malin, à cause de tes bêtises, il croit vraiment que je suis veuve.

De gracieuses antilopes comme celle de tout à l'heure s'enfuient à notre passage.

— *They are oryx*, explique le chauffeur.

— *And those ones?*

— *Koudou.*

Les koudous sont plus massifs, avec d'incroyables cornes ondulées qui s'enroulent.

— Regarde, une girafe !

Deux, trois, non, quatre girafes marchent à l'amble, levant les jambes du même côté, elles dansent sur fond de sable beige. J'en oublie mon récent veuvage.

— Là, un zèbre !

Le chauffeur sourit, habitué à l'émerveillement des touristes.

— *And this?*

— *It's a springbok.*

— *We will see elephants?*

— *Of course.*

Le lodge, cerné par des montagnes de sept cents millions d'années, est une échappée belle au cœur d'une réserve naturelle. Les suites ont une salle de bains, une cheminée, une douche extérieure, une grande vitre au-dessus du lit pour observer les étoiles. Ganaëlle se douche dehors, moi dedans, puis on rejoint le restaurant. J'ai une faim de loup, ou plutôt d'éléphant. Le dîner est servi devant la plaine. Les membres du staff sont en bermuda kaki, chemise beige, chaussettes hautes et chaussures de cuir clair comme celles d'Aelig. Elles sont en vente à la boutique. Je demande ma pointure, je les essaye, je suis tentée.

— *It's koudou leather*, me dit obligeamment la vendeuse.

Les beaux animaux aux cornes torsadées ? Je les retire, horrifiée.

— Tu mets bien du cuir de veau ou d'agneau, me fait remarquer Ganaëlle.

— Ils ne viennent pas de courir devant moi en liberté !

Au bar-restaurant du lodge, des couples contemplent le désert en se prenant la main à la lueur des bougies. Une femme dîne seule, mélancolique. Sa bouche est repulpée, son visage trop lisse, son regard souligné de khôl. Sa gandoura blanche est rehaussée de fils d'or, ses sandales sont brodées de perles multicolores. Le niveau de la bouteille de vin posée devant elle baisse à vue d'œil. Notre ange sirote, seul, un Coca.

— Il a dû venir pour nous et se retrouve coincé ici pour la soirée en attendant de repartir pour Windhoek demain, dis-je à Ganaëlle.

— Tu vas inviter le jardinier de *Sex and the City* à dîner ?

— Dans les salons littéraires, on ne laisse jamais personne sur la touche, on est solidaires.

— Il va te prendre pour une veuve esseulée qui veut lui mettre le grappin dessus.

— Je mettrai les choses au clair. Qu'est-ce qui t'a pris de lui mentir ?

— Au moins maintenant il te traite comme un vase de Saxe.

Je m'approche. Aelig feuillette une bande dessinée : *Rouge Himba*. Sur la couverture, une femme à la peau rouge tient dans ses bras un bébé à la peau blanche coiffé d'une casquette bleue.

— Vous êtes le seul pilote sur le site ? dis-je.

— Vous voulez déjà repartir ? Il y a un problème ?

— Vous redécollez quand pour Windhoek ?

— Pas avant demain après-midi. Pourquoi ?

— Si vous ne voulez pas dîner seul, vous pouvez vous joindre à nous.

— Oh. J'ai déjà dîné, merci. Mais je vais vous offrir à boire et œuvrer pour votre santé.

Nous nous installons devant la plaine obscure. La lueur des phares d'une voiture troue la nuit. Des animaux se rassemblent près du point d'eau tout proche.

Vivian aurait adoré cet endroit. Maman aussi. Tu préférais les villes et les bibliothèques, papa. La situation n'a pas toujours dû être facile pour elle, je m'en rends compte. Tu avais combattu, voyagé, vécu mille vies. Une fois marié, tu as privilégié ce que tu aimais. Notre pilote revient du bar. Le liquide dans les verres qu'il pose devant nous est transparent.

— Je ne bois pas d'alcools forts, dis-je.

— Ce n'est pas de l'alcool, c'est du gin tonic. Ordre de la faculté de médecine. Sous les tropiques, les gens combattaient la malaria autrefois en buvant des écorces dc quinquina macérées dans l'eau. Comme le goût était super amer, les colons anglais ont ajouté du sucre et du gin. D'après Churchill, le gin tonic a sauvé plus de vies anglaises que tous les médecins de l'Empire. C'est meilleur qu'un comprimé de quinine.

Churchill, Londres, toi et les cadets de la France libre, tout se mélange tandis que je trempe mes lèvres dans la boisson qui ressemble à de l'eau. C'est frais, traître parce que ça donne soif. Une petite fille aux yeux clairs et à la peau mate s'approche de nous, elle doit avoir dix ans, elle porte le même bermuda kaki que le staff, un tee-shirt Harry Potter, des bracelets de cheville, plusieurs colliers. Elle parle au pilote dans une langue inconnue. Il hoche la tête. Elle rit, dit «*Okuhepa*» puis s'en va.

— Ça veut dire merci en langue héréro, explique Aelig. Moro est à moitié himba, une ethnie de pasteurs nomades qu'on appelle le peuple rouge, où les femmes s'enduisent la peau et les cheveux avec de la graisse animale et de l'ocre. *Moro* veut dire bonjour en héréro, c'est son surnom. Vous aimez le gin tonic ?

Ma tête tourne déjà.

— Ça se boit comme du petit-lait.

On nous apporte deux assiettes au contenu appétissant. Je repense à notre conversation dans le Cessna.

— C'est vraiment de l'oryx ?

— Tu manges des côtelettes d'agneau, Cerise, se moque Ganaëlle.

— Vous préférez qu'on vous serve autre chose ? dit le pilote.

— Vous croyez que c'est possible ?

— J'en suis certain.

Il renvoie mon plat, nous suggère d'aller admirer les étoiles à l'observatoire du lodge après le dîner, nous quitte. Je mange un poulet délicieux, Ganaëlle savoure son steak d'oryx. Puis nous montons faire la connaissance de l'astronome belge qui s'occupe du lieu. Il lit le ciel aussi clairement qu'un musicien déchiffre une partition. Les étoiles sont ses notes.

— Il n'y a aucune pollution visuelle, dit-il, enthousiaste. On ne peut pas dormir à la belle étoile à cause des animaux, mais je plonge dans les bras de Morphée en les admirant par le toit de verre de ma chambre.

Il nous montre la Croix du Sud, les nuages de Magellan, les principales constellations. On entend des pas dans l'obscurité.

— Monsieur le directeur, mademoiselle Moro, dit l'astronome avec cérémonie.

L'enfant de tout à l'heure tient la main du pilote, elle a ses yeux clairs, c'est sûrement sa fille.

— Aelig, vous êtes le directeur du lodge ?

— Pour vous servir.

— Moi qui vous prenais pour un pilote esseulé, coincé loin de sa famille !

— Vous vous êtes trompée. Il reste des places

demain matin pour voler en montgolfière au-dessus des dunes, et la météo est favorable. Intéressées ?

Ganaëlle et moi échangeons un regard ravi.

— Je viens aussi ! s'écrie Moro toute guillerette.

Lise

Je sors du Polo, les cheveux mouillés, en portant mon sac de piscine. Ma voiture tire à gauche et fait un bruit étrange, je décide de l'ignorer et continue bravement. Une jeune mère à poussette me fait signe de m'arrêter à la hauteur de Bagatelle. Elle désigne mon pneu avant.

— Vous avez crevé.

— Zut !

Quoi faire ? Évidemment Cerise n'est pas là, elle est en vacances à l'autre bout du globe. Notre fille ne pense qu'à elle, c'est fou, Axel. Elle se fiche de ce qui peut m'arriver. Je reste sur le bord de la route, bien embêtée. Tu es parti depuis longtemps. Je suis seule. Finalement, au bout d'une demi-heure, un jeune homme à moto s'arrête.

— Vous avez un problème, madame ?

— Je ne sais pas changer mon pneu.

Il met son engin sur la béquille, retire son casque et ses gros gants, s'approche, courtois.

— Laissez-moi faire.

Il empoigne le cric, la roue de secours, et me

sauve. C'est toi qui me l'as envoyé, Axel ? Je le remercie chaudement. Je lui parle de tes livres mais il ne lit pas. J'hésite à donner un billet à mon chevalier servant, je ne veux pas le vexer. Il s'est comporté en gentleman. J'espère qu'il n'attend rien de moi après, il a l'âge de Cerise tout de même, il est un peu jeune pour moi.

— Vous êtes d'une grande galanterie, dis-je. Je vous suis très reconnaissante.

Il sourit, sensible à mon charme.

— Si ma mère crève un pneu, j'espère qu'un type sympa viendra à son secours, dit-il.

Cerise

Nous nous levons à cinq heures du matin, excitées comme des puces de sable. Nous nous habillons chaudement, avalons un petit déjeuner rapide. Le ballon, c'est comme en bateau, attention aux 4 F : froid faim frousse fatigue.

Nous partons en 4×4 une demi-heure avant le lever du soleil. Aelig est au volant, les yeux de Moro brillent de joie. Nous roulons en repérant des animaux – je confonds oryx et springboks – jusqu'à une plaine où nous attendent trois ballons.

— On vole tôt pour éviter les thermiques, précise Aelig. Mon ami Ardavan sera notre aérostier, son équipe fera la récupération à l'atterrissage. On ne va pas où on veut en montgolfière, on s'adapte au vent. Il faut une équipe à terre qui suit en voiture et à la radio.

— J'aurais dû prendre un chandail, regrette Ganaëlle.

— Vous n'en aurez pas besoin, il ne fait pas plus froid en haut qu'en bas. Ils vont gonfler l'enveloppe avec de l'air puis le réchauffer grâce au brûleur.

La nacelle est couchée sur le sol. Le brûleur fixé au cadre de charge fait penser à un barbecue futuriste. Des câbles protégés par des manchons en cuir relient la nacelle au cadre. L'énorme enveloppe en nylon est étalée sur le sable. Ardavan et son équipe posent un gros ventilateur devant l'ouverture inférieure et remplissent le ballon d'air froid. L'aérostier allume le brûleur au-dessus de la nacelle. Le ballon se relève lentement.

— Vous pouvez monter, lance Ardavan.

Les touristes enjambent la rambarde d'osier les uns après les autres. La nacelle est divisée en quartiers comme un camembert de Trivial Pursuit, on se retrouve dans le même avec Moro et Aelig. Ardavan tend la main au-dessus de lui, actionne le brûleur. Le ballon s'élève avec une infinie douceur, le plancher des vaches et des koudous s'éloigne. Nous volons, au moment exact du lever de soleil, et nous dépassons le sommet de la dune la plus proche.

L'équipe restée en bas rapetisse sous nos pieds. Je plie les genoux pour me rapprocher du sol, réflexe aussi stupide que d'agripper les montants du siège dans le Cessna. Nous flottons au-dessus du désert, librement, sans à-coups. C'est une sensation ineffable. Ganaëlle rit, Moro est radieuse, Aelig bavarde en afrikaans avec l'aérostier qui règle notre altitude en levant le bras – le ballon monte ou descend au gré de sa main. Moro, les yeux écarquillés, porte un chandail d'adulte en cachemire bleu ciel avec une girafe blanche sur le devant, si grand qu'elle a roulé les manches au poignet et qu'il lui tombe aux genoux.

— Il est magnifique, ton pull, dis-je.

— Il est à maman.

J'essaye d'imaginer sa maman aux cheveux et à la peau rouges d'ocre. Le ballon dérive au gré du vent, fait du saute-mouton au-dessus des dunes, effleure une crête. Les lumières rasantes accentuent les reliefs. En bas, deux girafes au long cou gracile chaloupent, ignorant que nous les surplombons – il paraît que les animaux ne lèvent pas la tête. La chaleur du brûleur nous réchauffe. Les touristes braquent leurs appareils photos ou leurs téléphones portables dans tous les sens, je préfère utiliser mes yeux. Un cahot pousse Moro contre moi, je l'entoure de mes bras pour la protéger, elle demande :

— *Mo zu pi ?*

— Elle veut savoir d'où vous venez, traduit Aelig.

— De Bretagne.

Elle regarde Aelig.

— Oui, comme ma mère, dit-il.

Nous restons un long moment silencieux. La vue nous coupe le souffle.

— *Omuwa*, dit Moro.

— C'est beau, traduit Aelig.

— Tu parles pourtant français, Moro ? dis-je.

— Je parle afrikaans, anglais, français et héréro.

— Ta maman ne vit pas au lodge ?

— *She's dead*, répond Moro avec naturel.

Je tressaille, navrée d'avoir posé la question. Donc Aelig est veuf. Et il croit que moi aussi, à cause de Ganaëlle. Moro porte un pull de chagrin. Maman a donné les tiens sans me demander mon avis, papa.

Tes placards étaient vides une semaine après ta disparition, je les regrette encore des années après, j'aurais tant aimé écrire dedans.

Nous volons. Une bouffée de pur bonheur m'envahit.

— On se déplace à la vitesse de l'air comme une bulle de savon, on ne sent pas le vent puisqu'on est dedans, explique Aelig.

On flotte près du paradis, on touche du doigt l'éternité. Est-ce qu'on s'approche de toi, papa ?

— C'est comme si on était assis à la terrasse d'un lodge du ciel, murmure Moro. Maman n'est peut-être pas loin ?

Cette petite fille est spéciale. Aelig pose la main sur son épaule.

— Oh, des zèbres, s'écrie Ganaëlle. L'animal préféré de ma fille, en version peluche !

Le soleil éclabousse le désert. L'ombre du ballon se reflète sur le sable. Nous sommes dans un panier d'osier accroché à une bulle d'air chaud. Les dunes sont rouges, orange, mauves. Une bande d'oryx qui court fait volte-face en entendant le brûleur, puis se remet à cavaler sans comprendre où nous sommes.

— Nous allons nous poser, annonce Ardavan. Ne laissez pas vos mains dépasser à l'extérieur de la nacelle.

Déjà ? Je regarde ma montre. Une heure s'est écoulée sans que je m'en rende compte. Nous dérivons en douceur vers le sol. Le ballon atterrit en souplesse, l'enveloppe commence à s'affaler, les câbles se distendent, l'équipe de récupération maintient la nacelle pour l'empêcher de se renverser. J'échange un regard complice avec mes trois compagnons de vol. C'est fini.

Un petit déjeuner *Out of Africa* nous attend, les tables sont dressées sur des tréteaux au milieu des sables. En guise de champagne du mousseux sud-africain, rien à voir avec le Mercier blanc de noirs que j'aime, mais il est frais et agréable. Nous nous asseyons tous les quatre ensemble. Aelig lève son verre :

— À ce moment de vie parfait au-dessus du désert.

— « On ne voit rien, on n'entend rien et cependant quelque chose rayonne en silence », dis-je.

À ma grande surprise, Aelig renchérit avec une autre phrase du même auteur :

— « Ce qu'il y a de beau dans le désert, c'est qu'il cache un puits quelque part. »

Il connaît ses classiques et Tonio.

— Vous avez les mêmes lectures, observe Ganaëlle. Avec Géraud, nous n'avons pas les mêmes goûts.

— C'était pareil avec Samuel, dis-je. On ne voulait jamais voir le même film.

— Samuel c'était votre mari ? demande Aelig.

Ganaëlle me sauve en demandant :

— Il n'y a pas de salle de cinéma, dans le désert, vous êtes obligé d'aller en ville ?

Aelig écarte les bras pour englober la plaine.

— Mon écran est ici, les animaux sauvages

défilent dessus nuit et jour : autruches, springboks, zèbres de montagne, hyènes, éléphants, girafes, phacochères, léopards et guépards. Pour le reste, on a des tablettes sur lesquelles on télécharge des films. On se fait des soirées cinéma avec Moro. Il n'y a pas de télévision dans les bungalows.

Je repense à la bande dessinée qu'il feuilletait hier soir, avec la femme à la peau rouge tenant un enfant blanc dans ses bras. La maman de Moro devait lui ressembler.

On se repose le reste de la journée. En fin d'après-midi, un guide nous propose de prendre l'apéritif dans le désert au coucher du soleil. Le 4 × 4 nous trimbale sur une piste gondolée qui joue des claquettes avec nos vertèbres.

— *It's African massage*, rigole-t-il.

Il désigne des traces d'animaux sur le sol, puis quitte la piste et roule droit vers nulle part. Il s'arrête au milieu des sables, sort une table pliante, dispose dessus une nappe, des quarts pour boire, des gamelles dont il ôte un à un les couvercles tel un prestidigitateur : fruits secs, biltong de lamelles de viande séchée épicée, je ne veux pas savoir de quel animal il s'agit. Il a aussi un choix de bouteilles dans une glacière.

— *You like Amarula?*

C'est une liqueur à base de sucre, crème et fruits du marula, un arbre local. Ça ressemble au Baileys, il y a un éléphant sur l'étiquette de la bouteille parce qu'ils mangent ces fruits. Le soir tombe sur la plaine, il fait soudain frais, la boisson à 17 degrés d'alcool nous réchauffe. Le guide désigne un tourbillon de poussière au loin.

— C'est quoi ? Un troupeau d'éléphants qui charge ?

— Une mini-tornade ?

Le tourbillon se rapproche dans le soleil couchant, le guide n'est pas inquiet. Moi non plus. Je bois mon deuxième verre d'Amarula. Le tourbillon fonce sur nous. Notre guide ouvre son coffre. Pour prendre son fusil ? Non, il revient avec deux quarts qu'il pose sur la table. Le 4×4 que je prenais pour une tornade s'immobilise derrière le nôtre. Moro en descend et court vers nous. Aelig la suit à longues enjambées.

— Moro voulait vous voir, dit-il. Je ne sais pas ce que vous lui avez fait.

— Nous sommes bretonnes, dit Ganaëlle.

Le guide tend une canette de soda à la petite fille et prépare un gin tonic pour le directeur.

— Un pisteur a repéré les traces d'une lionne avec ses petits. Nous allons les chercher demain matin, ça vous intéresse ?

— À découvert ? s'étonne Ganaëlle, qui est moins casse-cou depuis qu'Émeline est née.

— La lionne chasse la nuit, le jour elle digère. Elle est habituée aux 4×4. Évidemment, si vous descendez de voiture elle risque de vous prendre pour un oryx. Mais si vous restez assise dans la Jeep, elle ne s'intéressera pas à vous.

— Dans la Jeep du lodge, précise Moro. Ils connaissent notre logo. L'autre jour, des touristes d'un autre lodge sont allés trop près. La lionne avait encore faim, ils lui ont servi de petit déjeuner.

— Mais non ? fais-je, effarée.

Moro éclate de rire.

— Vous êtes moins bonne à manger qu'un phacochère, dit-elle, ravie de sa blague.

— Tu m'as bien eue. Tu veux bien me tutoyer ?

Elle regarde son père pour quêter sa permission. Aelig secoue la tête.

— Vous êtes nos hôtes, ça ne se fait pas.

— Nous avons tous du sang breton, nous sommes peut-être cousins, argumente Ganaëlle.

— Pas moi, dit Moro.

— Ton père l'est à moitié, donc tu l'es pour un quart, dis-je.

— Son père est 100 % himba, précise Aelig.

— Ce n'est pas vous ?

Ils échangent un sourire complice.

— Nos hôtes le croient, on ne les détrompe pas, ça nous amuse, dit Aelig. Je suis officiellement son tuteur.

— Mon père vit au Kaokoland, au nord-ouest de la Namibie, dans un village traditionnel. Il porte le pagne et des sandales en pneus de voiture, des colliers, il a la tête rasée avec juste une queue-de-cheval et un bonnet qui fait comme une virgule, raconte Moro. Je ne suis pas assez rouge pour le rejoindre au village, mais on s'aime beaucoup et je vais lui rendre visite. Ma maman, Penny, était anglaise. Après papa, elle a aimé Aelig. Elle m'a confiée à lui.

— Nous avons hérité l'un de l'autre, dit Aelig avec tendresse.

— Je ne me souviens pas de maman, elle est morte quand j'avais trois ans. Mais Aelig m'en parle souvent, poursuit Moro. Je suis née à l'hôpital St Mary's à Londres. Mes grands-parents ont refusé de me connaître mais on m'a raconté qu'il y avait plein d'amis de maman ! Moro est mon surnom. Mon vrai prénom c'est Ngwaundjombunga, ça veut dire « celle que beaucoup de gens sont venus voir à la naissance ».

— C'est compliqué, les familles, dis-je. Tu sais quand mon père est mort, je me suis retrouvée seule avec ma mère, on se regardait en chiens de faïence.

— Elle est méchante ? s'inquiète Moro.

— Non, mais nous avons du mal à nous aimer comme il faut. Et j'espère secrètement chaque jour qu'elle va se remarier avec un Esquimau, un guide himalayen ou un pêcheur tahitien, et partir au bout du monde.

— Vous n'y allez pas avec le dos de la cuillère, dit Aelig, un peu dérouté.

— Parce que vous ne la connaissez pas. Elle a commencé à me détester quand j'avais l'âge de Moro, précise Ganaëlle, comme tous les amis de Cerise d'ailleurs. On peut se tutoyer, nous aussi ?

— Il y a combien de lionceaux avec la lionne ? dis-je pour changer de sujet.

— Quatre. J'espère que nous les verrons demain.

Le silence retombe sur le désert. Le guide empile les gamelles sans gâcher la nourriture qui reste, ramasse les quarts, replie la nappe et la table.

— Je peux aller dans leur voiture ? supplie Moro.

Aelig hésite puis accepte.

— Vous avez des enfants ? demande-t-elle tandis que le 4×4 joue aux osselets avec nos colonnes vertébrales.

— Une petite fille, Émeline, répond mon amie.

— Moi non, sauf dans les romans que j'écris, dis-je.

Elle pose la tête sur mon épaule en un geste inattendu et très doux.

— Pour papa, le Kaokoland est le plus bel endroit du monde. Le feu sacré ne doit jamais s'éteindre dans un village himba, il maintient la relation entre les vivants et les morts, on m'a présentée aux ancêtres devant lui. Pour maman, le paradis était Sossusvlei.

— Pour moi, c'est la Bretagne, j'espère que tu auras la chance d'y aller un jour.

Lise

Je sors du Polo, après avoir bavardé avec une secrétaire qui rêve de changer de métier. Malheureusement elle a dépassé de peu l'âge pour s'inscrire à la formation qu'elle souhaite. Les challenges me stimulent, impossible n'est pas Lise.

De retour à la maison, je prends le taureau par les cornes, passe dix coups de fil, élabore un scénario des plus convaincants. Je sais parler aux gens, franchir les barrages téléphoniques des assistantes pour que le bon interlocuteur me prenne en ligne.

Je les fais rire, glisse ton nom, fais feu de tout bois. La plupart du temps, ça fonctionne. Et cette fois, ça ne manque pas : la vie de cette jeune femme va changer, je réussis à contourner les restrictions et à l'inscrire. Les injustices me révoltent.

La secrétaire me manifeste sa gratitude en m'envoyant un magnifique bouquet de fleurs. Elle ne sait pas que je préfère les plantes. Mais à la fin, je me retrouve seule.

Cerise

Aelig conduit. Le pisteur armé d'un fusil est assis sur un strapontin fixé sur la carrosserie à l'avant de la Jeep. Moro est sur la banquette arrière entre Ganaëlle et moi.

— Si on s'approche des lions, il y a des règles à suivre, prévient Aelig. On se tait et on ne fait aucun geste. Je vous dirai si vous pouvez bouger doucement pour prendre des photos. Si je ne dis rien vous restez immobiles.

La Jeep suit les traces, le pisteur se penche vers la route, lève parfois le bras pour demander à Aelig de s'arrêter, descend du strapontin, s'accroupit, examine le sol, puis nous repartons. Au bout de deux heures, il annonce :

— Ils ne sont pas loin. Silence.

La voiture ralentit, s'arrête. La poussière retombe. Aelig nous fait signe de regarder à gauche. Le pisteur, à découvert, tient son fusil. D'abord je ne vois rien dans la direction qu'il indique. Tout est beige, le sable, le buisson, la poussière. Puis mes yeux s'habituent et je distingue une longue forme allongée. Puis une seconde. Et, par-dessus, des boules qui grimpent les unes sur les autres.

Je retiens ma respiration. La lionne se lève, s'étire, se recouche. Elle nous snobe royalement. À l'abri sous le buisson, les quatre petits à oreilles rondes, qui ressemblent à des peluches, prennent leur mère pour un toboggan. Le lion superbe à la crinière majestueuse redresse la tête puis se rendort. La voiture est à vingt mètres d'eux. Ils pourraient sauter et nous croquer mais on ne les intéresse pas. Nous restons là, fascinés.

— Vous pouvez prendre des photos sans faire de grands gestes, souffle Aelig.

Ganaëlle lève doucement son portable pour Géraud et Émeline. Je regarde. Moro se serre contre moi.

Les mots que nous avons tus jaillissent plus tard sur la terrasse du lodge.

— Les petits ressemblaient à des chatons !

— Leurs oreilles étaient rondes comme celles de Simba dans *Le Roi Lion*.

— Mais dans la vraie vie, leur gentille maman mange Pumba ! Ils se nourrissent de phacochères, de gnous et de zèbres, précise Aelig.

— Quand la lionne a bougé, j'ai flippé, dis-je.

— Elle protégeait ses petits, la défend aussitôt Moro.

— Le léopard et le tigre sont solitaires, ajoute Aelig. Le lion est l'unique grand félin qui vit en bande et tisse des alliances. Quand un mâle en tue un autre, il tue aussi ses petits pour rester le seul dominant et voler sa femelle.

— Quelle horreur !

— Question de point de vue. Nous tuons bien les oryx pour les manger, non ? Et ils n'ont pas plus de chances face à nous que les lionceaux face à celui qui élimine la future concurrence.

Aelig rejoint son bureau et Moro nous parle du village de son père. L'eau est taboue pour les femmes himbas, elles ne se douchent pas, font des saunas quotidiens dans leur case en enfumant des plantes aromatiques sur des braises. Elles ont les seins nus mais le plexus caché par une parure. Leurs chevilles masquées par des bracelets ne doivent pas être découvertes, c'est un endroit très intime. Elles s'enduisent le corps et les cheveux d'ocre broyé mélangé à de la graisse animale, ça nourrit leur peau mais ça salit les sièges des voitures. Elles achètent l'ocre à la capitale, Opuwo, c'est cher – l'équivalent de deux chèvres par mois en ocre, plus qu'une Parisienne adepte des grandes marques de cosmétiques. Ou elles vont l'extraire de la mine de la montagne sacrée avec des pics. Elles construisent leurs cases avec un mortier à base de terre et de bouse de vache. Le feu sacré a un gardien désigné, on ne doit jamais passer entre lui et l'enclos des bêtes. Les Himbas sont fiers de leur bétail, ils n'égorgent pas leurs animaux, ils les étouffent pour ne pas gâcher le sang et lisent l'avenir dans leurs intestins. Les bêtes sont leur monnaie d'échange et la base de tout, lait, viande, habits, parures, et cases. À Opuwo, le bas des maisons est teint en rouge parce qu'elles s'adossent aux murs.

Aelig émerge de son bureau en fin d'après-midi et nous propose un nouvel apéritif au coucher du soleil. Au lieu de suivre la piste et de subir l'*African massage* de la tôle ondulée, la Jeep se dirige vers une dune qui ressemble à une montagne de crème caramel, attaque la montée à la verticale, patine et parvient au sommet. Le soleil descend sur la dune en face, des zèbres galopent en contrebas. Moro déplie la table, pose dessus une nappe colorée, les gamelles et les quarts.

— Coca pour mademoiselle, gin tonic pour les dames, annonce Aelig.

— Le soleil va trop vite, dit Ganaëlle. Tu peux lui dire de ralentir, monsieur le directeur ?

— Aelig à Soleil, on refait une prise plus lentement : Attention… Silence… Moteur… Ça tourne… Clap… Action !

— Une équipe de cinéma est venue tourner au lodge l'été dernier, ils m'emmenaient partout, c'était super, dit Moro.

Moi qui pensais tisser un lien précieux avec elle, je me sens d'un coup bien peu de chose pour cette enfant aux yeux clairs. Moro grandit en côtoyant en permanence des étrangers qu'elle oublie sitôt repartis. Je m'imaginais quoi ? Qu'elle cherchait une maman ? Ganaëlle et Aelig bavardent. Ma joie s'est envolée. Ganaëlle a Géraud et Émeline, Aelig a Moro, je suis seule, c'est de famille. Je sursaute quand Aelig me touche doucement le bras pour me ramener auprès d'eux.

— Moi aussi j'ai eu des passages à vide. On s'en sort, mais ça prend du temps.

Le malentendu persiste. Moro ramasse un caillou et me le tend comme une offrande, je le glisse dans ma poche. Je vais leur dire la vérité :

— Ganaëlle a un sens de l'humour particulier. Je ne suis pas…

— Regardez !

En bas, derrière un arbre poussiéreux, une tête, deux têtes, trois têtes, tout un bouquet de têtes de girafes émerge en ombres chinoises, comme issues du tronc.

Le ciel est couvert ce soir, un couvercle coiffe l'observatoire. Nous restons tard dans le salon ouvert sur la plaine, à écouter de vieilles chansons françaises. Moro les connaît par cœur. Mais elle se lève et sort sur la terrasse dès qu'Aznavour entonne « Ils sont venus ils sont tous là, dès qu'ils ont entendu ce cri, elle va mourir la mamma… ».

Axel

Je te vois venir, mon camarade pilote. Gros comme une maison. Si tu la fais souffrir, je balance un essaim d'abeilles géantes dans ton hélice, une escadrille d'oiseaux dans ton moteur, un éléphant volant dans ton pare-brise. Cerise est ma petite fille, elle paraît sûre d'elle mais dans le fond, c'est une meringue friable.

Je t'envie aussi d'être aux commandes de ton avion, de sentir la carlingue vibrer dans tes mains et sous tes pieds. C'est presque aussi merveilleux que d'étreindre une femme.

Cerise

Nous partons avant l'aurore découvrir les dunes de Sossusvlei avec Moro. Aelig doit accueillir les organisateurs d'un futur séminaire. Le site, payant, a été ouvert au public en 1977, avant on ne le visitait pas, il faisait partie de la zone diamantaire interdite. Nous passons la guérite du gardien, longeons une mer de dunes orange, beige, ocre ou mauve, palette inspirée d'un peintre amateur d'Amarula. Le guide s'apprête à garer notre 4 × 4 sur un parking en bas d'une grande dune ponctuée de fourmis venues du monde entier, avec casquettes, gourdes, lunettes et chaussures de marche.

— Allons plutôt là où il n'y a personne, suggère Ganaëlle.

— C'est la plus belle dune, dit le guide.

— Oui, mais il y a trop de monde.

— C'est celle-ci qu'il faut escalader, persiste-t-il.

— Nous ne sommes pas des moutons. Continuons, s'il vous plaît, insiste Ganaëlle.

Le guide obtempère, il doit nous trouver bizarres. D'autant plus que mon amie va à la pêche aux flaques. Au lieu de lever la tête vers les monticules de sable, elle cherche une mare.

— Super, vous pouvez vous arrêter là ?

— Il n'y a rien.

— Si, il y a une nappe d'eau. J'en ai pour une minute.

Ganaëlle saute prestement hors de la voiture, le soleil se reflète dans l'eau claire, la photo sera parfaite. Mais le sable près de la flaque est humide, sa chaussure glisse, elle tente de se rattraper sans lâcher son téléphone, et elle tombe assise sur les fesses au milieu de l'eau boueuse. Le guide se précipite :

— C'est pour ça qu'il faut rester avec les autres touristes ! Voilà !

Moro et moi éclatons de rire devant la mine dépitée de Ganaëlle qui, bonne joueuse, dit :

— Laissez-moi au moins prendre ma photo, je l'ai méritée !

Elle shoote le reflet dans la mare devenue trouble. Il fait chaud, elle sèche rapidement, la boue durcit et prend une teinte couleur girafe du désert, son pantalon tiendrait tout seul si elle le retirait. Je prends une photo d'elle de dos, Géraud et Émeline vont adorer. Le guide regarde avec consternation sa voiture propre que Ganaëlle va saloper.

— Je suis désolée, lui dit-elle.

— Vous voulez escalader la dune maintenant ? Ou manger ?

On vote à l'unanimité pour la seconde proposition. Il nous conduit près d'un bosquet d'arbres où deux singes assis sur une branche nous regardent avec intérêt. Le guide allume un réchaud et nous prépare un petit déjeuner royal, œufs sur le plat, bacon, haricots, tomates, pain et confiture maison. Nous lui proposons de se joindre à nous. Manifestement ce n'est pas l'habitude.

— Vous l'avez payé, c'est à vous.

— Il y en a largement pour quatre !

— Alors d'accord !

À des touristes qui s'étonnent de l'état de ses vêtements, Ganaëlle raconte :

— C'était ça ou servir de petit déjeuner à un lion. Alors j'ai couru. Et plus vite que lui.

— Où ça ? Ici ? s'affole une dame.

La rumeur va enfler et la panique gagner les touristes. Devant mon air réprobateur Ganaëlle rétropédale, à regret :

— Je plaisante, j'ai simplement glissé dans une flaque.

— J'aime mieux ça ! dit la naïve, pas complètement rassurée.

— Il faut que tu arrêtes d'inventer des craques, dis-je.

On découpe des sacs en plastique qu'on étale sur la banquette de la voiture pour limiter les dégâts, et nous reprenons le chemin du lodge.

— Je pars au Zimbabwe demain avec Aelig, déplore Moro. Vous reviendrez bientôt, hein ?

— Oui, bien sûr.

— Peut-être, tempère Ganaëlle.

Elle me tombe dessus dès qu'on se retrouve en tête à tête dans le bungalow.

— Toi aussi, arrête de raconter des craques, on ne va pas revenir. Il ne faut pas mentir aux enfants.

Notre dernière soirée à quatre a le goût des adieux. Moro ne me lâche pas, est-ce qu'elle fait pareil avec toutes les femmes de l'âge de sa mère ?

— Cerise m'a promis de revenir, dit-elle à Aelig.

Il me souffle :

— Moro est sauvage d'habitude, elle est différente avec toi. Parce que tu as perdu quelqu'un, comme nous.

Je ne le reverrai pas, on va chacun reprendre le fardeau de nos vies. À quoi bon dissiper les malentendus au risque de gâcher nos derniers moments ensemble ?

— C'était fantastique d'être ici, dis-je doucement.

— Il y a du bon café au lodge, je t'avais prévenue.

Il sourit, balance la nostalgie hors du cockpit, redevient un directeur sympa avec une gueule de baroudeur et des dents blanches.

— Vous êtes bretonnes, c'était normal de vous surclasser ! Je passe une nuit à Paris le 15 du mois prochain avant d'aller au mariage de mon cousin à Groix. On pourrait dîner ensemble si vous êtes libres toutes les deux ?

Il oubliera, ou nous serons prises. Un mois, c'est dans un siècle.

Lise

Cerise est rentrée de Namibie, elle me parle de montgolfière, de lions, de dunes, me casse les pieds avec son voyage auquel elle ne m'a pas conviée.

— Ta grand-mère Enez aurait eu cent ans le mois prochain. Manon a organisé un dîner hommage chez elle en Bretagne le 15. Tu resteras quelques jours avec moi à Quiberon après ?

— Attends, tu as dit le 15 ? J'ai une soirée prévue à Paris.

— Annule-la.

Elle viendra finalement, flanquée de la petite Stéphan. Elles arriveront le jour de la fête, repartiront dès le lendemain matin.

Au Polo, je croise des femmes de mon âge en symbiose avec leurs filles. Ensuite la famille s'agrandit, la fille devient mère, la mère devient grand-mère, il y a un bébé dans une poussette, les trois générations cheminent au même pas. Elles déjeunent au Polo chaque mercredi et chaque dimanche, partent en vacances ensemble comme une évidence. Pourquoi pas nous ?

Cerise

Tante Manon cuisine depuis deux jours pour nous recevoir. Quand maman, Charles et elle se sont partagé les souvenirs de leur mère, Charles a choisi la vieille cloche avec laquelle elle nous appelait tous aux repas, et avec laquelle il courait au fond du jardin à Pâques pendant qu'Enez s'écriait : « Les cloches de Pâques sont passées, elles ont apporté des œufs en chocolat, allez les chercher mais n'abîmez pas les hortensias ni les rosiers ! » Il a rapporté la cloche aujourd'hui et il la sonne pour lui rendre hommage. C'est un héros tendre et pudique. Blessé à la guerre, il est resté proche de ses anciens camarades de combat.

Pour ne pas être seule avec maman et limiter les frictions, j'ai embarqué Ganaëlle, que ma grand-mère aimait beaucoup. Habile de ses mains, ma délicate amie a gravé sur une pierre en cadeau : « Ici a vécu Enez Madec, résistante bretonne. »

— Merci pour cette attention, dit oncle Charles avec émotion.

— Nous la scellerons ensemble dans le mur de la

maison, l'été prochain, j'engagerai une dame pour vous faire des crêpes puisque je ne cuisine pas, ce sera gai ! s'écrie maman, enthousiaste.

Elle rayonne, encadrée par son frère et son beau-frère, tandis que je m'amuse avec mon amie, mes cousins et leurs enfants. Puis je rentre avec maman et Ganaëlle à Quiberon. La présence d'un tiers facilite les choses, tout se passe bien. Mais au moment d'aller se coucher, elle me retient par la manche :

— On se voit bientôt ?

— Je suis devant toi maman !

— Oh, ça ne compte pas, dit-elle fermement. Ton amie est là, je t'ai rendu service en l'invitant. Maintenant je veux qu'on se voie toutes les deux.

Le lendemain matin elle nous dépose à la gare d'Auray où nous sommes censées prendre un train pour Paris. Un homme sur le quai porte des chaussures claires qui me rappellent Aelig. Il a atterri en France hier, il n'a pas failli à sa parole mais nous étions déjà en Bretagne.

— On n'est pas loin de Groix, dis-je à Ganaëlle. On pourrait prendre le train pour Lorient, au lieu de rentrer. Traverser, dîner avec Aelig, passer la nuit sur place et repartir demain.

— Tu as envie de le revoir ? demande Ganaëlle.

— J'ai envie de voir Groix.

Enez, le prénom de ma grand-mère, veut dire île en breton, ça ne peut pas être un hasard.

Nous descendons du train à Lorient, nous prenons un bus pour la gare maritime et embarquons sur le *Breizh Nevez* qui signifie nouvelle Bretagne. Le bateau n'est qu'à moitié plein, j'imagine la cohue l'été. Les Groisillons sont installés à l'intérieur, ils ont l'océan au cœur et devant les yeux en permanence. On monte sur le pont supérieur avec les fumeurs. Soudain, quelqu'un tend le bras, tout le monde se masse au même endroit, des cris fusent. Une bande de dauphins saute et plonge à bâbord en longeant le bateau. Leurs dos luisants émergent des flots, jouent à cache-cache avec l'écume, c'est irréel et splendide.

— Aelig n'a pas répondu à notre message. Il n'a peut-être aucune envie de nous voir ? dit Ganaëlle.

— Pourquoi nous aurait-il appelées ?

— Parce qu'il ne connaît que nous à Paris, alors qu'ici il est en famille. Parce qu'il espérait te lutiner, ce qui était impossible avec Moro et le staff.

— Tu plaisantes ? Je n'étais que la pauvre veuve inconsolable.

— Tu étais la charmante veuve fragile à consoler. Regarde, on arrive !

Je souris, sous le charme du petit port qui s'encadre entre la balise rouge et la balise verte. Le lourd bateau manœuvre pour accoster, dégueule des voitures, des passagers, des chiens, des vélos, des caddies.

— Il ne doit pas y avoir des tas de mariages le même jour dans une île de huit kilomètres sur quatre. On va se renseigner, décrète Ganaëlle.

Elle s'approche d'une dame âgée.

— Bonjour madame, pouvez-vous me dire où est l'église ?

— Laquelle ? Saint-Tudy, Sainte-Anne, Notre-Dame-du-Calme, Notre-Dame-de-Plasmanec, Saint-Léonard ?

Elle rit en voyant nos mines déconfites.

— Vous cherchez le thon ?

— Quel thon ?

— Ici c'est une île de pêcheurs, on a un thon sur le clocher, au bourg.

— Nous cherchons le mariage du cousin d'un ami qui vit en Namibie mais j'ignore son nom de famille.

— C'est un baron.

— Un noble ?

— Un Baron avec un B majuscule. Sa mère est une Baron. Son cousin Erwan se marie avec la ravissante Loulou à l'église du bourg.

— Celle du thon ?

Elle nous indique l'extrémité gauche du quai.

— Vous tournez au restau Les Garçons du port, vous passez entre L'Auberge des Pêcheurs et le Ty Beudeff, ça grimpe sec mais ça fait les mollets, *dam !*

On monte. On hésite à bifurquer devant le Cinéma des Familles.

— La dame a dit tout droit donc on continue.

On arrive devant la Poste et on aperçoit l'église avec le thon sur son clocher. Les grandes portes rouges sont fermées. On entre par le côté. L'église est pleine. La mariée est mince et gracieuse. Le marié a les cheveux longs. Ils sont beaux, même de dos. Derrière l'autel, la grande ancre est flanquée de deux anges. Des ex-voto de bateaux se balancent au-dessus de l'assemblée. La voix du prêtre monte, répercutée par les vieux murs.

— Loulou et Erwan, c'est un grand jour pour vous et pour nous !

Les mariés échangent un regard complice. Je ressors avec Ganaëlle. On s'installe en face, chez Bleu Thé, pour savourer un excellent far devant un manège à l'ancienne. Puis les portes rouges s'ouvrent. Les mariés surgissent sous les applaudissements et une pluie de riz. La noce s'égaye à travers le village.

Aelig marche à dix mètres de nous, en grande conversation avec une blonde sexy en robe décolletée. Il porte un costume gris qu'on a dû lui prêter parce que le pantalon est un poil trop court, il a gardé ses chaussures en koudou. Il rit au soleil. Nous n'aurions pas dû venir. Je souffle à Ganaëlle :

— Laisse tomber, ne les dérange pas.

— Quoi ? Tu es folle, on n'a pas changé tous nos plans pour rien.

Elle interpelle le couple.

— Vous savez si on peut trouver de l'Amarula ici ?

La blonde fronce les sourcils tandis qu'Aelig éclate de rire.

— Ganaëlle ! Qu'est-ce que tu fais là ?

— J'étais à Quiberon avec Cerise.

— Sur la grande terre ? Quelle surprise !

Il n'a pas dit « quel plaisir ». Il s'avance vers nous.

— Gwen, ce sont des clientes du lodge, c'est étrange de vous retrouver ici.

Nous sommes des clientes, donc.

— Comment va Moro ? fais-je.

— Elle est chez son père pour la semaine. Je vais la retrouver ravie et ocrée. Les mariages himbas sont plus sportifs que les nôtres. Tout le monde marche à quatre pattes vers la case de la mariée, par respect pour les ancêtres disparus. Puis on sacrifie un bœuf en hommage aux ancêtres. À Groix, on sacrifie des poissons ou des crustacés.

— Vous voulez déjeuner avec nous ? dis-je en m'adressant au couple.

— On nous attend pour le vin d'honneur, précise Gwen.

— Vous êtes seules toutes les deux ? demande Aelig.

Ganaëlle ouvre la bouche pour acquiescer mais je l'interromps.

— Nos compagnons sont partis se promener, on les attend.

— Vous restez longtemps ?

— Nous repartons cet après-midi.

— Aelig, il faut y aller, insiste Gwen.

— OK. Il n'y a pas d'Amarula ici, mais mon copain Patrick vient d'ouvrir un bon restau à la place d'une ancienne crêperie, ça s'appelle le Bao. Vous prenez la rue du presbytère jusqu'à la boucherie de Loïc…

— Il a pris sa retraite, c'est Quentin maintenant, intervient la blonde.

— OK. La boucherie de Quentin. Après, vous tournez à gauche, le Bao est au bout de la ruelle, poissons de terroir et vins de ligne, ils ne servent que du local et du frais.

Ils s'éloignent.

— Je croyais que tu n'aimais pas les mensonges ? persifle Ganaëlle.

Bao, on apprend que c'est le nom groisillon de la palangre, une ligne montée avec des hameçons. Je savoure un pil pil de moules de Groix et un rouget de l'île purée de potimarron, mon amie opte pour le thon fumé dans l'île et un merlan de ligne risotto d'épeautre. J'entame mon crumble quand une voiture s'arrête devant le restaurant. Aelig en descend avec son costume sérieux et ses chaussures incongrues.

— Vous êtes seules ?

— Nos amis n'avaient pas faim, dis-je. C'était bien, le vin d'honneur ?

— J'aurais pu vous inviter si j'avais su. À deux ça n'aurait pas posé de problème.

Ganaëlle me lance un regard éloquent.

— Je suis venu vous chercher pour faire le tour de l'île. Vous prévenez vos compagnons ?

— Pas la peine, on les retrouvera sur le port.

— Mon carrosse est à votre disposition, mesdames, dit-il en ouvrant sa portière.

— Ton amie blonde ne nous accompagne pas ?

— Gwen ? C'est ma cousine, elle est restée avec son mari et ses enfants.

Il nous montre ses lieux de prédilection sur ce caillou planté au milieu de l'océan : le phare de la pointe des Chats avec son chapeau rouge et les rochers étincelants de la plage ; le sémaphore de la Croix ; la plage des Sables rouges, rien à voir avec l'ocre des Himbas, il a cette teinte parce qu'il contient des grenats ; les Grands Sables, unique plage convexe d'Europe ; Port-Lay, ses barques, ses goélands et ses mouettes ; le phare de Pen-Men et la réserve ornithologique ; les falaises de Port-Saint-Nicolas ; Locmaria et sa baie. On croise des marcheurs, des chiens, des chats, des gens à vélo, des lapins, des faisans, tout est harmonieux et tranquille.

— Ta famille vit dans quelle partie de l'île ?

— Ils sont dispersés. Notre maison familiale a été vendue, je ne suis plus chez moi nulle part. Un jour, j'achèterai une petite maison ici. Pas loin d'une plage, le sable du désert me colle à la peau. Moro adorera. Groix a une magie propre, on y est plus heureux que n'importe où ailleurs. Plus triste aussi parfois. Les émotions et les pensées n'ont pas de garde-fou.

Quiberon est un havre de paix, on peut naviguer, faire du surf, jouer au golf, pêcher, se balader sur la côte sauvage, jouer aux fléchettes dans des bistrots sympas, passer de soleil à tempête, savourer le calme l'hiver ou voir déferler la foule l'été. Mais sur le continent, on est à la merci de qui vient, à l'abri de rien. Alors qu'une île protège et caparaçonne. Attire ou rejette.

— Si on se baignait ? propose Aelig.

— On n'a ni maillot ni serviettes.

— Je vais arranger ça.

Il se gare devant une maison, frappe à une porte. Une dame ouvre.

— C'est toi, *Co* ?

Nous restons à l'écart par discrétion. Aelig ressort avec trois serviettes et des maillots de bain.

— La mère de Gwen m'a prêté ça.

— Pourquoi elle t'a appelé *Co* ? demande Ganaëlle.

— Les gens ici appellent leurs proches *Co*, comme copain ou compagnon. Chez les Himbas, ils disent *kolé*.

On descend un peu plus loin dans une crique ensoleillée. On enfile nos maillots. Aelig est beau et musclé en bermuda de bain noir mais on se moque gentiment de son bronzage agricole, corps blanc, bras et jambes bruns. J'ai trouvé un maillot une pièce rouge à ma taille, et Ganaëlle, plus téméraire, un deux-pièces multicolore. Nous courons vers l'eau en hurlant pour nous donner du courage. Ganaëlle se dérobe au dernier moment, tandis qu'Aelig et moi avançons bravement. Qui attrape la main de l'autre ? Moi ? Lui ? On progresse ensemble, souffle coupé, jambes gelées.

— Elle est glacée !

— Mais on n'a pas reculé.

— Ganaëlle, tu es une lâcheuse !

— Je n'ai jamais eu l'intention d'y aller, vous êtes dingues.

— Le premier au rocher qui a une forme de crocodile ?

— D'accord !

Il crawle avec souplesse et atteint le rocher avant moi. Sur la plage, Ganaëlle s'est rhabillée et nous attend, assise sur sa serviette. On nage la brasse sans nous hâter, ce qui nous permet de bavarder.

— J'étais déçu de te rater à Paris, dit Aelig en me regardant droit dans les yeux. C'était bon de rire ensemble à Sossusvlei, pour la première fois depuis la mort de Penny.

Je souris de toutes mes dents afin de masquer ma gêne, du coup je bois la tasse.

— Penny était une ethnologue anglaise qui faisait des recherches sur les Himbas, raconte-t-il. Elle a voyagé plusieurs mois avec le père de Moro, très respecté dans sa communauté. Après son accouchement à Londres, elle est revenue présenter l'enfant au village et faire son baptême himba. Elle a ensuite quitté le Kaokoland pour venir à Sossusvlei. Elle devait rester un mois, elle est restée trois ans. Le staff a surnommé sa fille Moro parce que c'est le premier mot que le bébé a prononcé, celui que Penny lui murmurait à chaque lever de soleil. Puis Penny a commencé à maigrir. Le médecin a dit qu'elle était perdue, elle est rentrée en urgence à Londres pour se soigner, en me laissant Moro. Un cancer du pancréas foudroyant l'a emportée. Je suis allé en Angleterre pour l'enterrement. Les parents de Penny, des connards racistes, ont refusé de rencontrer leur petite-fille. Prévoyante, Penny avait rédigé un acte notarié pour me nommer son tuteur avec l'accord de son père. Moro le voit souvent, ils s'entendent très bien. Je lui ai proposé de rester vivre chez les Himbas, elle choisit de revenir au lodge. Pour l'instant.

Je l'écoute en nageant contre le courant. La plage n'est plus très loin mais les vagues nous repoussent vers le large.

— Je savais depuis le départ que Penny ne resterait pas, qu'elle ne ferait que passer, mais j'ai aimé chaque seconde avec elle. Et Moro est exceptionnelle. Tu n'as pas d'enfants par choix ou parce que ton mari est mort ?

Nous y voilà.

— J'ai essayé de t'en parler, Aelig. Samuel est parti.

— Je sais, oui.

— Il n'est pas mort. Il est médecin anesthésiste et il s'envoie en l'air avec une patiente bien réveillée.

— Quoi ?

Aelig ouvre la bouche comme moi tout à l'heure. Il avale de l'eau et se met à tousser.

— Vous vous êtes fichues de moi ?

— Ganaëlle a inventé ça parce qu'elle t'en voulait de nous avoir fait attendre à l'aéroport. C'était une plaisanterie.

— Parce que pour vous c'est drôle de perdre la personne qu'on aime ? Vous avez un sens de l'humour qui m'échappe !

— Je n'ai jamais voulu ce malentendu.

— Je me sentais bien avec toi parce qu'on traversait la même épreuve. Je t'ai accordé ma confiance. Moro aussi.

La déception et la colère décuplent ses forces. Il avance plus vite que moi.

— J'ai perdu mon père quand j'avais dix-sept ans, je sais ce que c'est d'avoir un trou dans le cœur, dis-je.

— Pourquoi je te croirais ? Tu m'as menti, tu continues peut-être ? Va retrouver ton ami s'il existe vraiment. Ou c'est encore un mensonge ?

Il accélère et sort de l'eau. Ganaëlle lui tend une serviette. Il l'attrape, parle avec véhémence, ramasse ses vêtements, marche vers sa voiture.

Navrée, je nage vers la berge où Ganaëlle m'attend en déployant la serviette qui reste.

— Je suis désolée, dit-elle en me frictionnant comme on bouchonne un cheval.

— Il… t'a… dit… quoi ? fais-je en tressautant au rythme de ses mouvements.

— Qu'on s'est payé sa tête.

— Je t'avais prévenue.

Je me rhabille. On rend les maillots à sa propriétaire, puis on marche en faisant du stop. Une 4L bleu océan s'arrête.

— Vous allez où ? demande le conducteur.

— Au port.

— Je vais vous rapprocher, vous n'aurez plus qu'à descendre la rue Stéphan.

— Marrant ça, c'est mon nom de famille. Je vais descendre ma rue, dit gaiement Ganaëlle.

— Je m'appelle Loïc, se présente notre sauveur.

— L'ancien boucher ?

— Oui. Vous connaissez bien l'île, je vois.

Tout est gâché maintenant. Loïc nous dépose. On monte sur le bateau. L'île attire ou rejette, elle recrache les menteuses.

— Aelig va se calmer, c'est trop bête, on le rappellera demain, dit mon amie qui s'en veut.

On dîne dans une crêperie et on longe le quai des Indes avant de rentrer dans le petit hôtel où on a réservé une chambre, quand mon téléphone sonne. Numéro inconnu. J'espère que c'est Aelig depuis Groix.

— C'est moi, dit maman. Une gentille infirmière m'a prêté son portable.

— Une infirmière ?

— Vous m'avez laissée en plan, ce matin. Je n'ai pas supporté de rester seule dans cette grande maison. Je suis rentrée à Paris en voiture avec ton cousin. Pour le dîner, j'ai voulu attraper une boîte de conserve dans le placard, mais elle m'est tombée des mains et a roulé par terre. Je l'ai ramassée et me suis ouvert le crâne sur le coin du placard en me relevant. J'ai vu trente-six chandelles ! Ça pissait le sang. J'ai erré dans l'appartement en appelant au secours. Puis j'ai réussi à me traîner dehors pour supplier un taxi de m'emmener aux urgences de la clinique la plus proche. J'ai un traumatisme crânien, ils ont insisté pour me garder.

— Tu as mal ? Tu peux me passer l'infirmière ?

— Elle est repartie. Viens me chercher demain en milieu de matinée.

Elle me croit à Paris alors que je suis à Lorient. Je note l'adresse, le numéro de sa chambre, et la réconforte du mieux que je peux. Il est vingt-deux heures.

— Je dois rentrer à Paris, Ganaëlle. Maintenant.

Elle réfléchit, pianote sur son portable pendant dix minutes. Puis elle sourit, contente d'elle.

— C'est arrangé. Je connais un site où des particuliers louent leurs voitures. Je viens d'en réserver une. Son propriétaire va nous la déposer. Quelqu'un la ramènera à Lorient demain. Dis-moi que tu me pardonnes de t'avoir bombardée veuve. Je veux t'entendre crier que je suis géniale et que je te sauve la mise parce que tu as menti à ta mère.

Je lève la tête vers le ciel étoilé.

— Tu es géniale et tu m'as foutue dans la merde !

Lise

J'ai vraiment eu les chocottes hier soir. J'en ai un peu rajouté auprès de Cerise en lui décrivant mon affolement avant d'être secourue. En réalité, j'ai tout de suite téléphoné à la gardienne, son mari m'a conduite aux urgences de cette clinique où un gentil docteur m'a fait des points de suture. Ils ne voulaient pas me garder pour la nuit mais je leur ai dit que j'étais seule et j'ai joué la panique, alors ils ont accepté. Le docteur m'a rasée là où il m'a recousue, il faudra que je déniche un bibi marrant qui, planté sur ma tête, fera chic et cachera le pansement. Tout serait tellement plus facile Axel si tu étais à mes côtés.

Cerise déboule dans ma chambre vers onze heures, des cernes sous les yeux.

— Comment te sens-tu ? Ils t'ont fait un scanner ?

— Une radio et ils m'ont recousue. Emmène-moi, j'ai faim.

— Et ton traumatisme crânien ?

— Je dois rester sous surveillance, ils m'ont recommandé de ne pas passer la journée seule. Je t'invite à déjeuner dans le joli restaurant Art déco où ton père m'emmenait.

Je n'ai pas remis les pieds dans ce restau depuis ta disparition, Axel. Je souris au maître d'hôtel.

— Je suis madame Axel Venoge, je venais souvent ici avec mon mari.

Le type, un jeune niais inculte, me regarde d'un air ahuri. Il nous installe à une mauvaise place près d'une fenêtre, je demande à changer parce que j'ai froid. Nous déjeunons trop rapidement à mon goût, j'aime prendre mon temps, mais Cerise mange avec un lance-pierres. Puis elle me reconduit et insiste pour monter avec moi. Je proteste, elle me colle. Et ce que je redoutais arrive. La gardienne jaillit de sa loge pour demander de mes nouvelles.

— Ah, madame Lise, vous nous avez fait peur hier, heureusement vous avez eu le bon réflexe de nous téléphoner !

Elle se tourne vers Cerise :

— Mon mari a aussitôt conduit votre maman aux urgences. Ils voulaient la renvoyer chez elle après l'avoir soignée, mais elle a insisté pour rester.

— Elle a eu raison, merci madame Fernandez, dit ma fille en me jetant un regard noir.

Cerise

Maman s'est foutue de moi, une fois de plus. Je la remonte chez elle puis je m'en vais.

— Ta mère va mieux ?

Aelig est assis sur le banc devant mon immeuble.

— Je suis venu faire la paix, dit-il. Ganaëlle m'a tout raconté. Tu ne t'es pas fichue de ma peine, tu étais piégée. Ta meilleure amie dégaine les mensonges plus vite que son ombre.

— Je te l'ai expliqué hier. Tu ne m'as pas crue.

— J'étais déçu et blessé. Tu m'invites à boire un café ?

J'acquiesce. Mon appartement au cinquième sans ascenseur est petit, mais il a une cheminée et un balcon-terrasse donnant sur les toits de Paris. J'ai grandi surplombée par la tour Eiffel, je vis coiffée par la tour Montparnasse. Nous nous asseyons devant l'océan de cheminées et deux ristrettos.

— J'ai pris le bateau du matin puis le train.

Ganaëlle m'a téléphoné. Je suis désolé. J'ai réagi trop fort. J'ai la tendresse susceptible.

— Tu aimais Penny, c'est normal.

— Je ne te parle pas d'elle.

Je bois pour me donner une contenance.

— Je parle de ce qui se passe entre nous depuis que je t'ai vue t'agripper aux montants de ton siège dans le Cessna, précise-t-il. J'avais l'impression de te connaître depuis toujours. J'ai pensé que c'était parce que tu étais veuve, qu'on était deux solitaires cabossés. Ça m'a rendu dingue de savoir que tu m'avais menti.

J'ai conduit la moitié de la nuit, je suis lessivée. Je dois rêver. Aelig est encore à Groix, je crois qu'il est devant moi mais je m'adresse à mon café.

— Tu m'as abandonnée dans l'eau glaciale, dis-je.

— Arrête, tu n'étais pas dix mètres derrière moi.

— Faux ! Et ça ne change rien au fait que tu as démarré et nous as laissées en plan.

— Cerise, j'ai aimé une femme qui s'est envolée là où je ne peux plus l'atteindre. Une suffit. Je n'ai pas envie de passer à côté d'une nouvelle chance.

Je sais ce qui va arriver. C'est délicieux d'attendre. Le désir envahit la terrasse devant la plaine de zinc et d'ardoises que le soleil caresse. Pas de point d'eau ni d'oryx, mais des pigeons, des statues, des antennes, des chapeaux de cheminée. Et nous, avec nos corps brûlants séparés par une table sur laquelle deux tasses de café vides se gondolent.

— Je t'ai dit que chez les Himbas, si un homme est attiré par une femme et lui propose poliment de faire l'amour, elle n'a pas le droit de refuser plus de deux fois, sauf si elle est mariée et que son mari ne lui donne pas l'autorisation ?

— C'est terriblement machiste.

— Mais les femmes peuvent avoir plusieurs amants.

— Tu me rassures.

Nous sommes assis, ça ne va pas durer. Il y a cette faim qui monte, ressemble déjà au plaisir.

— Tu n'es pas mariée, Cerise, n'est-ce pas ?

Je secoue la tête.

— J'ai très envie de faire des choses infiniment douces avec toi. Ceci est ma première demande officielle.

— Je suis une chic fille honnête, monsieur, je ne couche pas le premier soir.

— C'est l'heure du goûter. Ceci est ma deuxième demande officielle. Cerise, veux-tu faire l'amour avec moi ?

— Je n'ai pas dormi de la nuit.

— Continue sur ta lancée. Ceci est ma troisième demande. Cerise, veux-tu ?

La suite nous appartient. Nous flottons ensemble au-dessus du désert. La nuit tombe.

J'ai une bouteille de vin blanc au frigo et du jambon espagnol *pata negra.*

— Ça ne ressemble pas au biltong de koudou, dit Aelig.

Un feu brûle dans la cheminée, les flammes dansent dans nos yeux, se reflètent sur mon corps blanc et le bronzage agricole de mon amant.

— Tu repars quand ?
— Demain.

Le jour se lève. J'ai du pain, du beurre, du café et le chandail d'Aelig, trop grand pour moi. Mon pull de bonheur m'arrive au ras des fesses. Ça vient de profond, la joie de porter les vêtements de l'autre, de se couler dans sa laine, changer de peau pour adopter son odeur comme si la sienne ne suffisait plus. Il m'offre son bracelet himba qui représente la rivière Kunene. Je retire de mon poignet le lien rouge attaché à une ancre en argent que m'avait donné ma grand-mère.

On écoute de la musique et on savoure *My Favorite Things* dans la version jazz du saxophoniste John Coltrane, puis chanté par Sarah Vaughan. On se raconte le meilleur et le pire de notre enfance.

— Le meilleur, c'est sans hésiter la première fois que j'ai piloté avec un instructeur, à quatorze ans. Le pire, le jour où il a fallu euthanasier notre labrador Looping, dit Aelig.

Le pire, pour moi, c'est le jour de ta mort, papa. Pour le meilleur, j'hésite entre une certaine glace à la pistache avec toi et Ganaëlle sur la plage de Quiberon en hiver, les Noëls avec grand-mère Enez, une balade mémorable en forêt avec tante Rire, les aventures avec mon marin de chiffon Maëlann, ou le jour où j'ai inventé mon chien Loullig.

Les heures passent, intenses et joyeuses, jusqu'au départ d'Aelig pour l'aéroport.

À l'heure précise où il décolle, j'écoute le *Nisi*

Dominus de Vivaldi chanté par Philippe Jaroussky. Ce qui me relie à lui me met les pieds sur la terre et la tête dans les étoiles. J'ai le sentiment que je viens enfin de trouver mon couloir aérien.

C'est fou comme une sonnerie de portable fait battre un cœur différemment. J'attribue une musique spécifique aux personnes qui m'appellent le plus souvent. Quand *I'll Be There for You* des Rembrandts, le générique de la série *Friends*, retentit, je réponds avec joie à ma meilleure amie. Quand les *Walkyries* de Wagner, et d'*Apocalypse Now*, chevauchent jusqu'à moi, je me demande ce que maman a encore inventé. Quand, désormais, l'adagio du *Concerto pour clarinette en la majeur K 622* de Mozart, repris dans *Out of Africa*, me transperce, je réponds à Aelig.

Le mois suivant, le triste jeu des chaises musicales familiales continue. La musique s'interrompt, Dieu retire brutalement la chaise de ma chère tante Rire. Elle a eu une longue vie et croyait au paradis, c'est donc sur moi que je sanglote, sur le vide creusé par son absence. Yolande, qui l'épaulait au quotidien, est aussi triste que nous. Je lui dois le meilleur moment de cette journée noire. J'ai rédigé l'hommage que je lis à côté du cercueil où ma tante dort alors qu'elle n'a jamais fait une seule grasse matinée de sa vie :

— Tante Rire. Ces dernières années, quand on te disait qu'on t'aimait, tu disais en souriant : « Sans blague ? » Tu nous fais une drôle de blague de t'en aller comme ça, sur la pointe des pieds. Tu n'as pas eu d'enfants, pourtant tu as plein de descendants, parce que tu as épaulé plusieurs générations de neveux et de nièces. Tu aimais les gens, les animaux, la peinture. Tu affirmais : « On n'adore que Dieu », « Ça va comme ça peut et ça peut peu », « Ce soir, crêpe à l'œuf ! ». Tu as conduit une Traction chargée des enfants de ta sœur Anne au cœur de l'exode, tu as sillonné la France à pied, sac au dos, avec comme sauf-conduit une lettre du curé de la paroisse, tu as peint des tableaux avec talent et humilité. Tu étais la mémoire de la famille, celle qui se souvenait de chaque anniversaire. Ces dernières années, tu nous mélangeais un peu, tu avais l'élégance de nous faire croire que tu n'attendais que nous. Tu as vécu tournée vers les autres, toujours à leur écoute, et systématiquement en retard, sauf quand il s'agissait d'aider. Aujourd'hui, tu nous précèdes pour la première fois. Tu as dû retrouver tes parents là-haut, tes quatre frères, tes amis et ton grand amour, Beethoven, dont tu précisais en riant que c'était un amour platonique. Tu ne te pencheras plus à la fenêtre sur la rue pour nous dire au revoir, désormais tu nous salueras de là-haut, juchée sur ton antique vélo, les yeux pétillants, filant à travers les ruelles du paradis.

Yolande s'approche de moi à la sortie de l'église.

— Ta tante ne m'avait jamais parlé de son amour de jeunesse, dit-elle.

— Le voisin qu'elle n'a pas épousé pour rester auprès de sa mère paralysée ?

— Non, celui que tu as cité tout à l'heure.

Je fronce les sourcils, je cherche, puis soudain je crois comprendre.

— Tu veux dire… Beethoven ?

— Oui. Il habitait près de chez elle ?

— C'était un compositeur allemand du XVIIIe siècle, un génie devenu sourd qui a composé *L'Hymne à la joie*.

J'en fredonne la mesure la plus connue. Je parie que ta sœur est en train de te préparer une crêpe à l'œuf, papa. Attention, pour qu'elle soit parfaite, il faut que la crêpe soit craquante, le blanc solide et le jaune liquide et intact.

Lise

Ta sœur t'a rejoint, Axel. Je me souviens que tu appelais ton frère et tes sœurs tous les matins, je n'ai jamais compris ce que vous aviez à vous raconter. Charles et Manon vivent leur vie, nous ne sommes pas collés les uns aux autres.

Je vais à l'église en taxi. La petite Stéphan est déjà là, entourant Cerise de son bras. Quelle glu. J'aperçois aussi Samuel, ils s'embrassent du bout des lèvres, il n'y a plus d'amour entre eux. Cerise a quelque chose de changé, je le remarque immédiatement. Ses vêtements sont plus cintrés, elle n'a plus la même coiffure, elle porte un drôle de bracelet en plastique beige. Elle a rédigé un bel hommage. Qu'écrira-t-elle sur moi quand ce sera mon tour ? À la sortie, elle rejoint ta famille. Je vais la chercher et l'entraîne à l'écart.

— C'est moi, ta mère, tu dois t'occuper de moi d'abord !

— Oncle Briac et tante Anne ont perdu leur sœur, maman. Tu n'es pas triste, alors que nous, oui.

— Briac et Anne ont leurs enfants pour les consoler. Moi, je n'ai qu'une fille, alors reste avec moi.

Nous nous retrouvons tous chez Briac et Jeanne après la messe. La table disparaît sous les victuailles, enfants et petits-enfants circulent avec des plateaux, les teckels se baladent au milieu des invités. J'aurais voulu être entourée et aimée comme Jeanne, mais avec en plus une cuisinière et une nounou pour les enfants. Chaque enterrement me rappelle celui de mon père, de Louis et le tien. Cerise est tout ce qui me reste. Maintenant que Rire a cassé sa pipe, je verrai notre fille plus souvent.

— Tu aimes le grand tableau qui est dans le bureau de ton père ? lui dis-je.

— L'avion qui vole au-dessus de la mer ? Il est splendide.

Je n'y ai jamais touché parce que sa place était derrière ton fauteuil, mais tu n'es plus là, tu as déménagé ton bureau dans les nuages.

— Je te l'offre, s'il te fait plaisir, Cerise.

Son visage s'illumine.

— Je ne veux pas t'en priver, c'est un souvenir de papa.

— Tu es ma petite fille. Viens le chercher quand tu veux.

— Oh, merci maman.

Cerise est émue. Je suis une bonne mère.

Cerise

Tu adorais ce tableau, papa, tu disais que l'avion survolait la Manche vers Londres, tu entendais le bruit du moteur, tu sentais l'odeur de ta combinaison de vol, tu enfilais un gilet de sauvetage par-dessus ton blouson, tu coiffais ton casque, tu mettais tes lunettes et tes gants de pilote. Je ne pourrai jamais le monter seule jusqu'à mon pigeonnier, le cadre est grand et lourd et c'est si petit chez moi.

Je suis en pleine promo pour mon nouveau livre, impossible de retourner en Namibie, mais Aelig a une réunion à Bruxelles au siège du groupe qui possède le lodge, il fait un saut à Paris et nous avons trois merveilleux jours rien qu'à nous. Le dernier après-midi, je rassemble mon courage.

— Maman m'a généreusement offert un tableau qui appartenait à mon père. Il est assez encombrant et pesant. Tu m'aiderais à le transporter jusqu'ici ?

— Bien sûr !

Il ne tiendra pas dans ma Fiat 500, Géraud nous prête son véhicule utilitaire. Le courant passe entre les deux hommes, Géraud ne confierait pas son outil de travail à n'importe qui. Mon cœur bat au rythme des *Walkyries* tandis qu'Aelig conduit.

— Maman est toujours exquise avec la gent masculine, dis-je.

Au moment où elle ouvre la porte, je devine pourtant qu'elle est dans un mauvais jour.

— Je te présente Aelig, il va m'aider à rapporter le tableau.

Elle repère son bronzage, le bracelet de grand-mère Enez à son poignet, le collier confectionné par Moro.

— Vous vivez où ? fonce-t-elle bille en tête.

— En Namibie.

— C'est loin.

Mme Fernandez et son mari ont décroché la toile qui occupe la moitié de l'entrée.

— Prenons un thé, décide-t-elle. Cerise, mets de l'eau à chauffer.

— On ne peut pas, Géraud nous a prêté son camion, on est en double file, on doit le lui rendre avant la fin de l'après-midi, je t'ai prévenue.

— J'avais des tas de choses à faire aujourd'hui. J'ai tout annulé pour toi, c'est comme ça que tu me remercies ? Bonjour, au revoir ? Je n'ai rien contre vous, monsieur, dit-elle en se tournant vers Aelig. Sauf si vous persuadez ma fille de vivre en Afrique.

Je comprends quelle mouche la pique.

— Je t'invite au restaurant demain, si tu es libre ? dis-je pour l'apaiser.

— Maintenant que cette vieille emmerdeuse de

Rire n'est plus là, j'espérais au moins que tu allais me consacrer du temps, lâche-t-elle.

C'est si violent, si inattendu que ça me coupe le souffle. Elle se sent seule et elle était jalouse, je le sais, mais j'aimais trop ma tante pour supporter ces paroles. Alors je marche vers la porte.

— Au revoir, madame, dit poliment Aelig en me rejoignant.

On dévale l'escalier, tandis que maman crie depuis le palier :

— Vous n'allez pas me laisser ce tableau au milieu du chemin !

Je n'ai pas vu maman depuis seize mois. Je suis en couple avec Aelig à cheval sur deux continents. Je parle chaque jour avec lui et Moro par Skype. Notre famille s'est agrandie : Aelig m'a offert un vrai Loullig, un cocker noir et blanc dont je suis gâteuse et qui me suit partout. Ganaëlle le garde quand je pars en déplacement ou en Namibie, Émeline en est folle.

Je passe Noël à Sossusvlei. Un fabuleux Noël. Nous customisons une branche d'arbre mort en guise de sapin, y suspendons des boules et des bougies, et déposons en dessous des petits cadeaux pour le staff et les hôtes. Pour la première fois depuis des années, je ne fais qu'un seul dîner le soir du réveillon. C'est comme si je n'avais plus de mère, même si Manon me donne régulièrement des nouvelles de maman.

Noël ne signifie rien pour les Himbas, mais Moro sait combien la tradition est vive au pays de Penny et des *Christmas carols*. Elle chante *We Wish You a Merry Christmas*, accroche au pied de son lit une chaussette rouge, pose des biscuits et un verre de lait pour le père Noël devant la cheminée, ajoute une carotte pour les rennes, cousins des koudous.

— Je suis un quart anglaise, un quart himba, et par Aelig un quart namibienne et un quart bretonne, dit-elle fièrement.

À mon retour à Paris, maître Jules m'appelle. Lise veut se défaire de la maison de Quiberon, trop lourde pour elle seule. Elle propose de m'en faire donation, à condition de pouvoir s'y rendre quand elle voudra. Je décline son offre.

— Remerciez ma mère de sa générosité, dis-je au notaire. Sa maison est trop grande pour moi et serait source de conflits entre nous. Ces murs ont besoin d'une famille heureuse.

Aelig ne me comprend pas, il est faussé parce qu'il fait le parallèle avec sa maison d'enfance groisillonne qu'il regrette. Si Lise vend celle de grand-mère Enez, je serai une Bretonne sans terre, sans veste au portemanteau, sans bottes, sans hortensias, sans rochers, sans vagues. Sans racines.

Sur un coup de tête, je prends le train pour Lorient avec Loullig puis le bateau pour Groix. Je dors à La Criste Marine, un joli studio chez l'habitant devant l'océan sur la côte sauvage. Je loue un vélo électrique à côté du cinéma et je sillonne l'île au hasard avec Loullig dans un panier à l'avant. À l'heure grise, entre chien et loup, entre cocker et goéland, je mets pied à terre dans un village. Loullig s'agite dans son panier, demande à descendre, file sur la route dès qu'il sent le sol sous ses pattes. Je pédale à sa suite. Soudain, il s'immobilise devant une petite maison en pierre aux volets vert mousse où un écriteau « à vendre » est planté sur le carré de pelouse. La porte est ouverte. Coup de bol, un agent immobilier en sort, dossier à la main. Me voyant intéressée, il me propose de la visiter demain, plusieurs personnes sont déjà inscrites.

— Je serai repartie. Vous êtes là, je suis là, profitons-en ?

— On m'attend au bourg.

— On n'est pas à Paris, vous n'allez pas être coincé dans un bouchon sur le périphérique, dis-je doucement. Vous voulez vendre la maison vite, je vais peut-être en tomber amoureuse là, tout de suite, et vous dire c'est bon, je la prends, arrêtez les visites. S'il vous plaît. Juste cinq minutes.

Il hésite. Elle est fière et digne, cette bicoque, trop petite pour une famille de Parisiens bobos. Il lui faut des incongrus, des aimants, des blessés, un veuf qui vole, une petite fille aux yeux clairs avec une peau ni blanche, ni noire, ni ocrée, et un fruit rouge qui s'invente des vies de papier.

— Cinq minutes.

C'est elle. Je l'ai su dès que je l'ai vue. Elle est faite pour nous. Claire, avec des murs en pierre, des poutres, une cheminée, des fenêtres en bois, des volets défraîchis, une âme. Un salon, une cuisine, une chambre avec un grand lit, son matelas et une armoire parce que sur une île c'est plus cher d'emporter des meubles que de les laisser, une chambre plus petite avec un lit à une place pour Moro, une salle de bains. C'est tout. Il y a un portemanteau dans l'entrée pour accrocher nos vestes qui surplomberont nos bottes, un calendrier des Lavoirs et Fontaines de Groix accroché dans la cuisine. Une gamelle de chien vide oubliée traîne dans un coin, Loullig se précipite vers elle, puis se couche devant. Lui aussi adoube la maison. Elle est exactement à une encablure de l'océan, c'est-à-dire deux cents mètres, cent vingt brasses, la longueur de câble nécessaire pour le remorquage d'un navire par un autre. Il reste une inconnue, et je tremble en regardant l'homme de l'agence. Tu m'as légué une assurance vie, papa. Une poire pour la soif, disait grand-mère Enez. Je meurs de soif.

— Quel est son prix ?

Précisément le montant que je peux mettre.

— Je la prends. Arrêtez tout. Je fais une offre au prix. Pas d'emprunt, pas de condition suspensive, j'ai les sous, je signe.

— Vous alors ! Vous ne voulez pas réfléchir, consulter votre famille ?

— Non. Vous avez du papier et un stylo ?

Je rédige l'offre. L'homme promet de joindre les propriétaires. Je rentre à La Criste Marine, mes hôtes connaissent la maison, elle est saine, ça me soulage même si je n'en doutais pas. Je patiente en rongeant mes ongles déjà ras, jusqu'à ce que mon portable sonne.

— Elle est pour vous.

J'appelle Ganaëlle qui jubile en me disant que je suis cinglée. Je signe la promesse de vente dix jours plus tard. Je n'ai plus soif. Merci Loullig.

Deux mois après, je signe l'achat définitif. Je comptais faire la surprise à Aelig et Moro à Sossusvlei, mais il est convoqué par son patron belge et en profite pour poser quelques jours de vacances. Je vais le chercher à l'aéroport. Au lieu de rentrer dans mon nid d'aigle, je prends la route pour la Bretagne. Fatigué par le vol, il ne s'en rend pas tout de suite compte.

— Tu m'emmènes où ? demande-t-il soudain.

— Tu verras.

Il croit que nous allons à Quiberon dire au revoir à mon passé. Il se trompe, nous allons dire bonjour à notre avenir. Le trajet est joyeux : un plein d'essence, plusieurs pauses pipi pour Loullig, des cafés pour nous, radio Vinci autoroutes, Le Mans, la rocade de Rennes, des radios bretonnes. À Auray, je remonte vers Lorient au lieu de bifurquer vers Quiberon.

— Tu t'es trompée, Cerise.

— Non.

Il comprend quand je tourne vers la gare maritime en suivant les pancartes « Enez Groe, île de Groix ».

— Tu as réservé une chambre d'hôtes ?

Je fais la mystérieuse. Il pleut mais je m'en

contrefous. Nous aurons l'électricité et l'eau, il n'y a pas de gaz dans la maison. Mon sac dans le coffre contient des draps, une couette, des oreillers, des serviettes, une bouteille de champagne et deux coupes.

Ma Fiat 500 semble minuscule, garée dans les entrailles du bateau à côté d'un camion imposant. La pluie s'arrête, c'est de bon augure, nous montons sur le pont supérieur. Loullig court d'un bord à l'autre, la truffe frémissante, humant l'air salé.

— Qui voit Groix voit sa joie, dis-je.

— Qu'est-ce qui te réjouit à ce point ?

Je le sens crispé.

— Quelque chose ne va pas ?

— Tout va bien.

— Je vois bien que non. Dis-moi.

— J'ai juste mal dormi dans l'avion.

Je n'insiste pas. On débarque, je monte jusqu'à l'église au thon, je traverse le bourg, j'arrive au village. Aelig me voit sortir une clef de ma poche.

— Tu as loué ici pour quelques jours ? Tu ne peux pas savoir à quel point ça tombe bien. Je suis lessivé.

On entre. Loullig, qui a une mémoire d'éléphant du désert, court voir s'il y a une surprise dans la gamelle de la cuisine. J'ouvre les fenêtres.

— Cette maison est parfaite ! dit-il.

Il n'y a rien, juste deux lits et une armoire, et il pense qu'on la loue ? Les hommes sont extraordinaires.

— J'ai faim mais je ne vois pas le frigo, ajoute-t-il.

— Ah oui, on va aller en acheter un.

— Quoi ?

— Nous sommes chez nous.

Je lui raconte tout. Mon envie de terre, mon idée d'île, le vélo, la fugue de Loullig, ma rencontre avec cette chouette bicoque.

— Toi tu es groisillon, breton, légitime ici ! Moi, je possède seulement une petite parcelle sur un cadastre, coiffée par un bout de ciel bleu, assez pour raccommoder le pantalon d'un marin.

— Elle est merveilleuse, dit-il. J'entends même l'océan.

Son visage las s'éclaire en découvrant la plage si proche. Le sable est mouillé par les pluies du matin, nous nous asseyons sur un rocher. Il passe son bras autour de mes épaules. Il aime la maison, mais il y a autre chose et c'est grave. Sa respiration s'accélère.

— Dis-moi. Maintenant. S'il te plaît. Je peux encaisser.

— J'ai maigri. Il y a du sang dans mes urines. Mes résultats d'analyse sont bizarres. J'ai rendez-vous pour une cystoscopie avec biopsie à Bruxelles dans cinq jours.

— Tu as mal ?

— Pas du tout. Je n'ai rien dit à Moro pour ne pas l'inquiéter. Elle était petite mais se rappelle encore quand Penny n'avait plus la force de monter à l'observatoire contempler les étoiles alors qu'il n'y avait que vingt marches.

Je ne dis pas : « Ne t'affole pas, ce n'est sûrement rien. » Je me serre contre lui comme on se soude au rocher.

— Prends la force de l'océan. On va passer trois jours ici, entre ciel et mer. Puis je t'accompagnerai à Bruxelles.

— S'il m'arrive quelque chose, je voudrais que tu t'occupes de Moro. Avec son père au Kaokoland, elle ne peut pas vivre en France, tu devras partir là-bas. J'ai apporté des documents à signer si tu acceptes.

— Je les signerai si ça peut te rassurer. Mais j'ai bien l'intention de te voir devenir un vieillard respectable.

— Et toi une vieille dame indigne.

— Ça me semble un honorable projet. On vivra ici, la maison sera commode avec nos déambulateurs, il n'y a pas d'escalier. Tu as envie de quoi, maintenant ?

— Manger et dormir.

— *Okurya* et *Okurara*, dis-je, fière de progresser en héréro. Tu veux que j'aille faire les courses en te laissant te reposer ?

— Je ne suis pas encore mort, proteste-t-il. On doit acheter le frigo. Je ne veux plus entendre parler de maladie jusqu'à notre retour à Paris.

Soit on commande un frigo sur le continent et on devra attendre qu'il prenne le bateau, soit on se contente de ce qu'on trouve ici dans la grande surface. C'est simple, il y a un seul modèle, blanc, ouverture à gauche, congélo en haut, quatre étoiles.

Emballé c'est pesé, il sera livré dans deux heures. On achète du poisson à La Fumaison, des légumes et des fruits de l'île, de la bière de Groix. J'avais prévu de repeindre les murs des chambres, on oublie. On passe trois jours fantastiques sans aborder le sujet qui fâche. On boit pour colmater l'inquiétude, on est un peu *chichtés*. J'apprends à dire *palto* au lieu de pull, *man dwe* au lieu de mon Dieu, je goûte le *tchumpôt*. On prend l'apéritif à Lomener chez Olivier et Martine, des amis d'enfance d'Aelig. On revoit sa cousine Gwen. On pique-nique à deux devant l'océan. Toute l'île sait déjà où nous sommes.

On reprend le bateau en laissant notre nouveau frigo, que j'ai baptisé Alphonse, veiller sur la maison. Je ne te demande pas souvent de m'aider, papa, mais là, il faut que tu interviennes pour protéger Aelig. Il t'aurait plu, j'en mettrais ma main au feu. Vous auriez volé ensemble. S'il meurt, je mourrai aussi, ça ne se verra pas de l'extérieur, parce que je resterai pour Moro et pour maman, mais je serai éteinte dedans, étoile morte, trou noir. Tu as intérêt à le protéger.

Lise

Je n'ai aucune nouvelle de notre fille depuis dix-huit mois, Axel. Pas question que je fasse le premier pas. J'ai rendu visite à une amie à Tahiti, rencontré des femmes d'écrivains américaines, effacé Cerise de mon existence. Elle a publié un nouveau roman, elle parle de toi dans ses interviews, jamais de moi.

Je lui ai proposé, par l'intermédiaire de maître Jules, de lui donner notre maison de Quiberon à condition de pouvoir y aller à ma guise. Elle a refusé. Je n'avais pas envisagé cette possibilité. Je croyais qu'elle aimait la Bretagne, je me trompais, elle n'aime rien.

J'ai invité Manon et Pierre à fêter le réveillon chez moi à Quiberon pour ne pas passer Noël seule. Leur fils allait dans sa belle-famille cette année. J'ai décoré la maison, sorti la vaisselle et l'argenterie de fête, disposé des fleurs et des bougies rouges partout. Je comptais sur ma sœur pour faire les courses et la cuisine avec moi, je n'y connais rien, ce n'est un secret pour personne. Eux croyaient que tout serait prêt et qu'ils mettraient les pieds sous la table. Manon a pris les choses en main au dernier moment, mais du coup c'était un peu raté.

Je reçois un vieux couple d'amis ce soir à Paris. De ton temps, nous avions une cuisinière et une femme de ménage. J'ai gardé de bons réflexes, jolie nappe, fleurs fraîches, assiettes chaudes, le meilleur pain, plein de champagne. La soirée est sympathique, mes hôtes partent, je rangerai demain, je me couche. Je me réveille vers cinq heures du matin, nauséeuse, l'appartement est enfumé, j'ai oublié de débrancher le chauffe-plat. Il n'y a pas d'incendie mais le feu a couvé, cloqué les peintures, consumé les matériaux, abîmé les tableaux et envahi mes poumons. Je suis intoxiquée. Les pompiers me transportent aux urgences en me demandant si j'ai de la famille.

— J'ai une fille dont je n'ai pas entendu parler depuis des années.

— C'est peut-être l'occasion de la revoir ?

Je laisse un message sur le répondeur de Cerise : « Il y a eu le feu chez moi, je suis hospitalisée, mes poumons sont atteints », et je lui donne l'adresse et le nom du service.

Elle arrive à l'heure du début des visites, entre dans la chambre que je partage avec une grand-mère sourde qui hurle dans son téléphone. Pourquoi diable m'a-t-on mise en gériatrie ? Je ne suis pas encore vieille ! Il n'y avait plus de place ailleurs ? Des lunettes à oxygène m'entrent dans le nez, des tuyaux s'enroulent derrière mes oreilles.

— Je tousse et j'ai du mal à respirer, mais ça aurait

pu être pire, dis-je bravement. Tu vis où en ce moment ? Tu vois encore ton Scipion ?

— Scipion ?

— Scipion l'Africain, le général romain qui a vaincu ses ennemis à Carthage en profitant de la marée basse. Où est passée ta culture ?

— Aelig est namibien. Et oui, je le vois toujours.

— J'aurais pu ne jamais me réveiller. Tu aurais été triste ?

— Évidemment.

Je ne peux pas rentrer chez moi, l'appartement doit être expertisé puis aéré et repeint.

Cerise

Maman a une petite mine avec ses lunettes à oxygène et ses yeux de lapin russe. Je parle à l'interne, ils la gardent à cause de son âge, elle sort dans quarante-huit heures, je serai revenue de Bruxelles.

La mère de Ganaëlle loue des studios meublés aux touristes, je la supplie d'en trouver un, elle active ses réseaux et me sauve. Maman sera en sécurité, et surtout, elle ne sera pas chez moi. Suis-je une méchante chic fille, papa ?

Je prends le Thalys avec Aelig. J'ai signé les papiers m'engageant à m'occuper de Moro « si besoin ». Elle ne sait rien. Il plaisante pendant le voyage mais son corps se contracte quand nous entrons dans le service où les femmes portent des perruques et où les hommes ont la boule à zéro.

Nous revenons de Belgique. Maintenant il n'y a plus qu'à attendre dix jours les résultats de la biopsie. J'installe maman dans un élégant studio près des Invalides, je remplis son frigo, je déjeune avec elle et la laisse devant *Sissi impératrice* à la télévision.

Ganaëlle et Géraud passent boire un verre le soir à la maison. On ne leur a rien dit des soucis de santé d'Aelig.

— Lise a fait envoyer des fleurs à ma mère pour la remercier de l'appartement, elle lui a téléphoné et lui a tenu le crachoir une heure, dit Ganaëlle.

— Ça partait d'une bonne intention, remarque Aelig.

— Ne sois pas aussi compatissant, elle te surnomme Scipion et elle espère que tu vas choper un cancer, répond-elle.

— Quoi ?

On a crié ensemble. Loullig, sensible à l'atmosphère, se réfugie sous la table.

— C'est encore une de tes blagues ? demande Aelig d'une voix blanche.

— Non, c'est vrai, ma mère me l'a répété, elle était choquée. Lise a toujours été comme ça avec les gens proches de sa fille. Moi, elle espère que je vais me faire écraser ou me noyer. Au passage, elle est heureuse que tu te sois excusée, Cerise.

Je proteste :

— Je ne me suis excusée de rien ! Elle n'a pas vraiment dit ça au sujet d'Aelig, n'est-ce pas ?

— En fait c'était pire. Elle lui souhaite un cancer foudroyant pour que tu ne partes pas avec lui en Afrique.

Il pâlit. J'essaye de désamorcer la bombe :

— Ça n'a rien de personnel. Quand papa est mort, elle m'a regardée droit dans les yeux en me disant qu'elle aurait préféré que ce soit moi.

Aelig donne le change, plaisante avec Géraud. À un autre moment, il y aurait attaché moins d'importance, mais ça tombe on ne peut plus mal. Il est inquiet pour sa santé et pour l'avenir de Moro. C'est ça être père. Tu étais comme ça, papa. L'atmosphère est plombée. Nos amis partent plus tôt que d'habitude.

— Maman n'est pas une sorcière, elle n'a aucun pouvoir, c'est juste une femme âgée, seule et terrifiée, dis-je.

— Elle me veut du mal. Sans même me connaître !

— C'est ridicule, tu ne vas pas accorder du crédit à…

— Je t'aime, coupe-t-il brutalement. Elle ne peut rien contre ça. Je mourrai demain, dans un mois, ou dans quarante ans. À partir d'aujourd'hui, je ne veux plus avoir aucun contact avec elle. Je ne crois pas au mauvais sort, mais j'ai assisté à des envoûtements chez les Himbas, ce n'est pas de la rigolade.

Je soupire. Ce que je vais lui avouer, je ne l'ai dit à personne, même pas à ma meilleure amie.

— Un jour, alors que maman avait été particulièrement difficile, j'avais dix-huit ans, je me suis fait peur à moi-même en regardant une série télé policière où la fille tuait sa mère dans un accès de colère. Je suis allée chez une psy et je lui ai avoué : « Je crois qu'il faut m'interner, j'ai envie de tuer ma mère. » Elle a éclaté de rire et m'a répondu : « Beaucoup de gens ont envie de tuer leurs parents, leur conjoint, leur patron, ou leur fils ado. La différence entre les fous et les autres, c'est que les uns passent à l'acte et les autres pas. »

Aelig secoue la tête.

— Elle n'a pas envie de me tuer, elle souhaite ma mort ! Je comprendrais que ta mère prie pour que tu tombes amoureuse d'un autre, qu'elle m'envoie un charter de bombasses au lodge pour me détourner du droit chemin. Mais pas *ça*.

— Tu craquerais pour les bombasses ?

— Tu me prends pour un saint ?

Je fais semblant de le frapper, il saisit mon bras, m'attire contre lui. Nos gestes sont doux. Il y a cela, la douceur incroyable de nos étreintes, la certitude d'être arrivée au juste endroit de ma vie. Nous restons allongés devant la cheminée, l'un contre l'autre, à observer les flammes. Les Himbas interrogent leur feu sacré à chaque décision. Que nous réserve le nôtre ?

Aelig repart en Namibie sans connaître les résultats de la biopsie. Si elle est négative, on sautera de joie. Si elle est positive, son médecin le contactera pour la suite des opérations. On s'assomme de travail, chacun de son côté. Moro m'appelle, soucieuse :

— Vous vous êtes disputés ?

— Pas du tout, qu'est-ce qui te fait croire ça ?

— Il n'est pas comme d'habitude. Tu n'es pas tombée amoureuse d'un Français avec des chaussures normales ?

— Je te jure que non.

Le jour des résultats, je participe à un salon littéraire mythique avec trois cents auteurs sous une immense tente. Les visiteurs avancent le long des stands où nous sourions derrière nos piles de livres. Je bondis chaque fois que mon téléphone sonne. Enfin, en milieu d'après-midi, le numéro d'Aelig s'affiche. Je crie « Allô » si fort que mes voisins de dédicace sursautent.

— *Peri nawa*, dit Aelig d'une voix joyeuse. C'est bénin, pas de cancer, tu vas m'avoir sur le dos longtemps.

— C'est vrai ?

— Évidemment, c'est vrai ! Je ne dirai jamais à Moro qu'on lui a caché notre angoisse. Merci d'avoir rallumé ma vie, *Co*.

C'est la première fois qu'il m'appelle comme les Groisillons désignent leurs proches. Moro me téléphone dans la foulée, en cachette.

— Il va mieux. Pardon si je t'ai inquiétée, *kolé*.

Elle m'appelle comme les Himbas désignent leurs proches.

— Tu vois, il était juste fatigué, dis-je.

— Je ne suis pas idiote, Cerise. Je vous ai entendus parler sur Skype. Moi aussi, j'attendais les résultats.

Aelig reste campé sur ses positions, il ne veut plus voir maman. Pour éloigner ses flèches empoisonnées de l'homme que j'aime, je lui annonce que nous avons rompu.

— Tu es triste ? demande-t-elle.

— C'est ainsi. Parfois les choses ne durent pas.

Exit Aelig. Il est à l'abri.

Lise

Je suis soulagée, Cerise n'est plus avec son Scipion, elle ne partira pas. La maison de Quiberon est en vente, j'ai déjà plusieurs offres. L'argent ne m'a jamais intéressée, notre fille en héritera, y aller seule devenait trop compliqué. Cerise a acheté quelque chose sur une île au large de Lorient, elle a préféré une maison de pêcheur… elle m'étonnera toujours. Elle m'y invite cinq jours. C'est bien peu, mais enfin.

Je prends le train à Montparnasse puis le bateau à Lorient. Des gamines infernales et braillardes me cassent les pieds pendant la traversée. Le soleil éclabousse la façade d'un café rose, des familles accueillent les passagers qui débarquent. Je voudrais être cette femme qui descend juste avant moi : son fils la déleste de sa valise, ses petits-enfants l'embrassent, ils sont tous pleins d'égards. J'aperçois Cerise qui s'avance avec sa satanée bestiole, je ne me souviens jamais de son nom, quelque chose comme Loustic. Je lui décoche mon plus beau sourire.

— Bienvenue à Groix, maman, dit-elle en empoignant mon sac. Tu as fait une bonne traversée ?

— Excellente, chérie. Dis à cet animal de ne pas me sauter dessus, il va me salir.

Ta fille a ton regard noir, Axel, elle n'a rien pris de moi. Mais elle est différente ici, une nouvelle Cerise, ronde et juteuse et joyeuse.

Sa maison en pierre est petite quoique charmante, ma chambre est fleurie, tout débute sous de bons auspices. Je tousse un peu depuis mon intoxication, surtout en public, il faut dire que j'aurais pu flamber et y rester. La belle harmonie se brise au moment du café, quand je fais tomber mon tube de médicaments bêtabloquants par terre. Cet idiot de Loustic se précipite, Cerise pousse un cri de hyène, elle s'interpose entre lui et mes pilules, les récupère, repose le tube plein sur la table.

— Merci ma chérie, tu me sauves.

— Il aurait pu en avaler !

— Qui ça ?

— Loullig ! Il gobe tout ce qui tombe !

— Moi qui croyais que tu t'inquiétais pour moi…

Elle me regarde, effarée, ça ne lui a pas traversé l'esprit.

— Qui préfères-tu, lui ou moi ?

— Pitié, maman !

— Réponds, dis-je, en durcissant la voix.

— Ce n'est pas comparable, Loullig est un animal, il a besoin de moi, alors que tu es adulte et indépendante.

Elle n'a même pas la politesse élémentaire de me faire passer devant.

Nous allons à la plage. J'adore bronzer, Cerise supporte mal le soleil, donc elle ne reste pas longtemps. Autrefois, avec Manon, on s'enduisait de graisse à traire, ça avait un effet loupe qui accélérait le processus. Parce que je me blesse le pied droit sur un rocher dans l'eau, Cerise m'achète gentiment des chaussures de nage en plastique blanches. Nous sommes invitées le soir chez des amis. Je me pomponne, j'espérais que Loustic resterait à la maison mais il est de la partie. La voiture de Cerise est remplie de poils qui s'agrippent à mes vêtements.

Olivier et Martine sont exquis, je fais mon show pour animer la soirée. J'ai été à bonne école. Tu étais un bon invité à la télévision, Axel, les téléspectateurs te plébiscitaient. Je m'emballe en parlant d'un livre que tu avais publié et qui t'avait valu des menaces de la part d'un groupuscule extrémiste, au point de bénéficier d'une protection policière.

— Nous avions un inspecteur en permanence avec nous.

— Cela a dû être terrible, compatit Olivier.

— Et ça continue, la DGSE nous surveille, le ministère de l'Intérieur suit nos déplacements. Vous avez des enfants, Martine ?

— Trois fils.

— Quelle chance ! dis-je.

Cerise se raidit. Il serait temps qu'elle grandisse.

— Nous nous reverrons, n'est-ce pas ? dis-je gaiement. Enfin, si ma fille me réinvite chez elle.

Cerise ne saisit pas la perche que je lui tends.

— Ton moelleux au chocolat est vraiment une merveille, Martine ! dit-elle en changeant de sujet.

— Vos fils dansent avec vous ? demandé-je à la maîtresse de maison, persuadée qu'elle va acquiescer.

Martine éclate de rire.

— Oh non, leur mère est bien leur dernière préoccupation. Mais nous avons souvent notre petite-fille Jade, qui est un amour, je danse avec elle. Tenez, j'ai une photo.

— Elle est délicieuse ! La maman est asiatique ?

— Chinoise.

— J'espère que vous aurez bientôt un petit-fils, dis-je. Vous n'avez pas peur qu'ils partent un jour vivre en Chine loin de vous ?

— Les enfants quittent le nid, on les élève pour qu'ils prennent leur envol, répond Martine, philosophe. Aujourd'hui, la planète est leur terrain de jeux.

Ma fille sourit à ses amis comme elle ne me sourit jamais. J'espère qu'après Scipion l'Africain, elle ne va pas me ramener l'Amant de la Chine du Nord.

Cerise

Le *Concerto pour violon, n° 1, op. 15* de Britten nous accompagne à la radio sur le chemin du retour. Ma Fiat glisse dans la nuit groisillonne, des petits lapins bondissent sur les bas-côtés ou s'immobilisent, tétanisés dans la lumière des phares. Je stoppe en voyant au milieu de la route deux hérissons. J'attrape un sac plastique à l'arrière pour les saisir et les déposer à l'abri.

— Pourquoi as-tu fait ça ? demande maman quand je remonte dans la voiture.

— Ils se seraient fait écraser par la prochaine voiture.

— Ce ne sont que des hérissons pleins de puces. Tu te préoccupes plus des bestioles que de ta propre mère.

J'ai hâte de rentrer pour regarder un documentaire sur les lodges africains, ils ont tourné chez Aelig. J'ai acheté une télé exprès et passé la matinée à m'énerver dessus avant de réussir à la régler. J'espère que maman va aller se coucher, mais elle tournicote dans le salon en me suivant à la trace comme Loullig.

— Ils sont gentils, tes amis, dit-elle.

— Ils ont gobé ton histoire de surveillance policière. Tu sais bien que c'est fini depuis longtemps !

Je ne pouvais pas la prendre en défaut devant eux, on ne désavoue pas sa mère. Il y a eu une période chaude, autrefois, c'est vrai. Mais pourquoi maman a-t-elle besoin de travestir la vérité ? Elle plonge ses yeux magnifiques dans les miens.

— Qu'en sais-tu, chérie ? C'est leur métier d'être invisibles. Je ne te dis pas tout.

— Arrête, s'il te plaît.

— Crois ce que tu veux.

Je soupire, découragée. J'allume la télévision.

— Il y a un joli film ? s'intéresse-t-elle.

— Pas un film, une émission sur l'Afrique.

Une montgolfière survole les sables. L'écran pixélise parce qu'on est dans une île et qu'Internet, les portables et la télé passent mal. J'imagine des scaphandriers sous la mer en train de rabouter des câbles, alors que tout fonctionne en wi-fi. Même si les choses sont parfois plus compliquées que sur la grande terre, cette île est mon endroit juste et parfait. Groix éclaire mes jours sombres. J'ai aimé Quiberon mais je m'y sens moins bien depuis que grand-mère Enez t'a rejoint, papa.

Les dix premières minutes du reportage sont consacrées aux animaux, puis le journaliste visite un lodge au Botswana, un autre au Zimbabwe, et finit par la Namibie. Maman feuillette à grand bruit un magazine, puis se plante devant la télé. Je me démanche le cou pour voir l'écran.

— Tu peux m'accorder une heure ? Les paysages sont superbes.

— Je croyais que tu avais largué Scipion ?

— Nous ne sommes plus ensemble, ça ne nous empêche pas de rester amis.

— Tu vas passer ton temps à regarder la télévision ?

Je refuse de me laisser embringuer dans une dispute.

— Je veux seulement voir ce documentaire.

Elle se dresse, frémissante.

— Je suis ton invitée, tu dois t'occuper de moi. Sinon, je repars par le premier bateau.

Elle attrape la télécommande, éteint le poste, la repose.

— Tu es censée me parler, m'écouter, pas regarder un écran. C'est très mal élevé, tu sais ?

— C'est toi qui m'as élevée.

— Quel toupet !

Je serre les dents et rallume la télévision. Elle attrape sa veste, l'enfile.

— Je vais me promener.

— Tu risques de te faire mal dehors dans le noir, c'est dangereux.

Elle sort dans le jardin, hurle :

— Je pars sur la falaise, et si je tombe ce sera ta faute !

Je la rejoins en trois enjambées.

— Ne crie pas si fort, tu vas réveiller les voisins.

— Je me fiche de réveiller toute l'île, je veux que tu t'occupes de moi ! Méfie-toi, je suis capable de me foutre en l'air !

Une lumière s'allume dans la maison à côté.

— Fais ce que tu veux, dis-je en rentrant chez moi et en la laissant, cramoisie de colère, sous la lune.

Le beau visage de mon amant surgit sur l'écran. Sa voix m'enveloppe de douceur. Maman choisit ce moment pour revenir, souriante et trempée, comme si de rien n'était.

— Il pleut, dit-elle. J'ai admiré les étoiles à travers les gouttes d'eau, il fera beau demain.

Elle s'ébroue. J'éteins la télévision. Le visage de l'homme que j'aime disparaît avant qu'elle puisse l'effleurer du regard.

— J'aime beaucoup tes amis, c'était une bonne soirée, continue maman. Dors bien, fais de beaux rêves.

Lise

Ces cinq jours à Groix sont atroces. Cerise ne s'expose pas au soleil, travaille, côtoie des gens avec lesquels elle parle joyeusement. Mais pas avec moi. Sa jolie maison est trop isolée. Elle me propose de jouer au Monopoly breton alors que je déteste les jeux de société. Elle lit alors que j'ai envie de parler. Elle écoute Barry White alors que j'aime Frank Sinatra. Elle promène son idiot de cocker alors que je veux flâner dans les petites boutiques du port. Je suis tentée par un peu de jardinage, elle me donne des gants, un sécateur, des bottes, puis rentre s'installer devant son ordinateur pour écrire. Moi, je voulais jardiner avec elle.

— Tu n'es pas une hôtesse très agréable, dis-je.

— Je fais pourtant de mon mieux.

— Moi qui me réjouissais de ce séjour, je regrette d'être venue. Je pensais m'asseoir sur les rochers avec toi et regarder l'océan en refaisant le monde.

— Ça n'a pas été la semaine la plus délicieuse de mon existence non plus, rétorque-t-elle.

— Si c'est pour être reçue comme un chien dans un jeu de quilles, c'est la dernière fois que je viens.

— C'est toi qui vois.

Je prépare mon sac. Je lui tends les chaussures de nage en plastique qu'elle m'a offertes.

— Je n'en ai pas besoin à Paris, il n'y a pas de rochers au Polo. Soit tu les gardes pour la prochaine fois que tu m'invites, soit tu les balances.

L'atmosphère est électrique. Elle soutient mon regard.

— Tu viens de dire que tu regrettais d'être venue.

— Parce que tu as été infernale. Je reviendrai si tu changes.

— Tu n'as pas aimé ton séjour, moi non plus. Prends tes chaussures, elles te serviront peut-être ailleurs ?

— Je n'en ai pas besoin. Jette-les.

— D'accord.

Et elle s'exécute.

Ensuite, elle m'accompagne au port. Elle porte mon sac jusqu'au bateau. Nous nous embrassons, invariablement polies et courtoises. Puis j'embarque. Je suis une bonne mère, Axel. Je lui ai offert une jolie lampe qui lui plaisait, j'ai été agréable avec ses amis.

Une mauvaise nouvelle m'attend à la maison. Mme Fernandez m'annonce qu'elle prend sa retraite et part s'installer avec son mari dans leur maison en Espagne.

— Vous viendrez nous voir, madame Lise, on a une grande chambre d'amis !

Eux aussi m'abandonnent. Tu as été le premier, Axel, depuis c'est la débandade. La compagnie d'assurances qui possède l'immeuble va transformer leur loge en studio, on n'aura plus de gardien. Mon appartement, confortable, est construit sur plusieurs niveaux, avec des marches entre le salon et la chambre, et il est au deuxième sans ascenseur. Jusqu'à maintenant, c'était un bon exercice, mais je commence à fatiguer. Je n'ai plus le choix, il faut que je déménage.

Ma décision prise, je ne traîne pas. Je téléphone le lendemain au gérant de l'immeuble pour savoir s'ils ont des appartements vacants dans le coin. Le malheur des uns fait le bonheur des autres. De l'autre côté de la place, une dame âgée vient de décéder et son mari part en maison de retraite. L'appartement, situé dans mon quartier, est moins grand, mais il est au quatrième avec ascenseur et le couple de gardiens est jeune. Il va falloir que je fasse un tri drastique avec Cerise, je passerai de 110 m^2 à 65 m^2. Heureusement que Scipion n'est plus d'actualité.

Cerise

Qu'est-ce qui nous bloque, maman et moi ? Pourquoi on se repousse comme des aimants réfractaires ? Pourquoi on n'y arrive pas comme les autres mères et les autres filles ?

Elle m'a provoquée avec sa paire de chaussures en plastique. Tu étais pilote, papa, tu avais une vue perçante, tu as assisté à la scène de là-haut ? Est-ce que j'ai eu tort ? Je les ai jetées à la poubelle comme on clôt un chapitre. C'était ma chute, mon point d'exclamation.

Maman va déménager parce que les Fernandez partent, elle vieillit et a besoin d'un ascenseur. C'est une bonne idée. Sauf qu'elle veut faire entrer 110 m^2 dans 65 m^2, autant dire que ça ne tiendra jamais même en poussant les murs. Et puis ça remue des souvenirs. On va devoir te déménager aussi, papa, pas du cimetière de Passy mais de la cave de l'immeuble. Quand tu as décollé en lisant *Ouest-France*, tes manuscrits, ta documentation, tes papiers étaient étalés dans ton bureau. Maman ne supportait plus de les voir, elle a tout enfermé dans des caisses qui nous attendent dans la cave depuis mes dix-sept ans.

Je passe trois mois à préparer son déménagement, ouvrir des placards, recenser leur contenu, le montrer à maman qui hésite, tergiverse, décide que ces objets lui sont indispensables. Elle n'a pas invité plus de quatre personnes à la fois depuis trente ans, mais elle tient à garder cent verres et cent assiettes. Et ses robes de bal, ses robes de soirée, ses gants, ses manteaux de fourrure. Elle m'attendrit, c'est sa jeunesse qu'elle émonde, ses souvenirs de jeune mariée qu'elle débusque, son passé qu'elle arrache. J'appelle Ganaëlle au secours, je n'y arriverai pas seule. On se met à deux pour épauler maman, la conseiller, diriger les travaux dans son futur appartement. La salle de bains est dans son jus, on obtient l'autorisation de la rénover. Le plus compliqué, c'est que maman change sans cesse d'avis et nous fait perdre un temps dingue, alors qu'elle doit maintenant libérer son appartement dans quinze jours. Aaaargh !

Ganaëlle est d'une patience d'ange. Maman en a plein le dos, c'est épuisant pour elle, moralement et physiquement. Mais une semaine avant le départ, alors que je trie des papiers pendant qu'elle est chez le kiné, je tombe sur la lettre d'une de ses amies que je ne connais pas. « Chère Lise, je pense très fort à toi, j'espère que ton égoïste de fille n'a pas encore fait des siennes. Quand je pense qu'elle te laisse te débrouiller seule pour gérer ce déménagement, qu'elle ne lève pas le petit doigt, c'est indigne, les bras m'en tombent ! »

Les bras m'en tombent à moi aussi, qui me coltine des caisses depuis trois mois. J'ai toujours été là pour elle. On était si entourées de ton vivant, papa, c'était une fête perpétuelle. Ensuite, les chafouins intéressés se sont éclipsés. Maman a pris ses distances avec ta famille et, peu à peu, la sienne. Il ne reste plus grand monde.

Je ne lui en parle pas quand elle rentre, ça ne ferait jamais qu'un malentendu de plus.

Quelques jours plus tard, son amie Sylvie téléphone et je réponds. Je la connais depuis que je suis née, je jouais avec son fils quand nous étions enfants.

— Maman est sortie, je lui dirai de te rappeler.

— Elle s'est trop fatiguée, se désole Sylvie. Empêche-la de donner toutes ces merveilleuses conférences sur l'œuvre de ton père, ce n'est plus de notre âge !

Je soupire, triste d'être loin d'Aelig à cause de ce satané déménagement, malheureuse de ne plus écrire, révoltée par la lettre de la copine de maman qui me prend pour une ingrate. Pourquoi Sylvie la croit ?

— Elle ne fait aucune conférence, Sylvie. Elle nage au Polo ou elle va chez le kiné au Trocadéro.

— Qu'est-ce que tu racontes ? Elle est rentrée des États-Unis la semaine dernière.

— Elle est rentrée du bois de Boulogne. Elle a fait une formidable conférence sur papa autrefois. Et elle a participé à un ouvrage collectif avec d'autres femmes d'écrivains. Mais c'était il y a des années.

— Elle me ment à moi, sa vieille amie ?

— Pas à toi, Sylvie, à elle-même. Tu te souviens quand j'étais petite et que je m'étais inventé un chien imaginaire, je le sortais matin et soir, il dormait sur mon lit et me servait de bouillotte. Ce cocker n'existait pas et pourtant il me réchauffait réellement. Pour maman, c'est la même chose.

— Je trouvais bien que c'était bizarre. Ne lui dis pas que nous nous sommes parlé.

Sylvie est une femme courageuse, comme son mari l'a été pendant la guerre à tes côtés, papa. Son Alban a été terrassé par une maladie neurologique qui a démoli son corps sans affecter sa tête. Elle ne voit plus son fils unique, marié et père d'une petite fille qu'une ordonnance de juge l'oblige à conduire à dates fixes chez elle.

Peu après notre conversation, son médecin lui annonce qu'elle a la même maladie que son mari. Elle se serait battue contre un cancer mais elle a vu son homme décliner à petit feu et refuse de subir, seule, le même sort. Elle réserve une chambre dans un palace parisien. Elle commande au *room service* un repas fin et un excellent vin. Elle avale deux tubes de saloperies de comprimés. Et elle rejoint Alban.

Quand j'apprends que son amie a fait ce choix terrible, je regrette de lui avoir ouvert les yeux. Je n'aurais pas dû répondre. Elle aurait rappelé plus tard, serait tombée sur maman qui, avec ses inventions, lui aurait fait oublier un instant ses malheurs. Si tu rencontres Sylvie là-haut, papa, dis-lui qu'elle a appelé au mauvais moment, que maman s'envole tous les matins au bout du monde pour parler de toi et de ton travail, dis-lui qu'elle ne lui a jamais menti.

Lise

J'emménage dans mon nouvel appartement et je déchante. L'ascenseur fonctionne, mais les gardiens sont psychorigides. Dès que je me rends à la loge en dehors des heures officielles, ils ne m'ouvrent pas alors que j'entends la télévision. Jamais les Fernandez ne m'auraient laissée à la porte !

Les autres locataires sont des familles avec gamins. Je manque tomber à cause du ballon d'un petit con dans la cour, il ne m'a pas touchée, mais il aurait pu, en tout cas j'ai eu peur. Je lui donne un léger coup de parapluie pour qu'il aille jouer ailleurs. Son père vient sonner chez moi, très fâché, en m'ordonnant de ne plus jamais recommencer, sans quoi il portera plainte. Ce sale moutard m'a dénoncée, c'est révoltant.

Cerise et la petite Stéphan m'ont un peu aidée, mais depuis que je suis dans mes murs et qu'elles ont vidé les cartons, elles font la sourde oreille. Cerise est encore partie en voyage je ne sais où.

Un matin où mon moral est en berne, j'ai une illumination : je contacte la Bibliothèque nationale de

France, la BnF. Le même jour, Annabelle entre dans ma vie. J'ai prévenu la boulangère que je cherche une perle pour faire le ménage, pas une gamine, quelqu'un de confiance. Elle me recommande une personne dont l'employeuse vient de passer l'arme à gauche. Renseignements pris, elle travaillait pour les anciens locataires de mon appartement, elle connaît les lieux. Je l'appelle, nous prenons rendez-vous.

Je vais faire des longueurs de piscine, avant de m'installer en bordure du terrain de polo pour regarder la partie en déjeunant au buffet. À la fin de la deuxième période, les habitués entrent sur le terrain afin de boucher les trous faits par les sabots des chevaux. Puis je reviens chez moi attendre Annabelle. Je n'aime pas les femmes, c'est un fait. On ne quitte jamais tout à fait la cour de récréation, celle où les petites filles tirent vos nattes, où certaines sont populaires et d'autres solitaires, où tout se joue. Manon avait plein d'amies. Moi, je n'avais que ma regrettée Nadine. Le reste du temps, j'attendais, seule, mon prince charmant.

Annabelle sonne à l'heure pile. Elle me tend une main ferme, fiche son regard dans le mien. Elle sourit en voyant les jardinières de fleurs sur le balcon, elle a la main verte. Je lui explique que je suis sportive et très active, que j'ai une fille unique qui me délaisse, pas de petits-enfants. Et plein d'amis charmants qui m'adorent, mais que je vois peu à cause de mes nombreux voyages à l'étranger en tant que conférencière. Elle écoute, ne s'étonne pas que je travaille encore à mon âge, ne me pousse pas dans mes retranchements en demandant, comme Manon, Charles et ma belle-famille, des détails sur mes conférences.

— Qu'attendez-vous de moi ? dit-elle, concrète.

— Je voudrais que vous veniez trois matins par semaine pour le ménage, le lavage, le repassage, et remplir le frigo avec une liste de provisions.

— On va commencer par deux matins, puis je vous dirai.

C'est elle qui dicte ses conditions. J'apprécie les femmes qui ont du culot.

— Vous êtes mariée, Annabelle ?

— Les hommes ne sont pas indispensables. J'ai deux filles et un fils, tous majeurs, et cinq chats. Des chatons abandonnés dans le bois de Boulogne. Faut-il ne pas avoir de cœur pour faire ça ?

Pas de mari et des enfants adultes, donc peu de contraintes familiales. J'ai horreur des chats mais je ne suis pas allergique à leurs poils. Annabelle regarde les photos dans les cadres posés sur ma commode.

— Votre père était colonel ?

— Il a été promu général à titre posthume. Vous connaissez les grades ?

— Le mien était gendarme, donc militaire aussi. Nous allons bien nous entendre.

Cerise

Je passe dix merveilleux jours au lodge. Je n'écris pas une ligne, je me contente de vivre. Chaque minute avec Aelig et Moro est si précieuse. Quand je repars en France, je me demande pourquoi je m'arrache au bonheur. J'écoute en boucle Catherine Russell chanter *I Can't Believe That You're in Love With Me.* J'ai fait une erreur en remplaçant la vieille baignoire par une douche moderne dans la salle de bains de maman. Pas une douche pour personne âgée avec un siège fixe, non, une super douche de balnéothérapie avec des jets. Parce qu'elle adore les thalassos. Ganaëlle et moi avons écumé les showrooms pour en trouver une belle. Quand maman est arrivée dans son appartement, je lui ai montré comment ça fonctionne, je croyais qu'elle serait enchantée. Le premier matin, elle a voulu se doucher sans se mouiller les cheveux, elle s'est pris tous les jets dans la figure et a failli tomber. J'ai fait une croix au vernis rouge sur le bouton incriminé pour qu'elle ne le touche plus. La super balnéo ne servira jamais. Mon idée était stupide.

Le jour où Annabelle est entrée dans notre vie, elle m'a sauvée. Je savais que maman cherchait quelqu'un pour l'aider. Elle déteste les petites filles qui minaudent, les jolies jeunes femmes qui lui rappellent son âge, les femmes ridées qui radotent. La postulante devait se situer dans une étroite fenêtre de tir, ni jeune ni vieille, ni ravissante ni laide, surtout pas blonde.

Je sonne à la porte en retenant mon souffle. Ce matin, au téléphone, maman m'a dit :

— Je t'ai entendue à la radio, tu as parlé d'Axel. Pas de moi.

J'ai répondu :

— C'est le journaliste qui a abordé le sujet. Papa me manque parce qu'il est mort, toi tu es vivante. Mes copains auteurs ne parlent pas de leurs mères.

Elle a rétorqué :

— Il faut que je passe l'arme à gauche pour avoir une place dans tes histoires ? Proust parlait de sa mère. Patrick Modiano et Christian Bobin écrivent sur la leur. Pourquoi pas toi ?

La porte s'ouvre. Une fée m'apparaît, brune, potelée, un regard franc à travers lequel on devine une belle âme, une poignée de main ferme, un jean, un tee-shirt, des baskets.

— Je m'appelle Annabelle, vous êtes Cerise ?

Elle n'est ni servile ni indifférente. Elle travaille pour vivre, perçoit un juste salaire, considère son employeuse comme son égale. Elle aime les humains et les chats. Maman, qui a les animaux en horreur, l'écoute raconter les frasques de ses pensionnaires à moustaches. Annabelle est un cadeau du ciel, merci papa, *okuhepa*. Je lui attribue à elle aussi une sonnerie personnalisée : un extrait de *The Fairy Queen* de Henry Purcell, adapté du *Songe d'une nuit d'été* de Shakespeare. Annabelle sera notre reine des fées.

Lise

J'attendais ce jour depuis des mois, Axel. Je remets officiellement tes manuscrits et tes archives à la BnF. Ils côtoieront ceux des grands auteurs que tu aimais. J'ai des rhumatismes déformants, mes doigts se courbent, mes articulations se distordent et se raidissent. J'ai maigri, l'émeraude de mes fiançailles tourne autour de mon annulaire, et attire l'attention sur mes mains. Je ne veux pas qu'on me croie âgée. J'imagine un stratagème pour empêcher les gens qui me disent bonjour de me broyer les phalanges. J'achète une attelle de poignet à la pharmacie et je prétexte une foulure en jouant au tennis. C'est plus glamour qu'un rhumatisme.

Il y aura une petite cérémonie avec une collation, j'ai invité des amis d'autrefois, ceux qui comptent. Auparavant, je déjeune avec le gentil bibliothécaire qui a tout organisé et avec ma fille, qui passe me chercher. J'ai mis un tailleur vert assorti à mes yeux et à mon émeraude. Comme j'ai peur qu'on m'agresse pour me la voler, j'ai fait exécuter une copie que je porte au quotidien, elle attrape moins la lumière, les malandrins auront moins envie de me la chiper. La vraie dort en sécurité au fond d'un tube de Lexomil, enfouie dans du coton. J'ai répété cent fois à Cerise que s'il m'arrive quelque chose, elle ne doit pas jeter les tubes de médicaments. Je me demande parfois au doigt de qui brille celle que je convoitais, la grosse en forme de poire.

On sonne à la porte.

— Bonjour ma chérie !

Cerise a toujours été moins jolie que moi, mais elle a du chien. Malgré ses kilos en trop, elle est drôle et chaleureuse. Quand elle part en vacances, il y a toujours quelqu'un pour la conduire à l'aéroport, s'occuper de son cocker ou prendre son courrier. Alors que moi, je n'ai qu'elle pour arroser mes fleurs et faire le taxi. Un jour, je lui ai dit :

— Tu as de la chance d'avoir des amis aux petits soins. Ils sont plus serviables avec toi que tu ne l'es avec moi.

— On s'aide mutuellement, c'est aussi simple que ça. Moi aussi je les accompagne, je nettoie la litière de leur chat ou le bocal de leur poisson rouge. Chacun son tour.

Il ne manquerait plus que ça, nettoyer chez les autres pour qu'on prenne soin de vos plantes !

Sa veste rouge lui va bien. Nous accrochons toutes les deux sous nos nez des sourires de circonstance, comme les clowns de cirque. Je suis le clown blanc élégant et digne, elle est le clown au nez rouge, l'auguste impertinent et burlesque. Nous entrons en piste sous des roulements de tambour imaginaires.

J'ai bien travaillé pour toi, Axel, c'était épuisant mais ça vaut la peine. Tu seras fier de moi.

La plaquette éditée pour l'occasion est parfaite. Je ne ressemble pas à mes belles-sœurs, je n'ai pas concocté de petits plats pour une nichée d'enfants, mais je continue à te faire exister.

Cerise

Je dépose maman devant le restau où nous avons rendez-vous avec le bibliothécaire, je me gare puis les rejoins.

— Ravi de vous connaître, dit-il en me tendant la main. Je suis navré que votre mère se soit blessée en jouant au tennis.

Elle n'a pas touché une raquette depuis ma naissance. Comment n'ai-je pas remarqué l'attelle à son poignet ?

— Moi aussi, dis-je en fixant maman qui ne détourne pas les yeux.

— Nous avons un cadeau pour toi, regarde !

Elle me tend le livret imprimé pour l'occasion, avec ta biographie, ta bibliographie, la liste des manuscrits déposés, et des photos de toi avec et sans elle. Je le feuillette. Il n'y en a aucune de nous trois ensemble. Je n'existe pas. Vous êtes beaux, vous souriez aux photographes, maman est la seule à trôner à ton côté. Est-ce volontaire ou inconscient ?

— Mon livre est superbe, n'est-ce pas ? dit-elle, les yeux pleins d'étoiles.

— Il est très bien.

— J'ignorais que vous écriviez vos romans à quatre mains avec votre mère, dit l'homme de la BnF. Quelle belle aventure familiale !

Maman sourit, persuadée que nous créons ensemble. Je bous mais j'existe grâce à elle, même si je lui ressemble autant qu'un éléphant à une girafe. Sans elle, je ne connaîtrais ni le bonheur d'écrire, ni celui d'aimer. Je ne saurais pas le plaisir du café le matin, de l'océan immense, du vin capiteux, des *Variations Goldberg* de Bach jouées par Glenn Gould, de l'arrivée du tire-bouchon à Quiberon autrefois ou du bateau à Groix aujourd'hui, des retrouvailles avec Aelig et Moro, des jeux avec Loullig. Elle est radieuse. Je ne veux pas gâcher sa joie. Alors je commande un verre de rouge corsé. Maman demande un verre de vin rouge léger. L'homme de la BnF préfère un blanc de Touraine. Tu aurais pris quoi, papa ? J'ai vécu dix-sept ans avec toi mais j'ai oublié le vin que tu aimais.

Axel

J'aimais le rouge plus que le blanc, le bourgogne plutôt que le bordeaux. J'aimais la côte de bœuf, le camembert et le riz au lait. Le type de la BnF a une belle voix. Lise et Cerise entrent dans la salle où aura lieu la cérémonie de remise de mes manuscrits. Mon éditrice Myriam se tient en retrait, la BnF l'a invitée, Lise fait semblant de ne pas la voir. Anne et Briac sont là, fidèles. D'anciens amis ont fait le déplacement, des compagnons de cœur, de plume, des écrivains sensibles et généreux du temps où les ordinateurs, les téléphones portables et les réseaux sociaux n'existaient pas. Quelques pique-assiettes aussi, sans parler des rouleurs de mécaniques qui publient des textes écrits par d'autres. Il faut avoir sué sang et eau devant une feuille pour savoir l'importance d'un mot, percevoir le rythme des phrases. Tout est question d'oreille.

Pendant la guerre, j'écoutais le moteur de mon zinc, le sifflement des balles ennemies. J'ai entendu les râles d'agonie de mes camarades, les pleurs de ceux qui appelaient leur mère dans leurs cauchemars la nuit et souriaient le jour. La paix revenue, je dormais d'un œil, j'ai mis des années à persuader mon corps que la guerre était finie.

J'ai tant aimé écrire, piloter les phrases. Les mots et les personnages de papier sont éternels. Je n'ai jamais pensé que mes manuscrits passeraient à la postérité. L'idée me plaît. Lise aurait été plus heureuse en se remariant, elle a choisi d'être fidèle à ma mémoire. Nous avons tant ri ensemble. Je n'aurais pas été un aussi bon père de famille nombreuse que Briac.

Par pitié, Cerise, Lise, arrêtez de vous disputer.

Cerise

Aelig est un homme tendre, solaire, intense, entré au cœur de ma vie. Il se dégage de lui une énergie incroyable, une solidité en même temps qu'une souffrance. Il pilote, je décolle grâce aux mots. Il fait découvrir le désert aux familles et aux amoureux, j'invente des familles de papier et des couples. La vie ne repasse pas les plats, il est ma chance. J'ai zappé la robe blanche et le mariage chic avec manoir, barnum et traîne portée par les enfants d'honneur. Notre amour couvre huit mille kilomètres à vol d'oiseau. Et Moro nous penche du côté de la joie.

C'est l'année des changements. Maman a vendu la maison de Quiberon. Une fois n'est pas coutume, Ganaëlle et moi avons passé dix jours à ranger, trier, vendre, emballer, pour l'aider. Si, à Paris, ton souvenir était tapi derrière les livres des bibliothèques, à Quiberon, celui de grand-mère Enez était blotti dans les placards de la cuisine. Maman prenait grand soin de ses roses et de ses hortensias. Lorsque je lui demande si elle est rassurée de savoir que ses fleurs seront soignées par les nouveaux propriétaires, férus de botanique, sa réponse me scie :

— Je les adorais, maintenant elles peuvent crever, je m'en fiche, ce ne seront plus les miennes.

J'en reste comme deux ronds de flan.

Mon nouveau livre trace sa route honorablement sans exploser les compteurs. Un jour, au cours de ma tournée en librairies, une dame me parle de mon frère qu'elle a connu enfant. Je la détrompe gentiment, moi je suis fille unique.

— Vous êtes la fille d'Axel Venoge ?

— Oui, mais je n'ai pas de frère.

— Mon père, Hubert Ymera, était proche de votre père. Ils sont morts la même année.

Je fronce les sourcils. Je me rappelle bien ton ami Hubert.

— Votre père, bien avant son mariage avec votre ravissante mère, venait chez nous avec votre frère. Nous avions à peu près le même âge.

Elle achète mon livre qu'elle me demande de dédicacer à son père.

— Vous ne m'avez pas dit qu'il est mort ?

— Oui, et alors ?

Mal à l'aise, j'écris : « Pour Hubert Ymera, en souvenir de l'amitié qui le liait à papa. » Elle s'en va. J'ai envie de lui courir après, mais d'autres lectrices attendent leur tour. Je reste toute la journée dans un brouillard flou, tournant mille hypothèses dans ma tête. Je ne dors pas de la nuit. Le lendemain matin, j'allume mon ordinateur et je commence un nouveau roman qui parle d'un frère surgi du passé.

Mes doigts virevoltent au-dessus du clavier, pas besoin de plan de vol ni de synopsis, mon émotion nourrit l'histoire. C'est vrai, papa, tu as eu un fils ? Pourquoi ne m'avoir rien dit ? J'aimerais tellement avoir un frère qui te ressemble. J'écris fiévreusement pendant plusieurs mois, tant je suis prise par cette histoire. Aelig et Moro partagent mon enthousiasme. Ganaëlle m'invite à la prudence, la lectrice a pu confondre, mélanger. Qu'importe ! L'idée d'être adoptée me soulageait. L'idée d'un frère m'enchante.

Un matin, alors que j'en suis à cent cinquante pages, une idée me chiffonne. Caramba, j'ai oublié maman. Bien sûr que j'écris une fiction, mais pendant la promo, quand on me demandera pourquoi ce sujet, d'où m'est venue l'idée, je serai tentée de dire la vérité. Depuis que tu es parti là où on va après, tu nous appartiens un peu à chacune, pourtant maman a l'avantage de l'ancienneté. Il faut que je l'avertisse.

Lise

Cerise m'a invitée à déjeuner dans un petit bistrot sympathique. Elle commande deux coupes de Mercier, elle va m'annoncer la bonne nouvelle que je n'osais plus espérer. Elle se marie, enfin ! Je vais porter un grand chapeau, on louera un château à la campagne, on dansera, ce sera charmant.

— Qui est l'heureux élu ? dis-je.

Elle hausse le sourcil droit.

— Les mariages de printemps sont les plus élégants. Il était temps, ma chérie.

— Je ne me marie pas, maman, je fête avec toi la sortie de mon prochain roman dans dix mois.

— Ah ? Et pourquoi maintenant ? fais-je, déçue.

Nous entrechoquons nos verres.

— Tu te rappelles Hubert Ymera ? demande-t-elle.

— Un homme délicieux, il aimait ma robe jaune soleil, je la mettais exprès quand nous allions en week-end chez eux.

— Tu te souviens de sa fille ?

— Une petite boulotte insignifiante.

— Elle est venue me faire dédicacer un livre récemment.

— Ah oui ?

— Elle m'a parlé d'un fils que papa aurait eu des années avant de te rencontrer.

— Vraiment ?

— J'en ai fait le point de départ de mon prochain roman.

— Comme c'est drôle.

— Tu crois que papa a pu avoir un fils avant de te rencontrer ? insiste Cerise.

— Pas que je sache, mais tout est possible.

— Il lui ressemble peut-être. Si c'était le cas, il te plairait.

— Sûrement. Mon mari ton père était un homme merveilleux, dis-je en haussant le ton pour que les convives des tables voisines m'entendent.

Cerise me raccompagne chez moi où je lui demande de monter un instant. J'ouvre un tiroir de ma commode et j'en sors un écrin de la bijouterie Barrier.

— Je t'offre mon émeraude, tu en auras plus l'utilité que moi. Je ne la porte plus, j'ai trop peur qu'on m'agresse. Je préfère ma copie. Tout le monde croit que c'est une vraie. L'autre jour, au Polo, une femme s'est extasiée dessus, c'était tordant !

Je lui tends l'écrin. Cerise, visiblement émue, secoue la tête.

— C'est un cadeau de papa.

— De toute façon tu l'auras après ma mort.

— Mais c'est ta bague de fiançailles.

— Un jour, tu en porteras une, toi aussi ! Il me tarde tant d'avoir des petits-fils.

— Surtout pas des petites-filles, m'approuve Cerise.

J'acquiesce. Je suis heureuse de lui offrir ce bijou que je ne peux plus mettre à cause de mes doigts déformés. Je voudrais m'entendre mieux avec ma fille. Et puis les roses et les hortensias de Quiberon me manquent. Les fleurs sont comme les enfants, ingrates et infidèles, elles s'épanouissent devant qui les regarde.

Cerise ne passe pas la bague à son annulaire, elle la laisse dans son écrin et la montre à Ganaëlle, qui s'extasie :

— Lise te l'a offerte ? C'est surprenant, non ?

— Je suis très touchée mais je ne peux pas la mettre. Et puis on dit que les émeraudes portent malheur. La mort de papa en est la preuve.

Cerise referme l'écrin et replonge l'émeraude dans la solitude et l'obscurité.

Cerise

Rassurée par la réaction de maman lors de notre déjeuner, et touchée par son généreux cadeau, je continue à écrire mon livre. J'ai eu tort de m'inquiéter, elle aurait détesté une belle-fille, elle aimera un beau-fils. Mes chapitres s'imbriquent bien, le puzzle est cohérent, ça prend forme. Il y a cela, à un moment de l'écriture, quand les pièces se mettent en place et que soudain on ne peut plus rien changer. Le texte est fini, le sort en est jeté. J'ajoute à la fin dans les remerciements : « À mon frère inconnu qui j'espère me lira. Un jour, la fille d'Hubert Y. a évoqué ton existence. » Si la fille d'Hubert ne s'est pas emmêlé les pinceaux, et s'il avait son âge, ton fils n'est pas un perdreau de l'année.

Je me renseigne sur les abonnements à l'Opéra pour remercier maman, mais elle n'ira pas seule et je ne veux pas me coincer un an à l'avance. Je pourrais l'inviter un week-end quelque part dans un joli hôtel ?

Elle vit sur une autre planète, dans une solitude abyssale que je n'ai pas le pouvoir de combler, ça part de trop loin, c'est ancré trop profond. Bach a eu vingt enfants, sept de sa première femme et treize de la seconde. Même si maman avait eu vingt filles, elle se sentirait abandonnée.

Lise

Je nage à la piscine du Polo. J'habille ma solitude de sport, d'élégance et de blondeur. Le moniteur de natation m'aime bien. Après mes longueurs, je lui explique que je prépare ma prochaine conférence internationale avant de retourner chez moi où personne ne m'attend. J'ai toujours été à part, même entre mes frères et ma sœur.

Cerise fait le service de presse de son nouveau roman. Elle doit m'en déposer un exemplaire dédicacé ce soir. Je le lirai quand j'aurai le temps. Elle arrive à l'heure du dîner, fatiguée et heureuse.

— Je te trouve une petite mine, dis-je. Ménage-toi.

— J'ai dédicacé trois cents livres, et j'essaye de trouver pour chaque journaliste des phrases originales, c'est épuisant et excitant. Je mets le bateau à l'eau !

— Je suis marraine d'un paquebot, tu savais ? Ils voulaient ton père, mais il m'a galamment proposée à sa place. Le commandant est un homme exquis.

— Oui, tu me l'avais raconté, dit Cerise en me

tendant son livre. La couverture est belle, n'est-ce pas ?

Je fais mine de le feuilleter pour arriver aux remerciements. Pour une fois j'y figure, mais après son chien. Deux lignes me font bondir.

— « À mon frère inconnu qui j'espère me lira. Un jour, la fille d'Hubert Y. a évoqué ton existence. » Qu'est-ce que c'est que ça ?

— C'est le point de départ du livre, tu te souviens ? La fille d'Hubert Ymera est venue à une dédicace et m'a parlé de lui. Je te l'ai dit. Lors de notre déjeuner.

Je pense avec rage à cette Lana, l'attachée de presse que la rumeur, à l'époque où je t'ai rencontré, disait fondue d'amour pour toi, Axel. Son fils ne te ressemblait pas.

— Tu as perdu la boule, ma petite fille ? Tu crois que je vais te laisser publier ça ? Tu rêves !

— Mais je t'ai demandé la permission et tu as trouvé ça drôle ! Tu m'as donné ton accord.

— Pas pour que ce soit écrit noir sur blanc dans un livre. Tu es complètement cinglée. C'est une inqualifiable atteinte à ma dignité ! À la mémoire de ton père !

— Tu ne sais pas de quoi tu parles. Je ne dirais jamais du mal de papa, proteste Cerise dont la voix dérape dans les aigus.

— De lui, non. Mais de moi, oui.

— S'il a eu un fils avant de te connaître, je ne vois pas en quoi ça te concerne.

Maman se dresse, frémissante, ses yeux deviennent des lance-flammes.

— Axel n'a aimé que moi. J'ai perdu notre petit Jacques-Louis. Aucune autre femme ne lui a donné un fils. Je t'interdis de publier ce livre.

— Les trois cents exemplaires dédicacés partiront demain. C'est trop tard, tu ne peux pas changer d'avis maintenant.

— Oh que si, je peux, ma petite fille, rétorque-t-elle, tremblant de colère.

— Les livres sont imprimés. Tu m'avais donné ton aval. Je dirai que c'est une pure fiction.

— Ah oui ? fait-elle, sarcastique. Avec cette page où tu t'adresses à ton soi-disant frère ? Je te le répète, je t'interdis de publier ça en l'état. Je vais te mettre un avocat sur le dos. Ton éditrice aura de mes nouvelles demain matin.

Mon livre n'a pas encore décollé qu'il se crashe.

— Tu envisages de me faire un procès, à moi, ta fille ? Sérieusement ?

— J'ai l'air de plaisanter ? rugit maman. Et laisse-moi ça, ajoute-t-elle en serrant mon roman mort-né contre elle.

Je passe la nuit à discuter sur Skype avec Aelig. J'appelle mon éditrice dès qu'elle arrive à son bureau le lendemain.

— Il faut juste enlever la page qui pose problème, dis-je. Je suis désolée. Je ne vois pas d'autres solutions.

— Impossible. Les livres sont imprimés, reliés et conditionnés. Les frais engendrés coûteraient plus cher que de les passer tous au pilon. Je ferai détruire les cinq mille exemplaires demain. Nous les réimprimerons sans la page litigieuse. Je vous enverrai la facture.

Cinq mille livres neufs et les trois cents que j'ai dédicacés hier vont être transportés par camion jusqu'à une usine de traitement. Balancés dans un broyeur armé de couteaux rotatifs qui déchiquetteront en bandes étroites mon rêve de frère. Compressés en balles, mes mots voyageront jusqu'à une usine de pâte à papier qui les transformera en journal ou en emballage. On se déchiquette depuis que je suis née, maman et moi. J'ai eu tort, papa. Tort d'y croire. C'est ma faute. La possibilité d'un frère m'a donné l'espoir fou de rembobiner le temps et de te revoir vivant. Avec toi, la vie était une épopée. Sans toi, les livres ne racontent plus rien, ce ne sont plus que des arbres mis à mort qui agonisent en prenant la poussière.

Je rappelle maman. Je lui annonce que mon livre va être détruit et réimprimé sans la page à laquelle elle s'oppose. Elle n'a plus sa voix cinglante d'hier, Docteur Lise et Mister Maman.

— Je réglerai la facture, précise-t-elle.

La sortie de mon roman est repoussée, on le pilonne et on réimprime. Je le dédicace pour la seconde fois aux trois cents mêmes journalistes. Je dis dans les interviews que c'est une histoire inventée.

Axel

J'ai aimé d'autres femmes avant Lise, heureusement. Le contraire eût été navrant, je me suis marié tard. Tous les protagonistes de cette histoire ne sont plus. L'adolescent que j'emmenais chez mon ami Ymera avant mon mariage n'était pas mon fils. Je l'avais pris sous mon aile par égard pour son père, Jacques, le cadet de la France libre qui m'a sauvé la vie en vol et qui est mort avant sa naissance.

Lise n'a pas écouté quand Cerise lui a confié le sujet de son livre. Je sais pourquoi ma femme réagit ainsi : à cause d'un secret concernant le passé de mon beau-père le général Madec. Elle n'a jamais voulu m'en dire plus, elle le portait comme une croix, en rêvait la nuit. Notre fille l'ignore.

Lise

Le livre de Cerise est sorti, un gentil roman qui ne fera pas de bruit dans le Landerneau littéraire. J'ai réagi vite, heureusement.

Hier, en sortant du Polo, impossible de retrouver ma voiture ! J'ai erré jusqu'au moment où j'ai croisé ma voisine de casier avec son petit-fils. J'ai montré ma carte grise au jeune homme, il a déniché ma Peugeot juste devant l'entrée. Heureusement qu'il était là. Si j'avais un petit-fils, il m'expliquerait comment marche l'infernale télécommande de ma nouvelle box, il rendrait mon quotidien plus léger. Notre fille ne pense qu'à elle.

Il faut que je t'avoue quelque chose, Axel : parfois la réalité m'échappe. Le temps se dilue, me file entre les doigts. Le volant glisse dans mes mains, j'ai bigné ma Peugeot sur tout le côté gauche, la carrosserie est enfoncée. J'ai besoin de vacances.

Je pars en croisière avec ma vieille copine Dora. J'ai donné le programme et la liste des escales à Annabelle et à Cerise. Je me suis débrouillée pour être à la table du capitaine, il sait qui tu es, je lui ai envoyé ton dernier livre. Si j'avais un fils capitaine de paquebot, je vendrais mon appartement parisien et passerais mon temps dans la meilleure cabine, sur les océans, à dîner à sa table avec les VIP du bord.

J'embarque. On m'attribue une cabine moche, une femme seule sur un bateau est moins considérée qu'un couple, elle consomme deux fois moins. Les premiers soirs, le jeune capitaine n'a d'yeux que pour la fausse blonde vulgaire assise en face de lui. Je veux être la seule jolie blonde. Dès que je vois une présentatrice blonde à la télé, je change de chaîne. Les brunes comme Cerise, Manon ou Annabelle ne me gênent pas. Le troisième soir, je retourne dans ma cabine en fin de soirée pour me coucher. Mais, alors que le bateau est à l'ancre, tout se met à tourner, je perds l'équilibre et je m'effondre.

Je me réveille, couchée dans les draps rêches d'une chambre inconnue, à terre. Cet hôtel n'est pas du tout confortable, je suis habituée à mieux. Ils n'ont même pas de chambre seule, c'est un comble ! Je partage la mienne avec une femme étrangère qui ne quitte pas son lit. Son fils, un beau jeune homme, parle un peu français. J'ai voulu lui offrir un verre au bar, mais le bar est fermé. Le jeune homme a l'amabilité d'appeler Cerise sur son portable. Elle est encore fourrée dans son île avec son Loustic. Je lui dis de sauter dans un avion pour venir me chercher.

Quand est-ce que ce fichu bar rouvrira ? J'ai envie d'un Chivas et de crevettes. Une serveuse, qui ne comprend ni le français ni l'anglais, m'apporte un plateau avec un plat que je n'ai pas commandé, un poisson bouilli nageant dans une sauce figée et un yaourt. C'est infect. Ce *room service* est déplorable. Le bateau a dû avoir une avarie et on nous a débarqués dans l'unique hôtel disponible.

Où sont passés les autres passagers ? Où est Dora ?

Cerise

Je me sens en sécurité à Groix, loin du stress de Paris. Les Groisillons sont des gens de cœur, ils ne donnent pas le leur à la va-vite. Une fois qu'on est amis, c'est solide comme un mégalithe breton. Je vais goûter chez mes voisines, Lucette et Véronique. Au Bao, je fais la connaissance de Françoise qui tenait avant le bar rose du port et m'invite à dîner chez elle à Locmaria avec ses amis Pat Mimi et Bethy, ainsi que Loïc l'ancien boucher. Le mojito est fait avec la menthe de son jardin. J'assiste à un concert de l'association Musique à Groix. Je vais écouter Les Renavis chanter. Je m'inscris à deux courses à pied, La Groisillonne en mai et le Trail des Marathoniers en septembre. Mon nouveau livre prend forme. Mes mots sont ma laisse de mer. Quand j'ai l'esprit trop flou, je pars lire sur les rochers avec Loullig. Je croise des mères et des filles qui se baladent sur les sentiers côtiers comme si c'était une évidence.

Un soir, alors que je traverse le bourg à vélo, mon portable sonne. Numéro inconnu.

— Allô ?

— Madame Cerise Venoge ? C'est le commissaire de police du seizième arrondissement de Paris.

La police ? Comme dans les films ?

— Vous êtes bien la fille de Mme Lise Venoge ?

— Il est arrivé quelque chose à ma mère ?

— Elle est hospitalisée en Hongrie. Le Quai d'Orsay a été avisé parce que votre mère avait sur elle un passeport diplomatique périmé, et comme elle habite notre arrondissement, l'info nous a été transmise.

Le fameux passeport diplomatique de mon grand-père, le général Madec, qui travaillait dans le renseignement militaire. Lise l'emporte toujours en voyage sous prétexte que « ça peut servir ».

— Notre rôle est terminé, vous êtes au courant. Bonsoir, madame.

Le policier raccroche. Le ciel de Groix, caban piqueté d'étoiles, me tombe sur la tête. L'église au thon devient floue, se dilue dans l'air frais. Je pense à maman, seule dans la chambre d'hôpital d'un pays inconnu. Aujourd'hui elle ne crie plus au loup, elle est vraiment dans la panade. Je téléphone à Europ Assistance où elle est assurée. Mon amie Lyev y travaille comme médecin régulateur, elle ouvre un dossier de rapatriement. J'arrive à joindre Dora, restée sur le bateau.

— Ta mère a changé, Cerise. Avant elle était drôle, pétillante – une personnalité. Elle était excessive, certes, mais amusait la galerie avec ses histoires abracadabrantes. Dès que le bateau a appareillé, elle n'a cessé de se plaindre : trop froid, trop chaud, la cabine était trop petite, le capitaine ne la regardait pas assez, je parlais trop aux autres passagers et la délaissais, bref, un cauchemar. Comme je ne la voyais pas arriver au petit déjeuner, je suis allée la chercher. Elle était par terre, inconsciente. J'ai appelé le médecin. Nous étions à l'escale, elle a été transportée aux urgences. Puis le bateau est reparti.

Lyev se renseigne. Maman était si agitée à son arrivée à l'hôpital qu'ils ont diagnostiqué une crise de démence et l'ont shootée à l'Haldol, un neuroleptique réservé aux états psychotiques aigus. Ils lui ont fait un scanner qui n'a rien décelé. Elle est en neurologie. Je m'énerve :

— Elle s'évanouit dans sa cabine et se réveille dans un hosto inconnu avec des gens qui ne parlent pas sa langue, on serait agité à moins. Elle est angoissée de nature, c'est son état normal.

— Tu veux te rendre sur place ? propose Lyev.

Si c'était toi, je sauterais dans le premier avion, papa. Avec maman, ça va faire des étincelles, ils vont nous interner toutes les deux.

— Non, en revanche il faut la ramener au plus vite.

— Je m'y emploie, mais le patron du service ne veut pas la lâcher. Nous devons ménager sa susceptibilité. Sans son accord, je suis pieds et poings liés. Il doit la déclarer apte au transport. La situation est complexe.

J'ai un double appel. Numéro inconnu, à nouveau.

C'est le fils de la voisine de chambre de maman à l'hôpital. Il me la passe.

— Je déteste cet hôtel, viens vite me chercher, fait maman d'une voix pâteuse.

Dois-je lui dire qu'elle n'est pas dans un hôtel ?

— Je cherche un billet d'avion pour que tu rentres vite.

— Pourquoi le capitaine ne vient pas me voir ?

— Je lui demande. Ne t'inquiète pas, je gère la situation.

— Dis-leur aussi de rouvrir le bar, ordonne ma mère.

Le fils de la voisine récupère le portable et nous poursuivons la conversation hors de la chambre.

— Votre mère n'aime pas la nourriture et ne mange rien. Elle est perdue.

Évidemment, on ne sert pas de tartines au tarama d'oursins ou à la tapenade dans les hôpitaux hongrois. Je le remercie. Lyev me conseille de téléphoner au patron du service qui parle un anglais impeccable. J'exprime avec diplomatie la nécessité de rapatrier ma mère en France. Le type se fait tirer l'oreille.

— Elle n'est pas transportable. Mon service est ultra-moderne, nos infrastructures et notre matériel médical valent ceux de Paris. Vous n'avez pas un frère ou un mari avec lequel je puisse m'entretenir ?

L'affaire s'annonce difficile. Je passe trois heures à pister le médecin généraliste de maman qui est en vacances en Corse. Je réussis à le dénicher sur le GR 20. Il rappelle le patron, fait jouer sa testostérone. Maman va pouvoir rentrer.

Je range les beaux jours groisillons dans la boîte à bonheurs avec ceux passés à Sossusvlei. Finis les concerts classiques, les chants de marins, les copains chaleureux et l'immersion en écriture. Je quitte mon île refuge. Loullig est navré d'abandonner ses copains lapins. Je tourne le dos au café rose quand le *Breizh Nevez* s'écarte du quai. Tu m'as demandé de m'occuper de maman, je tiens parole, papa.

Lise

Un jeune docteur souriant est venu dans ma chambre d'hôtel ce matin. Rien que pour moi. Il me convainc de m'asseoir sur un fauteuil roulant inconfortable.

— Vous n'en avez pas besoin, mais grâce à lui nous allons passer devant tout le monde.

Excellente idée, va pour le fauteuil. Si Jacques-Louis était né, il aurait été chevaleresque comme lui. Mon docteur a lu deux de tes livres, Axel. Je lui explique que j'étais ton éditrice en même temps que ta muse. Nous bavardons à bâtons rompus pendant le voyage. Il m'explique pourquoi il a fait médecine. Il m'achète de l'eau, du chocolat noir, se met en quatre. Nous devenons copains comme cochons. Notre différence d'âge n'est pas si énorme, il a quarante ans, j'en ai... je ne sais plus.

Une ambulance nous attend à la descente de l'avion à Paris, l'ambulancier est aussi grand et large d'épaules que toi. Je me sens protégée entre ces deux hommes charmants.

— Je vous offrirai de l'excellent whisky à la maison, dis-je, joyeuse.

— Vous êtes fatiguée, vous allez d'abord faire un petit bilan à l'hôpital.

— Vous m'abandonnez ?

— Je ne vous lâche pas avant de vous avoir confiée à un confrère compétent. Et je prendrai de vos nouvelles.

L'ambulance se gare dans le sas des urgences. L'ambulancier baraqué me roule le long d'un couloir au fond duquel une silhouette se lève. Cerise s'approche, souriante et tendue. Elle m'embrasse, je me raidis. Elle salue mes chevaliers servants.

— Tu as fait bon voyage, maman ?

Je prends une mine de circonstance.

— Je suis épuisée, cet hôtel était épouvantable, j'espérais que tu viendrais me tirer de là !

— On s'est tous démenés pour te ramener. Je suis revenue exprès de Groix pour toi.

— C'est normal, je suis ta mère.

L'ambulancier me roule dans un box. Ma fille s'éloigne dans le couloir avec le docteur, pour que je n'entende pas leur conversation.

Cerise

— Vous la trouvez comment ? dis-je.

— C'est une sacrée actrice, répond le docteur Thierry en se bidonnant. Tout s'est bien passé depuis la prise en charge. Elle s'est montrée rayonnante et enjouée, elle a dévoré le plateau-repas de l'avion et s'exprimait avec force et énergie. Elle s'est métamorphosée quand elle vous a vue. On dirait une autre personne, c'est fascinant ! Elle aurait dû être comédienne, pas éditrice.

— Elle vous a dit qu'elle est éditrice ?

— Elle m'a roulé ?

Inutile de perdre mon temps à rétablir la vérité.

— Aucune importance. Merci de l'avoir ramenée.

— Elle a dû leur faire la java, là-bas, ils l'ont mise sous Haldol, une molécule qu'on utilise pour traiter les schizophrènes, il va falloir la sevrer doucement.

— Ma mère n'est pas schizophrène, dis-je, décontenancée.

— Elle a eu un épisode de démence d'origine non établie. Ils lui ont fait un paquet d'examens qu'ils ont refusé de me donner. Son regard a changé en vous reconnaissant.

Je sais. Quand elle marchait à ton bras, papa, elle avait les yeux du vert de la mousse des fontaines, un sourire rouge géranium, un rire perlé, de la joie au corps. Quand tu as connu une traversée du désert et cessé d'écrire un moment, elle avait les yeux du vert d'un étang glauque, la bouche pincée, une ride barrait son front. Je retourne dans le box. Ses yeux virent au vert épinard en m'apercevant. Le docteur Thierry entre à ma suite. Elle redevient aussitôt pétillante.

— J'aurais adoré avoir un fils comme vous, s'écrie-t-elle.

Désolée, maman.

Les semaines qui suivent sont ponctuées d'allers-retours entre chez moi, chez elle et l'hôpital. Puis l'interne m'annonce qu'elle va sortir, mais n'est pas en état de retourner chez elle seule. Je dois trouver une maison de convalescence au pied levé. Autant chercher une aiguille dans une botte de foin.

Je passe des heures sur Internet. Je téléphone. Je visite. Je fuis. Je m'effare. En gros, c'est à peu près pareil partout. Luxueux ou rustiques, ces établissements fonctionnent sur le même modèle : le parc à bébé. Dans leur bouche, c'est un espace de rencontres, de partages, un salon de jour, une agora, de jolis noms pour signifier « une pièce pour parquer les résidents et les surveiller avec le moins de personnel possible, coincés dans leurs chaises roulantes, bloqués devant la télé, hébétés ».

Annabelle me sauve pour la deuxième fois en acceptant de s'occuper de maman sept jours sur sept pendant la journée. Maman a toujours été partisane du droit à mourir dans la dignité : « Le jour où je ne peux plus faire de sport, j'arrête les frais, j'ai tout organisé ! » J'ai vu partir en Hongrie une femme âgée et dynamique, charmante avec les hommes, indifférente aux femmes, particulière avec moi. Je retrouve une femme dépendante et vulnérable qui ne tient plus debout. Je lui commande le fauteuil roulant le plus confortable possible, qu'elle rebaptise « fauteuil horrifiant ». Comment faire autrement ? Elle ne marche plus.

Lise

Je suis rentrée chez moi. Je ne veux plus être seule. Annabelle est là. Elle a l'âge de Cerise mais sa jeunesse n'est ni insolente ni écrasante. Elle m'aime bien et c'est réciproque. Mon exquis médecin généraliste est venu prendre de mes nouvelles. Je lui ai décrit mon horrible séjour en Hongrie. Il insiste pour que je passe des tests. J'accepte pour lui faire plaisir. J'aurais aimé que Cerise l'épouse, ç'aurait été agréable d'être soignée par mon gendre.

— Vous êtes marié, docteur ?

— Je le crains, madame Venoge. Je vous ai rencontrée trop tard, dit-il, galamment.

Cerise passe me chercher dans sa voiture qui pue le chien. Elle m'emmène chez un spécialiste de la mémoire.

— Je vais en mettre plein la vue au docteur, dis-je. C'est un homme, j'espère ?

— Je ne sais pas, maman.

— Tu aurais dû te renseigner.

Elle conduit plutôt bien. Moi je ne peux plus, à cause de mes doigts déformés, j'avais de si belles mains autrefois. Je décoche un sourire éclatant au barbu en blouse blanche qui nous reçoit.

— Ce fauteuil horrifiant n'est que momentané, dis-je.

— Le médecin traitant de ma mère a demandé une consultation mémoire, explique Cerise. Voici sa lettre.

Elle sort une enveloppe de son sac. Mon gentil docteur dit sûrement du bien de moi, nous nous entendons comme larrons en foire, je ne suis pas comme les vieilles peaux qui composent sa patientèle. Le barbu éjecte poliment Cerise.

— Vous pouvez me laisser avec votre mère.

Elle sort. Le barbu me tend un bloc et de quoi écrire.

— C'est parti ! fait-il avec bonne humeur. Regardez, madame.

Je le coupe :

— Appelez-moi Lise.

— Allons-y, Lise.

Il me montre sur la première feuille un cercle avec un point central en précisant que c'est le cadran d'une horloge.

— Vous pouvez positionner les chiffres correspondant aux heures, s'il vous plaît, Lise ?

C'est compliqué. J'inspire à fond. Je crispe la main, le crayon m'échappe, mes doigts sont tordus, je lui explique pourquoi. Il me regarde avec compassion, puis revient à sa fichue horloge.

— Pouvez-vous placer les aiguilles sur onze heures quarante-cinq ?

Bien sûr que je peux, jeune godelureau ! Je me concentre.

Cerise

J'attends en me demandant en quoi consistent les fameux tests. Au terme de la consultation mémoire, le médecin me fait revenir dans son bureau. Maman me regarde, triomphante.

— C'était amusant.

— Votre mère a eu un peu de mal à cause de ses mains. Elle m'a expliqué que les nazis l'avaient torturée pendant la guerre.

Maman appartenait au réseau de Résistance de ses parents, elle a porté des lettres, risqué sa vie, prouvé son courage et son patriotisme, elle est chevalier de la Légion d'honneur. Mais ses doigts sont tordus par un rhumatisme dû à son âge. On ne devrait pas avoir à se cacher pour vieillir, tout le monde passe par là. Sauf toi, papa.

— Je transmettrai les résultats à votre médecin, dit le docteur en se levant.

Ses patients suivants sont déjà là. Un fils de mon âge avec sa mère. Nos regards se croisent, complices. Nous sommes dans le même bateau.

Une semaine plus tard, je suis assise sur la chaise en plastique d'un cabinet de radiologie à côté de maman qui doit faire une IRM pour explorer son encéphale. La salle d'attente est pleine. Les patients venus seuls sont penchés sur leur téléphone ou plongés dans un livre. Ceux qu'une bonne âme accompagne chuchotent pour ne pas déranger les autres. Maman parle très fort en jetant des regards à la ronde. Je me recroqueville sur mon siège, gênée.

— On ne va pas passer tout de suite s'il y a tout ce monde avant nous, grogne-t-elle.

Puis elle sourit au jeune homme assis à côté de moi. Et elle me souffle, si haut que tout le monde entend :

— Tu as vu comme il est charmant ? J'en ferais bien mon quatre-heures !

Un frémissement parcourt la salle. Le type se dandine sur sa chaise, mal à l'aise. J'hésite entre rire et pleurer. Ma mère n'a plus d'inhibition et vous trouve à son goût, c'est sa façon de le signifier. Vous avez une grand-mère, peut-être ? Ou un grand-père qui fait des déclarations galantes aux jolies jeunes femmes ?

— Madame Venoge, annonce enfin une manipulatrice radio.

— Madame Axel Venoge, rectifie maman, majestueuse, balayant l'assistance de ses yeux vert céladon.

Je la ramène ensuite chez elle où Annabelle l'attend. Même si je ne suis pas médecin, je sais lire. Il ne faut pas être grand clerc pour comprendre la conclusion du radiologue. « Atrophie de l'hippocampe et de l'amygdale », ça ne parle ni des petits chevaux de mer, ni de sa gorge. Je consulte Internet. Je voulais que maman m'oublie, mais pas comme ça.

Trois semaines plus tard, nouvelle salle d'attente dans un hôpital parisien. Je n'ai pas dormi de la nuit. Maman a rendez-vous avec un neuro-gériatre pour la consultation d'annonce. La loi n° 2002-303 du 4 mars 2002 relative aux droits des malades stipule qu'on doit lui annoncer le nom de sa maladie. Cette loi est faite pour que les patients dont le cerveau n'est pas encore du céleri rémoulade puissent mettre leurs affaires en ordre. Comment va-t-elle réagir ? Elle balancera son fauteuil sous un autobus en sortant ? Faudra-t-il que j'aille dormir chez elle le temps qu'elle encaisse ? Je ne peux la laisser seule après un tel faire-part de tristesse.

La neuro-gériatre est une femme, pas de bol. Brune, ouf. Elle bavarde avec maman tranquillement, lui demande ce qu'elle aime faire. Maman répond avec grâce. Je crois naïvement que la tempête est passée, que l'annonce redoutée se fera un autre jour, qu'on a obtenu un répit.

— J'ai les résultats de votre test mémoire, madame, dit-elle soudain. Votre profil est évocateur d'une affection hippocampique. Vous avez entendu parler de la maladie d'Alzheimer ?

— Bien sûr, répond maman avec amabilité.

Le docteur se penche en avant. J'ai l'impression que mon cœur va sauter hors de ma poitrine et tomber sur la table, rouge et frétillant comme un poisson jailli du bocal.

— Si je vous disais que vous êtes atteinte de cette maladie ?

— Je n'aimerais pas ça, répond maman.

Mon cœur fait un triple salto arrière.

— Vous avez la maladie d'Alzheimer, madame.

Mon estomac se révulse. Mes poumons se vident. Maman, impassible, sourit. *Never explain, never complain*, la devise de la couronne d'Angleterre. Maman reste digne, éternelle grande dame. La neuro-gériatre repousse sa chaise.

— Je vous laisse quelques minutes.

Elle nous abandonne. C'est la loi. On annonce. Puis on laisse le patient assommé en tête à tête avec son référent familial, et ils se démerdent ensemble. Je souris à maman. J'ai sacrément besoin de toi aujourd'hui, papa. J'attends qu'elle parle la première, éclate en sanglots, hurle, réagisse. Elle regarde sa montre. Que voit-elle ? À la consultation mémoire, elle a échoué au test de l'horloge et à celui des cinq objets qu'elle devait se remémorer.

— C'est un peu long, dit maman calmement. Tu crois qu'elle va revenir, ou qu'elle nous a oubliées ? Elle a des problèmes de mémoire ?

Je frémis. Humour du désespoir ? Inconscience ?

— Bon, finalement, tout va bien ? poursuit-elle comme si on venait de lui annoncer qu'elle a une grippe. On va déjeuner ? J'ai envie d'une coupe de champagne.

Mon cœur décélère et freine sec en laissant de la gomme sur le bitume.

— Tout va bien. Brut ou rosé, le champagne ?

La neuro-gériatre ouvre la porte au moment où maman déclare :

— Mercier rosé !

— Vous parlez de quoi ?

— Ma mère a soif, dis-je.

— Vous aimez le champagne ? Voulez-vous vous joindre à nous ? propose maman comme si le bureau du médecin était un bar à cocktails.

— Non merci, décline l'autre, impassible.

Elle attrape son bloc d'ordonnances, fait courir son élégant stylo Dupont sur la feuille.

— Je prescris un traitement à votre mère. Cette molécule atténue les troubles cognitifs.

Nous quittons l'hôpital. Un bistrot avec des tables et des chaises en terrasse nous tente.

— Deux coupes de champagne, s'il vous plaît, dis-je.

— Vous fêtez une bonne nouvelle ? demande poliment la jeune serveuse.

— Je vais bien, lui répond maman, radieuse.

J'envoie un texto rapide à Annabelle, Lyev, Ganaëlle et Aelig : « Tout est OK, on déjeune. » Je trempe mes lèvres avec gratitude dans les bulles roses. Maman chipote son tartare de saumon. Elle rit en renversant la tête, joyeuse, insouciante, même si elle a du mal à tenir la coupe avec ses doigts tortueux que les nazis n'ont pas brisés. S'ils avaient trouvé les lettres compromettantes qu'elle transportait, ils l'auraient fusillée et je ne serais jamais née. Nous trinquons. Je lui dis :

— Tu es spécialement jolie aujourd'hui.

Je n'aurai pas besoin de dormir chez elle.

Alors que nous partons, la serveuse écarte gentiment les tables pour faire de la place au fauteuil roulant.

— C'est elle ta mère ? me demande soudain maman, larguée.

Je fronce les sourcils, interloquée.

— Mais non, enfin, c'est toi.

— Il était bon, ce champagne, hein ? enchaîne-t-elle, consciente de son erreur. Je suis contente, j'ai mes chaussettes de laine bien chaudes, on attrape froid par les pieds, mon père le disait souvent.

Quand je raconte ce qui s'est passé chez le médecin à Lyev, elle m'explique que maman n'est pas un cas à part. Devant l'énormité de la chose, certains patients optent pour le déni, leurs cerveaux court-circuitent et décident que tout va bien.

Lise oublie son passé immédiat, pas ses souvenirs lointains. La mémoire trie et garde l'essentiel. Elle se rappelle comme si c'était hier son dernier verre de vin avec Axel, un Mercurey rouge.

Juste avant que le cœur de son mari explose, ils regardaient l'océan. C'était un de ces matins bretons où le ciel lavé de frais brille comme si on venait de le frotter, où les lapins émergent des fourrés, où les voiles des bateaux parsèment l'océan de confettis joyeux. Jusqu'à l'ultime seconde, Axel a eu toute la vie devant soi, même si elle ne tenait plus qu'à un fil, une fibre nerveuse de conduction. Dans le cœur, le courant électrique naît au sommet de l'oreillette droite, se propage dans le muscle pour que les deux oreillettes se contractent. Il transite par un relais, puis descend à la pointe du cœur pour que les deux ventricules se contractent. Axel a été terrassé par un court-jus. Son cœur s'est immobilisé comme une souris éblouie par la réflexion de la lumière sur les plumes blanches d'une chouette.

Lise

Ma mémoire me joue des tours pendables. J'oublie les événements récents, pas les anciens. Au contraire, le passé est de plus en plus clair, j'entends les sons d'hier, je hume les parfums disparus.

Ta voix s'estompe dans mon souvenir, Axel, mais je perçois distinctement celle de mon père au Tumulus à Carnac, et celle de ma regrettée Nadine. J'aime celle, douce, d'Annabelle. Et l'autre, familière, de Cerise. Drôle de prénom, quand même. Je sais qu'elle fait partie de ma famille. Une nièce, probablement. Moi je n'ai eu que des garçons.

Cerise

Je suis invitée dans des écoles pour parler aux élèves, dans des Ehpad pour rencontrer les résidents, dans des médiathèques pour échanger avec les adhérents, et aujourd'hui dans une prison pour femmes à l'initiative d'une association de bénévoles.

C'est bouleversant. J'ai le sentiment d'être avec des lectrices, pas avec des détenues. Ces femmes me font le cadeau de s'intéresser, pour un temps, à mes personnages de papier. Certaines parlent, d'autres écoutent. Une jeune fille s'assied, d'abord ramassée sur elle-même, les yeux rivés au sol, je la vois progressivement s'épanouir comme une fleur, à la fin c'est la plus bavarde. Elle a découvert la lecture depuis peu, grâce à un livre de Boris Vian que lui a offert son père. Elles sont vêtues comme dans la vie normale, jean et baskets pour la plupart. La différence est que les bénévoles et moi entrons et ressortons libres, tandis que les détenues nous rejoignent au compte-gouttes à cause des contrôles et doivent partir vite, pressées par le personnel pénitentiaire et les impératifs qui rythment le quotidien carcéral. Dans les contes pour enfants, les petites filles attendent le prince charmant sur des lits à baldaquin tendus de soie. Ici, les escaliers sont tendus de filets pour éviter que les princesses ne se suicident.

Quand je vais dans des clubs de lecture ou des lycées, je repars en laissant un petit morceau de mon cœur. C'est pareil aujourd'hui, en plus intense. Sous le coup de l'émotion, je promets à une détenue de donner son prénom à un personnage de mon prochain livre. Mes mots sont libres, ils fuient par la fenêtre, volent au-dessus des toits, voyagent comme des oiseaux migrateurs. Les lectrices que je viens de rencontrer sont figées en plein vol par un accident de la vie. L'association qui organise la rencontre leur offre des livres. Une détenue âgée m'explique que la lecture lui permet de supporter sa vie, alors que sa voisine de cellule qui ne lit pas est une boule de colère.

En sortant, je respire à fond. Je pense au texte récité par Serge Reggiani : « Il faut vivre d'amour, d'amitié, de défaites, donner à perte d'âme, éclater de passions, pour que l'on puisse écrire à la fin de la fête, quelque chose a changé pendant que nous passions. » Quoi que ces femmes aient fait, ça ne me regarde pas. Elles ne sont pas là par hasard, il y a des raisons terribles. Mais elles sont écorchées. Les livres les réaniment.

Lise

Je me sens en cage dans mon fauteuil horrifiant. Je me regarde dans le miroir. Je vois un petit lapin fragile avec de longues oreilles douces, roses dedans, beiges dehors, de jolies moustaches, et des pattes agiles.

— Le lapereau est bien fatigué ce matin, dis-je à Annabelle et à Cerise.

Elles ont l'air surprises.

— Le quoi ? répète Cerise d'un air perplexe.

— Le la-pe-reau, dis-je en détachant les syllabes. Moi. Le petit lapin.

— Toi ?

Je hoche la tête, ce qui fait danser mes oreilles.

— Tu es un petit lapin ?

— Bien sûr !

— Pourquoi dis-tu ça ?

Je lui souris en retroussant mes babines.

— Tu poses des drôles de questions.

Elle échange un regard avec Annabelle. Je n'aime pas quand elles font des cachotteries.

— Mais tu n'as pas toujours été un petit lapin, maman ? insiste Cerise.

— Je me sens mieux en lapereau qu'en femme. Tu sais, le lapereau aimerait bien avoir une jolie veste rouge comme toi, dis-je.

— La même veste ?

Je hoche la tête. Quelques jours plus tard, elle m'en apporte une à ma taille.

Cerise m'invite au restaurant. Nous portons les mêmes vêtements, c'est rassurant, nous avons l'air de deux sœurs. Soudain, je vois passer un renard au méchant museau effilé. Je sors mes dents de devant et je souffle fort dans mes moustaches sur son passage. Cerise fronce les sourcils et chuchote :

— Ne fais pas ça.

— Le renard est laid et méchant. Les renards sont des prédateurs qui tuent les lapins !

— C'est juste une femme au visage pointu, maman.

— Tu te trompes. C'est un renard, je reconnais sa vilaine moustache !

— Elle a un peu de moustache, c'est vrai, admet Cerise en souriant. Il ne faut pas que les gens ici sachent que tu es un lapereau. C'est un secret.

Je sors à nouveau mes dents de devant. Cerise ajoute :

— C'est dangereux, il y a des chasseurs dans la salle.

— Ooooooh !

Je cache mes oreilles, je rentre mes dents. Je ne veux pas finir en civet. Cerise me sauve la vie.

Pour lui faire plaisir, je mange trois bouchées de ma sole meunière. Depuis quand les lapins mangent du poisson ?

Cerise

Je n'ai pas vu maman franchir la frontière qui la séparait de la petite fille fragile qui a perdu le sens de la réalité. Au recto de sa carte de visite gravée en relief, il y a Madame Axel Venoge, 75016 Paris, France. Au verso, il y a Pan-Pan Lapin, chez M. Bambi, studios Disney, USA. Lise est passée de loup à agneau.

Avec la fée Annabelle, nous réorganisons son quotidien. Je vends sa voiture tant j'ai peur que dans un élan de lucidité elle la prenne et tue quelqu'un. Elle me signe une procuration sans broncher. La carrosserie est enfoncée d'un côté, elle ne s'en souvient pas : « Ça a dû se faire tout seul dans le garage. » Je ne peux pas la vendre à un particulier dans cet état et je veux aller vite. Je demande au garagiste du coin de la reprendre. Le type fait la fine bouche, elle a peu de kilomètres et plein d'options, il la rachète pour un prix dérisoire, maman serait furieuse. Le lapin s'en contrefout.

Elle veut me ressembler. Elle flashe sur mes vestes, mes pantalons, mes chemisiers. Elle délaisse ses foulards Hermès pour mes écharpes multicolores, abandonne ses élégants manteaux pour mes doudounes Uniqlo. Chaque fois que je débarque chez elle, elle s'extasie sur ma tenue. Alors, tel un prestidigitateur, je sors de mon chapeau le même vêtement dans sa taille. Elle l'enfile avec un rire de lapin heureux. Avant, au restaurant, elle privilégiait les nourritures délicates ou légères, crevettes, tarama, et finissait par une boule de glace à la vanille. Moi, je suis plutôt tartare salade et pas de dessert. Depuis que maman n'est plus maman, elle mange en miroir, la même chose que moi, et très peu. Elle suit mes gestes et porte la cuillère ou la fourchette à sa bouche en même temps que moi. Si je vais trop vite, elle s'arrête. Si je ne mange pas la même chose qu'elle, elle ne mange pas. Donc j'ai le choix : soit je commande pour elle ce que j'aime, et elle ne mange pas. Soit je commande pour nous deux ce qu'elle aime elle, et avec un peu de chance elle grignote. Je l'explique à Moro, qui m'envoie un extrait du film *Bambi* où Pan-Pan, qui aime les petites fleurs tendres mais laisse les grosses feuilles de trèfle, se fait gronder par sa mère parce que « les feuilles de trèfle font grandir les oreilles et fortifient les pattes ».

Avant, maman angoissait des mois à l'avance à l'idée de rester seule l'été, invoquant, dès les ponts de mai, toutes ses amies qui partaient au soleil avec leurs enfants et petits-enfants. J'avais beau argumenter, expliquer que les écrivains ne prennent pas de vacances : « Souviens-toi que papa restait écrire à

Paris pendant qu'on allait à Quiberon», elle revenait à la charge jusqu'à fin septembre. Désormais, le doux lapereau sourit à la vie. Je l'invite quelques jours à Deauville. C'est agréable, pas loin en voiture, je réitère avec plaisir. Il y a un passe pour le casino dans les chambres de l'hôtel où nous descendons, on joue trente euros chacune dans les machines à sous. Les bandits manchots l'amusent plus qu'un film qu'elle n'arrive plus à suivre. Une fois, j'oublie bêtement sa carte d'identité à Paris, on nous refuse l'entrée du casino. Elle a les larmes aux yeux. J'argumente :

— Vous voyez bien que ma mère est majeure !

— Je le vois mais je n'en ai pas la preuve, pinaille le préposé. Elle pourrait être interdite de casino.

— Regardez dans votre ordinateur, vérifiez. J'ai sa carte d'ancien combattant et sa carte de la Société des membres de la Légion d'honneur, avec sa photo. Allez-y, regardez !

— Ce n'est pas valable.

Le type est borné. Je la ramène dans sa chambre, déçue, et commande deux coupes de champagne pour la consoler.

Lors de notre premier séjour, j'ai réservé deux chambres contiguës, j'ai fermé la porte de communication à clef et téléphoné à Aelig puis à Ganaëlle depuis la salle de bains. Au deuxième, je n'ai pas verrouillé la porte et j'ai téléphoné de ma chambre. Au troisième, je laisse la porte grande ouverte pour veiller sur le sommeil du lapereau et l'entendre si elle m'appelle.

Les deux premières fois, nous sommes descendues au spa faire un massage relaxant. La troisième, le spa est complet, la masseuse propose de venir dans la chambre. Elle arrive avec une table de massage pliable. Le lapereau blêmit, la prend pour un instrument de torture. Je rassure maman, lui explique qu'elle doit s'allonger dessus.

— Le lapereau ne veut pas, c'est dangereux !

Elle obéit pourtant. J'attends dans ma chambre qui jouxte la sienne, espérant que le massage la détendra. La dame vient me chercher. Pas la peine d'insister. Maman aimait les massages. Le lapereau, lui, ne comprend plus ce que c'est.

Je me souviens du jour pas si éloigné où j'ai pris l'ascenseur avec elle, avant son départ en Hongrie, quand elle n'était pas encore en fauteuil horrifiant. Elle a vu dans le miroir de la cabine que j'étais plus grande, alors qu'avant elle mesurait trois centimètres de plus que moi. Elle m'a dévisagée avec colère :

— Comment est-ce possible ?

La même angoisse que devant les jolies journalistes blondes de la télévision dont la vue l'obligeait à changer de chaîne. Miroir, mon beau miroir, qui est la plus belle ? J'ai eu pitié de sa détresse, j'ai répondu :

— Tes chaussures sont plates, mais tu es la plus grande, bien sûr !

Elle m'a souri, rassurée comme une enfant effrayée. Pour ce sourire-là, j'étais prête à marcher sur les mains le reste de mon existence.

C'est un jour très spécial, maman change de

dizaine. Tu es plus jeune que ta femme, papa. Dans mon souvenir, tu as un visage lisse, tu fais de grandes enjambées, tes paumes ont la taille d'une pizza, tu es indépendant et fort. Maman a des rides, elle ne marche plus, ses doigts lâchent les objets, son quotidien repose sur la magique Annabelle et elle se prend pour un petit lapin.

Pour l'occasion, j'organise un cocktail chez elle, avec ses amis. Le champagne Mercier rosé est au frais, les canapés et les petits-fours attendent sur des plateaux d'argent qu'Annabelle a fait briller. J'ai précisé au traiteur la taille des mini-sandwichs qu'une main de vieille dame peut tenir sans les faire tomber sur ses genoux et qu'elle peut fourrer d'un coup dans sa bouche sans s'étrangler. Il s'en est agacé :

— Je connais mon métier, madame.

— Je n'en doute pas.

— Les canapés ont une taille standard.

— Ma mère n'a plus une main ni une bouche standard, monsieur.

— C'est bien la première fois qu'on me dit ça. Vous n'avez qu'à l'aider à manger.

— Pas devant ses amis, elle a sa fierté. S'il vous plaît, soyez sympa.

— C'est trop compliqué.

Excédée, j'ai sorti un argument imparable :

— Écoutez, les nazis ont torturé ma mère pendant la guerre, ils lui ont écrasé les doigts. Vous pouvez peut-être faire une exception ?

Le traiteur a frémi.

— Elle aura des canapés spécialement pour elle.

Maman trône au milieu de son salon, élégante en veste bleu pervenche, pantalon noir et escarpins vernis, confortablement installée dans une bergère. On a replié le fauteuil horrifiant et on l'a planqué à la cave. Les invités arrivent un à un, avec des fleurs, des chocolats, un plaid aussi doux qu'un nuage, des attentions charmantes. Ils s'asseyent en rond autour d'elle, qui sourit à droite et à gauche, comme la reine d'Angleterre dans son carrosse lors des cérémonies.

— Vous êtes ravissante, Lise, affirme un vieux monsieur courtois dont la cravate a des taches d'œuf.

Le champagne coule à flots. Ses amis la trouvent formidable, ils évoquent des souvenirs, parlent de toi, papa. La fête est une réussite. Les canapés ont la taille parfaite, les invités ont de l'appétit. Annabelle et moi vérifions discrètement que maman mange un peu. Elle boit avec grâce, ses yeux brillent comme des diamants de Namibie. Ganaëlle arrive pour m'épauler, s'extasie sur le chic de maman qui est aux anges :

— Ce bleu vous va merveilleusement !

— Je suis *blue tifoul*, répond maman, rayonnante.

Le dernier invité prend enfin congé. Tout s'est passé admirablement. *Peri nawa.*

— Ils étaient très aimables, ces messieurs, dit maman, zappant à la seconde toutes les femmes présentes. Qu'est-ce qu'ils sont venus faire ici ?

— Te souhaiter ton anniversaire, dis-je en lui murmurant son âge à l'oreille.

— Le petit lapereau ne peut pas être si vieux, fait-elle, riant de ma plaisanterie. Ils étaient bien gentils. Les chocolats sont pour moi ? Et les fleurs ?

— Je vous ai apporté quelque chose, dit Ganaëlle.

Elle lui offre une photo encadrée d'elle sur la plage en Bretagne autrefois quand on était petites.

— Ah, tu vois ! Le lapereau est tout jeune, s'écrie maman, rassurée.

Annabelle s'approche.

— Moi aussi j'ai un cadeau.

Elle sort de son sac quatre serre-têtes avec des oreilles de lapin.

— Oh ! s'extasie maman. Je veux les mettre tout de suite !

Annabelle lui en place délicatement un sur la tête et coiffe l'autre. On les imite. La scène est surréaliste. Nous sommes là, dans cet élégant salon, joyeusement éméchées, avec nos longues oreilles blanches et roses en imitation fourrure. Il reste du champagne dans le frigo. Maman n'a ni retroussé les babines, ni montré les dents de devant, ni soufflé dans sa moustache, ni commis d'impair, elle a été devant ses amis ce qu'elle est profondément, une grande dame digne et pleine de panache. Je propose :

— Si on ouvrait une dernière bouteille ?

— Il suffit de demander, s'écrie Ganaëlle en bondissant.

Je lève mon verre :

— Au lapereau sans qui je ne serais pas là, et à Annabelle sans qui rien de tout ça ne serait possible. Prenons une photo !

Nous sourions toutes les quatre, couronnées de nos oreilles de lapin, hilares et pompettes.

— On se sent drôlement bien à trente ans, décrète soudain maman.

— Tu es la reine du jour. Moi, j'ai quel âge, à ton avis ?

Maman hésite, hasarde :

— Quarante ans ?

Je lui souris.

— C'est presque ça, bravo.

— Le lapereau est heureux, dit-elle en me tendant les bras.

On finit les canapés sur mesure. Et la première bouteille. Une bouteille contient sept coupes, celle-ci est inépuisable, je ne m'aperçois pas tout de suite que Ganaëlle en a débouché une seconde. Cette soirée est hors du temps, hors de la douleur et du manque, en plein dans la joie.

Ce matin, avant d'aller à l'anniversaire de sa mère, Cerise avait glissé l'écrin dans son sac à main.

En arrivant devant l'appartement, elle a mis la bague de fiançailles de Lise à son annulaire. D'autres invitées arboraient des bijoux anciens. Il y avait beaucoup de ce champagne qui rend les hommes et les femmes plus heureux et plus beaux.

Lorsque les quatre femmes qui restaient se sont coiffées d'oreilles de lapin, Cerise a tendu la main pour montrer l'émeraude à sa mère. Lise ne l'a pas reconnue. Elle s'est écriée :

— Oh, que c'est joli !

Cerise a rangé l'émeraude dans son écrin en rentrant chez elle. Le couvercle s'est refermé avec un petit bruit mat.

Cerise

Depuis qu'Annabelle est tombée du ciel, j'ai une alliée, une complice, une amie, une sœur qui me transforme l'existence. Annabelle pense à tout, devine, gère, prend des initiatives, elle me sauve, m'allège, me permet chaque matin de me lever de bonheur.

Quand on est jeune, on n'imagine pas tout ce qu'on doit faire pour prendre soin d'une personne âgée. Il faut désormais tout prévoir, réfléchir et trancher à la place de maman : coiffeur, dentiste, consultations médicales, déclaration d'impôts, paiements des assurances, des charges de l'appartement, des factures et des abonnements. Et vérifier le bon fonctionnement de chaque organe, comme une check-list.

Je suis en pleine promo d'un roman entre les pages duquel je t'ai encore glissé, papa. Je n'ai pas oublié ma promesse à la détenue de la maison d'arrêt. Ni à Myla et Lise, deux lycéennes de Nancy avec lesquelles il y a eu le déclic de l'amitié lors de ma venue dans leur classe. Avant, maman était absente de mes livres. Maintenant, ça ne servirait plus à rien de lui offrir une place de choix. Elle a cessé de lire puisqu'elle oublie au fur et à mesure. Annabelle lui lit à haute voix mon dernier roman, elle pourrait reprendre indéfiniment le même chapitre, maman ne s'en rendrait pas compte.

Je réussis à me bloquer du temps libre parce qu'Aelig s'arrête à Paris avant de rencontrer son nouveau patron à Bruxelles. Nous aurons quatre jours pour la valse des corps aimants, bousculer les habitudes, négliger les horaires, rire et dormir collés serrés. Les Himbas n'ont pas d'autre montre que le soleil, ils ne sont jamais en avance ni en retard. Je retire ma montre, je la pose sur la cheminée.

Le troisième matin, Annabelle m'appelle du portable de maman. *La Chevauchée des Walkyries* me fait jaillir des bras de mon amant. Maman ne sait plus téléphoner, quand Annabelle lui tend l'appareil elle ne comprend plus comment ça marche. Je réponds, m'attendant à entendre la reine des fées dire : « Le lapereau voudrait te dire bonjour. »

— Je jette l'éponge, Cerise.

Tout le sang reflue de mon cœur. Je deviens si pâle qu'Aelig croit que quelqu'un est mort.

— Qu'est-ce que tu dis ?

— Elle a beau être maigre, elle est rigide comme un morceau de bois. Je ne peux plus la lever ni l'asseoir. C'est une bataille pour la laver. J'ai le dos en compote, elle ne m'aide pas, au contraire, elle résiste. Je suis dépassée.

— Tu es épuisée, c'est normal, tu travailles trop !

Je t'ai proposé cent fois de prendre des vacances. On va trouver quelqu'un pour te remplacer un moment.

— Elle ne fera confiance à personne d'autre. Elle n'acceptera pas, tu la connais. Elle va hurler. Quand mes filles m'ont remplacée deux jours après ma petite intervention, ça a été catastrophique. Je ne t'ai rien dit pour ne pas t'affoler. J'ai dû sortir de l'hôpital plus tôt.

— C'était déraisonnable !

— Je n'avais pas d'autre solution. Je suis infiniment attachée à elle. Mais je n'y arrive plus, c'est trop dur.

Je panique :

— Je ne peux pas m'occuper d'elle les week-ends, je suis en province. Et puis je suis maladroite, je la laisserais tomber, elle se blesserait. C'est ma mère, je ne peux pas la laver, c'est impensable…

— Je comprends. Tu es dans la merde.

Mon cerveau travaille à plein régime à la recherche d'une solution. Je supplie :

— Ne la laisse pas tomber, je t'en prie. Je peux engager quelqu'un pour t'aider.

— J'ai tenu tant que j'ai pu. Je craque, mon corps ne suit plus.

Depuis son arrivée, j'avais l'impression de ne plus être fille unique. Annabelle a trop présumé de ses forces. C'est une perle, elle trouvera facilement un autre emploi. J'ai une chance dingue d'avoir croisé sa route. Mary Poppins n'est pas restée aussi longtemps auprès des enfants Banks. Je téléphone partout. Je fouille sur Internet. Je prends des rendez-vous avec des chargées de clientèle qui me montrent des chambres sinistres en m'assurant que Lise y sera comme un coq en pâte :

— Vous me garantissez qu'elle a toute sa tête ? Sinon, nous avons une aile spéciale pour les déments.

Maman n'est ni un coq en pâte, ni un sauté de lapin, elle est dans son monde, et elle serait très malheureuse dans ces clapiers.

— Je reste jusqu'à ce que tu trouves, mais dépêche-toi, prévient Annabelle. Hier, en la couchant, elle s'est rejetée en arrière de toute sa force, on a bien failli tomber toutes les deux.

Aelig repart à Sossusvlei. Il comprend le mal que je me donne pour maman mais elle a souhaité sa mort. Il faudrait qu'il soit angélique pour lui pardonner. Ce n'est pas un saint, c'est juste un homme.

Quelques jours après, un matin en arrivant, Annabelle découvre le petit lapin par terre, suffoquant, happant l'air. Elle appelle le Samu. Maman fait un OAP, un œdème aigu du poumon. Sa tension sanguine a augmenté, l'eau est sortie de ses vaisseaux sanguins pour noyer ses poumons de l'intérieur.

Lise

Ils sont beaux et forts, ces pompiers qui ont transporté le petit lapereau à l'hôpital.

La dame qui partage ma chambre a cent ans, elle ne parle pas, elle ronfle très fort. Elle a une fille de quatre-vingts ans qui reste toute la journée assise à côté d'elle, lui prend la main, prie à haute voix.

Axel, au secours, viens m'aider.

Où sont mes garçons ? Où sont mes fils ?

Cerise

Maman est remise de son OAP mais pas du reste. L'hôpital ne peut pas la garder. Un ami de la famille intervient, un Merlin l'Enchanteur. Sans barbe blanche ni chapeau pointu. Il lui trouve une place dans une maison de convalescence aux environs de Paris. Merlin est un ami fidèle et efficace. Le lapereau est accueilli avec gentillesse et humanité dans un manoir niché au cœur d'un joli parc.

Je m'assieds dans ma Fiat 500 et mets le cap sur le manoir en me blindant le cœur. C'est une superbe bâtisse d'époque, pas une construction moderne sans âme. Mais ses habitants sont cabossés. Deux populations cohabitent : ceux qui y vivent et ceux qui y travaillent. Des « seigneurs soignants » en blouses blanches, et des « preux chevaliers bavants » sur leurs trônes roulants qui grincent.

Maman est rangée avec ses condisciples. Ils sont élégants du haut, vestes pour les hommes, chemisiers et foulards pour les femmes. En bas, ils portent parfois des joggings, plus faciles à enfiler, et des chaussures à scratch parce qu'ils ne savent plus nouer leurs lacets. La Lise d'autrefois n'aurait pas supporté une minute cette pièce qui sent le désinfectant, avec des fantômes dodelinant de la tête. La dame à côté d'elle postillonne, sa salive coule de la commissure de ses lèvres à son menton. Un monsieur marmonne en boucle un prénom de femme. Maman a les yeux dans le vague, son fauteuil est placé comme celui des autres vers la télévision qui diffuse un jeu qu'aucun n'est plus en mesure de comprendre. Ils respirent, leurs cœurs battent, ils sont envoûtés par le sortilège implacable de l'âge. Dans les films de Disney, les héroïnes ensorcelées sont jeunes et belles, il suffit d'un prince charmant pour les sauver. Dans la réalité, il finit lui aussi par végéter dans un fauteuil horrifiant.

Quand l'ambulance l'a emmenée au manoir, et qu'Annabelle a posé sur sa table de nuit une photo de vous deux en habits de soirée, smoking pour toi, papa, et robe de princesse pour elle, descendant un escalier recouvert d'un tapis rouge, maman a froncé les sourcils et demandé :

— C'est qui le gros monsieur moche avec le petit lapereau ?

Annabelle et moi avons éclaté d'un rire poudré de larmes.

Je plaque un sourire sur mon visage. Elle me reconnaît.

— Le lapereau dormait très très fort, dit-elle.

— Tu faisais de doux rêves, j'espère, dis-je avec l'entrain forcé de l'avocat qui n'ose pas annoncer au condamné que son pourvoi est rejeté.

Le son de la télévision est poussé au maximum. Les seigneurs soignants bavardent entre eux dans un coin de la vaste salle. Les preux chevaliers bavant sont tous âgés, sauf une jeune femme qui répète inlassablement : « Que c'est gentil de venir me voir ! » Handicapée de naissance, elle a vécu heureuse entre ses parents jusqu'à ce qu'ils deviennent eux aussi des chevaliers à la triste figure. Ses frères et sœurs l'ont placée au manoir, un endroit confortable où elle est en sécurité. Où elle espère tous les jours une visite.

Le soleil brille dans le magnifique parc. Je propose à maman :

— On va se promener dehors ?

— Le lapereau a peur d'avoir froid.

— On va prendre un vêtement chaud dans ta chambre.

Je préviens le personnel afin qu'ils ne la cherchent pas, et roule mon lapin le long des couloirs. Qui habitait ce manoir autrefois ? Quelles amours, quels espoirs, quels rires ont cascadé entre ces vieux murs ? Des fauteuils s'agglutinent dehors autour de lieux stratégiques, une fontaine, un buisson de roses, un arbre, une table en teck. Je m'en éloigne, le lapereau est forcé de se les coltiner toute la journée, elle a droit à un peu d'intimité. Je lui ai apporté des mini-viennoiseries pour lui faire plaisir. Les résidents mangent mouliné pour ne pas faire de fausse route, tous les plats ont le même goût, j'ai testé, coquilles Saint-Jacques ou steak haché, on ne fait pas la différence. Ses yeux aujourd'hui vert anis brillent en me voyant sortir le pain au chocolat du sac en papier.

— C'est pour le lapereau ?

— Oui, dis-je en lui tendant la gâterie.

Elle s'en saisit d'une main avide, en grignote un minuscule bout, comme elle fait désormais. Six bouchées et cinq bonnes minutes pour le petit carré de chocolat posé au bord de la tasse. Une demi-heure et cinquante bouchées pour une escalope de poulet mouliné. D'un autre côté, ça occupe, ça tue le temps.

— C'est si bon, dit-elle, avec gourmandise.

Un rayon de soleil s'échappe du couvercle bleu qui emprisonne le manoir. Je pose ma main sur la patte du lapereau. Ses doigts se tordent comme un sarment de vigne, ses mains la trahissent, ne retiennent plus rien, elles ressemblent aux arbres qui bordent la route menant à la presqu'île de Quiberon, balayés et couchés par le vent. Elle mâche en riant, renverse la tête en arrière. En cette seconde, tout est juste et parfait. Maman m'aime, elle est heureuse, je suis une bonne fille à défaut d'être une bonne mère, j'ai tenu ma promesse. Je suis forte pour nous deux, je me démène pour lui offrir une vieillesse paisible, tout est possible, même la tendresse.

Soudain, le lapereau devient bleu. Ses yeux s'emplissent de larmes, elle tousse, halète, un morceau du mini-machin s'est coincé dans sa trachée. C'est pour ça que les gens âgés ont des repas moulinés, pour qu'ils ne s'étranglent pas. Maman, appuyée sur la têtière de son destrier roulant, happe désespérément l'air, poisson hors de l'eau. Si je ne fais rien, elle cessera de respirer dans quelques secondes. Si elle meurt ici aujourd'hui près de moi, elle ne glissera jamais vers la déchéance, elle ne prendra plus des repas pour bébés au milieu de ses pairs grabataires. Elle n'aura plus froid, ni mal ni peur. Je l'aurai protégée jusqu'au bout. Je pourrai partir en Namibie l'esprit tranquille, sans devoir rentrer en urgence ni me demander avec quel argent payer le manoir quand nos économies auront été bouffées. Maman n'ira plus jamais à sa chère piscine du Polo, j'ai vidé et rendu son casier de vestiaire, j'ai rapporté chez elle un plein sac de maillots de bain, serviettes, bonnets. Je n'ai pas renouvelé son adhésion à « Mourir dans la dignité », elle n'est plus capable de prendre la moindre décision. Je fais quoi, papa ?

Maman tousse de moins en moins fort. Elle s'arcboute contre l'arrière de sa chaise, étire son cou, ses carotides saillent. Il me suffit de la laisser là. De me lever, contourner le bosquet de fleurs blanches odorantes, aller chercher son écharpe ou ses lunettes dans sa chambre, m'arrêter pour bavarder au passage avec une infirmière en disant que je trouve maman plus apaisée, qu'elle fait sa sieste dehors. Je lui demanderai un avis sur ses chevilles, un peu gonflées, elle m'accompagnera afin que je lui montre. S'il y a une autopsie, le médecin légiste conclura justement à un étouffement accidentel. Je n'aurai pas tué ma mère. Je n'y serai pour rien. Orpheline avec bonne conscience. Je n'aurai plus peur pour le lapereau, elle rejoindra les verts pâturages de l'éternité, là où les lapinous gambadent gaiement. Je rentrerai à la maison sonnée, je dormirai dix heures d'affilée. La tentation est grande.

Des phrases dansent la java dans ma mémoire : « J'aurais préféré que tu meures toi plutôt qu'Axel », « Vous êtes malheureuse donc Cerise doit l'être aussi ? », « Il n'y a pas de raison que tu dormes si moi je n'y arrive pas », « Son mari était fou d'elle, il ne voulait pas d'une tierce personne entre eux ».

À l'ultime seconde, je débloque brutalement la vis qui détermine la position du dossier de sa chaise, et je rabats d'un coup le dossier vers l'avant, pliant le lapereau en deux. Le morceau de pain au chocolat jaillit vers la sortie, elle le recrache dans un spasme. Maman, le blanc des yeux strié de rouge, s'agite sur son siège, anxieuse, en retrouvant son souffle et ses couleurs.

— Tout va bien maintenant, fais-je, rassurante. *Peri nawa.*

Elle ne comprend pas le héréro mais elle rit. Son cœur tambourine, elle tend la main vers le sac en papier que j'écarte hors de sa portée.

— Il n'y en a plus, tu as tout mangé !

Elle est déçue. Je roule son destrier vers les fleurs pour qu'elle les sente. Soudain, elle appuie son pied sur le sol pour bloquer le fauteuil. Je m'arrête. Elle tape du pied comme une enfant capricieuse.

— Le lapereau veut encore du pain au chocolat, dit-elle fermement.

Une image s'impose dans ma mémoire. Dans le dessin animé, Pan-Pan tape de la patte sur le sol pour avertir ses copains. Dans la version anglaise, Pan-

Pan s'appelle Thumper, du verbe *thump*, « taper ». Les lapins font ça pour prévenir leurs congénères d'un danger. Maman est en train d'achever sa métamorphose.

Lise

J'aime les viennoiseries mais je n'aime pas tousser.

J'aime être élégante.

Je n'aime pas le fauteuil horrifiant.

J'aime quand Annabelle est là avec sa fille, et quand Cerise vient me voir.

Je n'aime pas rester seule la nuit dans le silence.

Je tape la patte très fort mais personne ne m'entend.

On attrape froid par les pieds.

Cerise

Annabelle est à bout, mais Lise est comme une seconde mère pour elle. La directrice et le personnel du manoir ne comprennent pas pourquoi elle continue à venir.

— Cela fait double emploi, nous nous occupons de votre mère.

— Elle dépend littéralement d'Annabelle qui la rassure, dis-je. Elles ont un lien très fort.

— Nous prenons la relève. Faites-nous confiance. Elle n'a plus besoin de son auxiliaire de vie.

J'insiste :

— Annabelle est de la famille.

Depuis trois ans, je passe Noël avec maman, Annabelle l'emmène chez elle le 31 décembre, je passe la fête des Mères avec maman, Annabelle l'invite dans sa famille à Pâques, nous sommes comme des sœurs.

Quand j'étais petite, maman remplaçait mes nounous dès que je m'attachais à elles, c'était chaque fois un arrachement. Je ne lui ferai jamais le même coup. On ne se venge pas d'un lapereau, on le caresse.

Le personnel du manoir est très compétent, ils font le maximum pour ces cerveaux ralentis et ces corps si las. Mais l'infirmière de nuit met maman au lit tôt, alors qu'Annabelle restait tard exprès. Maman serre très fort les mâchoires pendant sa toilette, les aides-soignantes ne peuvent pas lui laver les dents, alors qu'Annabelle la faisait rire jusqu'à ce qu'elle fronce le museau et retrousse les babines. Maman aime s'endormir devant la télévision qui chez elle s'éteint automatiquement, mais pas celle du manoir, et l'infirmière de nuit n'a pas le temps de repasser éteindre le poste, donc elle la plonge dans le noir. Maman n'aime pas les croûtes du pain, alors Annabelle coupait les bords des tartines. Même si elle est mieux ici que partout ailleurs, elle est moins bien dès que la reine des fées manque à l'appel. En plus, le manoir est à la campagne, loin des transports en commun, et Annabelle ne conduit pas. Comme sa fille a une voiture, je me suis arrangée avec elle pour qu'elle conduise sa mère là-bas un jour sur deux. Mais c'est loin et finalement elles restent ensemble sur place. Le jour où elles ne viennent pas, c'est mon tour, pas toute la journée, j'ai trop de boulot. Tout a changé si vite, c'est fou. Il y a peu je craignais de me trouver seule avec maman, maintenant je veille sur elle.

Nous nous relayons ainsi deux mois. Soixante jours, soit trente jours chacune, ça revient à gravir l'Himalaya. Un soir, je fais les comptes et je panique. Le manoir n'est pas cher, pas donné non plus.

Annabelle mérite chaque centime de son salaire et fait partie de la famille. Chaque fois que maman est allée à l'hôpital, je nous ai inscrites toutes les deux comme référentes, en la présentant comme une parente. J'étais persuadée que maman finirait sa vie chez elle, protégée par Annabelle, qu'elle partirait dans son sommeil comme une bougie s'éteint. Si elle reste des années au manoir, entre sa pension sur place et le salaire d'Annabelle qui à la fin travaillait à plein temps, ses économies fondront comme une glace à la vanille dans le désert du Namib.

Lors d'un rendez-vous avec le gériatre du manoir, ce dernier déclare que la présence d'Annabelle retarde son acclimatation.

— Votre mère est en sécurité, elle doit prendre ses marques ici comme nos autres résidents. Elle n'a plus besoin d'être assistée par quelqu'un de l'extérieur. Et vous-même pouvez venir moins souvent.

— Annabelle est une amie, dis-je.

— Vous voyez vos amis tous les jours ? rétorque-t-il.

Je suis perdue.

— À quoi tu penses ? dis-je à maman qui me sourit dans son fauteuil.

— Le lapereau est content avec la laperette.

— C'est moi la laperette ?

— Oui, dit-elle sans voir le vieux monsieur à moustache martiale qui ronfle à côté. Le lapereau et la laperette viennent du même terrier. Le lapereau est fierton de sa laperette.

— Fierton ?

— Fière. Le lapereau a de la chance.

— Tu te sens en sécurité ici, au manoir ?

— C'est un bon hôtel, dit-elle sans rien voir des fantômes qui l'entourent.

— Je t'aime, dis-je en prenant sa main aux doigts tordus. Annabelle vient te voir demain.

— Le lapereau aime aussi beaucoup Annabelle. Elle est gentille.

— Ta mère est malheureuse, me dit Annabelle le lendemain au téléphone. Elle me tend les bras chaque soir en disant qu'elle veut rentrer chez elle, ça me fend le cœur.

— Moi elle me dit qu'elle est heureuse. Comment savoir ce qu'elle ressent vraiment ?

— Je ne supporte plus de la voir si triste, soupire-t-elle.

— Moi aussi je préférais l'ancien système.

— Le personnel du manoir est humain et compatissant. Mais on reste coincées dans les bouchons tous les jours, ma fille et moi, toi tu ne passes que deux heures en début d'après-midi, quand ça circule bien, et tu as bonne conscience. Nous, on reste jusqu'à ce que la nuit tombe, on la voit dans sa grande chambre en pyjama, désespérée. Je n'en dors plus.

— Tu suggères qu'on la change d'établissement ?

— C'est partout pareil. Les chambres sont jolies, les animateurs dynamiques, ils ne peuvent pas faire autrement que les entasser dans une pièce. Ici, au moins, c'est beau et les gens sont bienveillants et efficaces. Mais c'est trop loin de Paris.

Un ravissant manoir pour antiques princesses déglinguées. J'ai des brûlures d'estomac, je me réveille en sursaut la nuit, je suis dépassée. Papa, donne-moi un conseil. Annabelle ne veut plus aller là-bas. Maman est attachée à elle. Maman est en sécurité au manoir. Annabelle est attachée à maman.

Je crois trouver une solution. J'appelle Annabelle et je lui propose de réduire ses heures, en continuant à épauler maman et en travaillant pour quelqu'un d'autre. Le seizième arrondissement est plein de personnes âgées, elle aura l'embarras du choix tout en réduisant ses trajets. Lise s'acclimatera. Annabelle sera moins fatiguée. Et financièrement, ça tient.

— Je comprends, dit Annabelle d'une drôle de voix.

— Je te laisse juge, c'est toi qui décides combien de fois tu veux y aller par semaine. Prends ton temps.

— Alors tu es comme les autres.

— Pardon ?

— Je suis trop naïve. Tu disais que j'étais de la famille et je t'ai crue. Tu es comme les autres gens qui sourient pour qu'on s'occupe de leurs vieux parce qu'ils ne veulent pas se salir les mains. J'aime ta mère, je l'ai vue arrogante, cassante, tu n'as pas eu une enfance facile. Dans ma famille, on n'avait pas un radis, mais on s'aimait. Maintenant que tu n'as plus besoin de moi, que je deviens inutile, tu me largues, comme ceux pour qui j'ai travaillé avant vous. Je te croyais différente.

— Attends, Annabelle, je ne te largue pas, tu m'as mal comprise. C'est toi qui juges que les trajets sont trop longs et que tu ne supportes plus la situation.

Sa voix siffle, amère et violente, je ne la reconnais plus.

— Je t'ai parfaitement comprise. J'ai laissé tomber tout le monde pour vous, je vais me retrouver sans travail. J'étais prête à m'occuper de ta mère jusqu'à son dernier souffle. Tu me trouves trop chère, alors que je n'ai jamais compté mes heures, je suis souvent restée la nuit sans te le dire.

— Tu n'es pas trop chère, c'est juste que maintenant ça fait double emploi, tu ne veux pas la reprendre, tu ne veux plus y aller, c'est une spirale infernale… Qu'est-ce que tu proposes ?

— Ça fait deux mois qu'on se tape les embouteillages, ma fille et moi. Que chaque soir quand on part on en est malades de l'abandonner.

— Justement ! Je ne sais plus quoi faire !

— Moi je sais, dit Annabelle. C'est fini, terminé. Je ne suis pas de ta famille et tu n'es pas de la mienne. Tu récupères ta mère et tu te démerdes avec. Tu la laisses crever dans son joli manoir. Je ne veux plus entendre parler de vous deux. Jamais !

Elle raccroche. Je reste pétrifiée, le téléphone en main. J'ai envie de foncer à l'aéroport prendre un aller simple pour une ville commençant par W où un pilote aux yeux clairs viendra me chercher dans son oiseau blanc. J'appelle Ganaëlle. Mes larmes débordent et je pleure en hoquetant.

— Annabelle m'abandonne et me dit que maman va crever si elle reste là-bas !

— Calme-toi. Annabelle aime ta mère, elle s'en veut, c'est pour ça qu'elle réagit si mal.

— Elle ne veut plus nous voir, tu l'aurais entendue…

— Laisse pisser le mérinos. La nuit porte conseil.

— Je suis incapable de m'occuper de maman à plein temps, et elle est incapable de survivre sans Annabelle !

— C'est toujours pareil dans les histoires d'adoption, soupire Ganaëlle.

— Comment ça, d'adoption ?

— Pas besoin d'avoir un diplôme en psycho. Au début, Annabelle travaillait pour ta mère qui était la ravissante veuve du grand historien. Puis Lise est devenue dépendante, vulnérable. Annabelle est devenue sa mère de substitution, elle l'a adoptée comme un enfant. Tu lui as arraché son enfant en la plaçant au manoir. L'argent ne joue aucun rôle dans cette histoire. C'est d'amour qu'il s'agit. Tu prends ta mère dans tes bras ? Tu lui caresses le dos ? Non, Cerise, tu la touches très peu. Annabelle la masse, lui met de la crème, comme une maman soigne son bébé. C'est une femme profondément maternelle, elle a adopté Lise, tu veux la lui retirer.

— Moi ? C'est elle qui ne veut plus s'en occuper !

— Elle a eu peur. Et toi, comme un taureau, tu as foncé tête baissée, tu es passée au chapitre suivant. Rembobine le film.

Je suis sur le point de faire comme Annabelle et rendre mon tablier. Mais Ganaëlle a raison, une fois de plus. Alors je laisse pisser les mérinos, les lapereaux et les oryx. Je passe une nuit blanche. Le matin, j'appelle Annabelle. Son téléphone est sur répondeur. Je lui dis : « Je regrette pour hier soir. On vient d'avoir notre première dispute. C'est comme ça en famille, parfois on s'engueule fort. On veut chacune le bien de Lise. Essayons de la rapatrier chez elle, avec toi et une personne en plus qui t'aidera à la manipuler pour la lever, à faire sa toilette et à la remettre au lit. Elle sera plus heureuse. Tu dormiras mieux. Il n'y aura plus d'embouteillages. C'est peut-être la solution ? On ne risque rien à essayer. »

Annabelle me rappelle le soir. Sa voix est chaleureuse, comme si j'avais rêvé notre altercation.

Trois jours plus tard, maman rentre chez elle dans son fauteuil horrifiant. Annabelle a loué un bras articulé qui soulève les patients pour les passer du lit au fauteuil. Maman en a peur, je lui dis que c'est l'homme de fer-blanc du *Magicien d'Oz*, celui qui a un cerveau et du courage mais pas encore de cœur, on a vu le film ensemble autrefois. J'imite Judy Garland disant à son chien : « Toto, j'ai l'impression que nous ne sommes plus au Kansas. »

— Le lapereau est content d'être rentré ? dis-je.

— Le lapereau est content dans son terrier. Il est bien petit, il a besoin d'être protégé.

La femme époustouflante qui un jour a préféré que je meure plutôt que mon père me sourit avec un tendre abandon. Je pose la main sur son bras à la peau si fragile. Je la défendrai contre les chasseurs, les braconniers et les renards. Elle ne tapera plus de la patte arrière parce qu'il y a du danger. Le téléphone sonne. C'est oncle Pierre.

— J'ai une mauvaise nouvelle à t'annoncer, ma chatte.

Il est la seule personne à m'appeler ainsi. Ma mère est le lapin blanc d'Alice. Moi je suis le chat du Cheshire du conte.

Dieu a retiré une autre chaise musicale. Tante Manon rejoint papa, mais on ne l'enterre pas. Elle m'avait parlé de ses dispositions funéraires, j'avais éludé, niant l'éventualité qu'un jour elle prendrait la tangente.

— J'ai eu une vie formidable, une famille délicieuse, un chien exquis, des amis adorables, je n'aurai aucun regret quand ça s'arrêtera. Je suis mieux lotie que d'autres. Au moins, je ne perds pas la boule.

On s'envoyait souvent des textos avant de dormir. Je lui avais présenté Aelig, il lui a raconté l'Afrique, elle écoutait, passionnée par ce voyage qu'elle ne ferait pas, elle qui avait tant aimé parcourir le globe. Elle avait cuisiné pour nous avec amour.

Maman ne peut plus lire mais elle continue à recevoir *Le Figaro*. Je n'ai changé aucune de ses habitudes. Annabelle lui lit le carnet du jour tous les matins au petit déjeuner. Je la préviens et on discute de la pertinence de lui annoncer ou pas la mort de sa sœur.

— Si on lui dit, elle sera triste. Puis elle oubliera. Et il faudra lui redire encore et encore, en lui faisant chaque fois de la peine.

— Tu veux lui cacher ça ?

— Je veux qu'elle soit un lapin paisible. Les lapins ont plein de frères et sœurs, ils ne vont pas aux enterrements les uns des autres. En plus, il n'y en aura pas.

— Pas d'enterrement ?

Dans les années 1970, *Paris Match* avait lancé une grande campagne pour convaincre les Français de léguer leur corps à la science. À l'époque, peu de gens donnaient leurs organes, les greffes et les transplantations en étaient au début. Les cimetières étaient pleins, l'argument massue était : « Ne pesez pas sur vos enfants. » Tante Manon et oncle Pierre avaient signé le formulaire d'un commun accord. Depuis, ils avaient toujours sur eux une carte mentionnant leur choix et un numéro de téléphone.

Le cœur de tante Manon s'est arrêté. On a appelé ce numéro, un fourgon est venu la chercher, nue comme au temps de sa jeunesse, quand avec maman et leurs amies elles se cachaient pour bronzer sans marque de maillot. Pas de dernière tenue élégante, pas de tombe sur laquelle se recueillir.

Mon oncle Pierre et mon cousin réunissent ceux qui l'aimaient pour une messe souvenir, puis nous invitent dans un bon restaurant, on parle d'elle, on boit, on mange, on est tristes et un peu gris, c'est bon mais moins savoureux que si elle avait été aux manettes. Ce jour-là, Annabelle saute l'annonce de la messe pour ma tante dans le journal. Maman, qui n'a pas mentionné sa sœur depuis des lustres, dit soudain :

— Il faudra appeler Manon pour son anniversaire.

Cerise

Maman et Annabelle ont retrouvé leurs marques. Dans une école, il n'y a pas un professeur par élève. Une maison de retraite est une école de la vieillesse. Ici, Annabelle est le professeur particulier de maman, son précepteur. Maman est en paix chez elle, et en rire. Annabelle est désormais calée en humour lagomorphe – le nom scientifique des lapins et des lièvres. Un rien les fait se gondoler. Le lapereau est heureux. Maman ne tape plus du pied pour prévenir ses semblables. Elle n'a plus peur des chasseurs ni de leurs chiens. Et pourtant elle a du chien avec ses cheveux blancs et ses yeux couleur opaline.

Je publie un nouveau roman. J'y instille mes doutes et je saupoudre de vinaigre mes blessures au long des pages.

La vie de mes amis ou cousins qui ont des enfants est réglée comme du papier à musique par les vacances scolaires. Ils me croient libre parce que je ne suis pas maman et que j'écris à la maison, mais je suis comme eux, tributaire du calendrier du monde de l'édition. Mes livres sortent au printemps, si j'ai de la chance ils restent sur les tables des libraires jusqu'à l'été. Je dédicace chaque week-end de mars à juillet et de septembre à octobre. Le 1er juin, je rédige la première phrase du roman suivant. Je n'écris pas en suivant la chronologie, je commence par les chapitres forts. C'est pour ceux-là que je passe des heures à mon bureau, ce sont eux que je traque, que je cherche au fond des enfers, Orphée des souvenirs. Le texte prend forme, s'agence, sort de terre comme une maison groisillonne émerge de la lande, affronte l'océan. Et dès que je le peux, je pars en Namibie retrouver Aelig et Moro, ma famille choisie.

Un nouveau Noël arrive, moins angoissant, plus précieux. Maman ne voit plus la différence avec les autres jours. Avant, je marchais sur des œufs en prenant soin de ne mentionner ni Aelig ni Moro. Maintenant, elle m'écoute avec l'expression ravie d'un enfant auquel on raconte une histoire avant de dormir. Elle ne mange plus de vrais repas, alors pour le réveillon je commande des petits-fours, je débouche une demi-bouteille de champagne, on chante. Avant, je partais à minuit et demi pétant. Ce soir, elle pique du museau dès vingt-deux heures.

— Tu es fatiguée ?

— Le lapereau a passé un joli Noël, il va se coucher maintenant.

Annabelle l'emmènera picorer chez elle demain midi. Je borde ma mère petit lapin, je mets sa peluche préférée contre son flanc, elle me tend les bras, je te jure, papa, maman me tend les bras et je fonds. Moro grandit, maman régresse. Moro devient une ado, maman entre en maternelle. En Angleterre, on croit que si le premier jour du mois on se réveille en disant tout haut : « *Rabbit, rabbits, white rabbits* », on aura de la chance jusqu'au mois suivant. J'éteins sa lampe de chevet. Elle ferme les yeux. Je chuchote : « Lapin, lapins, lapins blancs », et je sors dans la nuit. J'appelle Aelig et Moro, ils me manquent tant. Puis je rejoins Géraud, Ganaëlle et Émeline plus tôt que d'habitude.

Tout est délicieux : le feu flambe, le chapon fume, le vin colore les verres de cristal, les rires fusent. Mais un homme aux chaussures de koudou, une préado avec des bracelets en PVC recyclé, et une vieille petite fille qui berce son lapin en peluche sont assis au bord de mon cœur.

La haute saison touristique en Namibie s'étale d'août à décembre, l'affluence est faible en janvier. Je m'envole pour Windhoek. Ma famille m'attend à l'aéroport international. Moro brandit un écriteau sur lequel elle a dessiné des cerises. Nous survolons le désert en admirant le ruban jaune qui se déroule sous les ailes du Cessna. Barry White résonne dans la carlingue, c'est devenu notre rituel. Je vais retrouver notre chambre à la fenêtre étoilée. J'apprends que l'astronome vient de changer, ce n'est plus un Belge, c'est une Hollandaise. Une femme, seule au milieu du désert près de l'homme que j'aime. J'ai un pincement au cœur, je me raisonne, ni jalousie ni aigreur. Je n'ai pas de place pour ça dans ma vie.

— Anneke te plaira, elle est géniale ! s'écrie Moro, emballée.

— On va déjeuner ensemble, tu verras par toi-même, renchérit Aelig.

J'aime son profil, sa peau bronzée, ses ridules au coin des yeux, sa voix chaude, ses mains puissantes et ses pieds chaussés de cuir clair. Il a la pureté des diamants sous-marins que les bateaux extraient du fond de l'océan sur les côtes namibiennes. Il est solaire, entier, franc. Vivre avec lui, c'est comme écrire plusieurs livres en même temps, on ne s'ennuie jamais.

— Tu nous as terriblement manqué, dit Aelig. Tu pourrais écrire ici et ne revenir en France que pour la sortie de ton livre.

— Maman a besoin de moi.

— Annabelle peut gérer seule un moment.

— On forme une équipe. Je ne les laisserai pas tomber dans la dernière ligne droite.

Aelig et Moro viendront cet été à Groix. On s'est déjà fait un super programme : je suis inscrite au stage de gospel, Moro a choisi l'école de cirque au fort du Gripp, Aelig s'exercera pour le championnat de godille. Le Cessna atterrit sur la piste devant le manche à air. Un 4 × 4 arrive en soulevant la poussière, conduit par une femme d'âge mûr potelée en bermuda blanc décoré de soleils et de lunes. Un jeune garçon est assis à sa droite.

— Cerise, je te présente notre astronome Anneke et son petit-fils Gustaaf qui est là pour la semaine.

J'embrasse Anneke comme du bon pain.

Ici, comme à Groix, il y a la douceur, le temps qui s'effiloche, la nature écrasante, la sensation que les humains sont friables. On ne fait rien de spécial mais on est sans cesse occupés. Moro et Gustaaf se plaisent. Lui connaît la Voie lactée comme sa poche. Elle sait les animaux et les vents. Ils s'embrassent pour la première fois le jour de son départ.

— Tu ne le dis pas à Aelig, hein ? me fait jurer Moro en regardant le Cessna grimper dans le ciel bleu.

On décide d'aller voir son père, elle a besoin de se changer les idées.

Le monomoteur survole les sables, son ombre caresse le désert, je ne m'accroche plus au siège, je clame avec Moro : « *You're the first, you're the one, my everything.* » On ne sait pas où son père se trouve en ce moment. Les Himbas se déplacent, ils ont des campements temporaires et des semi-permanents où ils reviennent à la saison sèche. On atterrit, on se renseigne, on redécolle, on atterrit à nouveau. Le krall, le village, est à une demi-heure.

Les cases de terre et de bouse séchée sont disposées en rond à l'intérieur d'un enclos circulaire, comme dans le village d'*Astérix et Obélix*. Des chevreaux se promènent au milieu des femmes et des enfants. Les hommes sont partis avec le troupeau plus loin, Moro verra son père la prochaine fois. Elle a apporté en cadeau trois sacs de farine de maïs de vingt kilos. Elle court, dans la poussière, vers ses demi-frères et sœurs et leurs mères qu'elle me présente. Elle m'explique que les bijoux que portent les femmes en disent autant qu'une biographie sur Wikipédia : on sait si elles sont célibataires ou mariées, combien elles ont d'enfants, si leurs parents sont vivants.

— Toi, tu n'as pas de bébé : si tu étais himba, tu porterais l'*ombware*, le collier de perles blanches ; sinon ce serait l'*ozondengura*. Moi, comme ma maman est morte, je ne peux pas porter l'*otjidenda*, les bracelets de cuivre au poignet gauche.

Je regarde ce feu sacré dont elle m'a souvent parlé, je me rappelle qu'il ne faut pas passer entre la case du chef et l'enclos du bétail. Les enfants ont le crâne rasé sur les côtés et des tresses devant les yeux, alors que les femmes adultes les portent tirées en arrière et enduites d'ocre. Elles passent trois heures par jour à se préparer. À treize ans, on arrache les quatre incisives inférieures des enfants et on lime celles du haut, c'est un critère de beauté. Aelig s'est opposé à ce qu'on le fasse à Moro, le chef a réuni le village pour en discuter, on a consulté les entrailles d'un animal sacrifié exprès. Les ancêtres morts ont tranché, Moro gardera ses dents. On me bombarde de questions que Moro traduit :

— Tu as combien d'enfants ?

— Zéro.

Ils sont surpris.

— Tu as combien de chèvres ?

— Zéro.

Ils sont stupéfaits.

— Mais j'ai écrit plein de livres !

— Un livre vaut combien de chèvres ?

Je souris, ça dépend du nombre de lecteurs.

— Je ne calcule pas en chèvres. J'échange des histoires que j'invente contre un argent qui me permet de me loger, m'habiller et manger.

Ils sont morts de rire. Une femme me fait visiter sa case. Le dressing est codifié, l'homme range ses affaires à droite, elle à gauche.

— Tu as combien de maris ? demande-t-elle.

— Au moins Aelig, répond une des femmes du papa de Moro. Tu as vu comment ils se regardent ?

Les femmes himbas n'ont pas les yeux dans leurs poches, on ne peut pas leur raconter des craques.

Près de la piste, il y a de nouveau du réseau. *The Fairy Queen* retentit. Je ne reconnais pas tout de suite Annabelle.

— Ta mère est en train de mourir, dit-elle d'une voix étranglée. On l'a hospitalisée en urgence hier soir. Les médecins disent qu'elle ne passera peut-être pas la nuit.

Nous volons en silence vers Windhoek où Aelig réussit à me trouver une place dans un avion pour Paris avec une seule escale. Il me serre très fort contre lui au moment de nous quitter.

— Courage, je serai près de toi par la pensée.

Moro me glisse dans la main un caillou sur lequel elle a gravé nos trois initiales A C M, elle est si émue qu'elle bafouille :

— Si tu arrives à temps, tu demanderas à ta maman de chercher la mienne quand elle sera là-haut, et de lui dire que je ne l'oublie pas même si je t'aime.

Puis elle se précipite dans mes bras et met plein de graisse rouge sur ma doudoune.

Aelig connaît des gens à l'aéroport, la compagnie aérienne m'a surclassée. Confortablement allongée en business, je n'arrive pas à dormir. En France, les enfants jouent à chat. Au Kaokoland, ils jouent au chacal. Moi, je vole pour dire adieu à un petit lapin.

Lise

Je n'ai pas peur, je vais te retrouver, Axel, ainsi que Louis, Nadine et mes parents. Je ne sais pas où je suis. Annabelle a dormi près de moi, j'ai senti sa présence sans pouvoir ouvrir les yeux ni lui parler, je l'ai même entendue chanter à un moment. L'oxygène qui pulse dans mon masque l'a empêchée de dormir, elle l'a dit à sa fille au téléphone.

Tant de gens gravitaient autour de nous autrefois, Axel, pour partager ta lumière. Il n'y a plus qu'Annabelle et Cerise maintenant. Elles ne me laissent pas tomber. Mon portable est devenu un objet incongru, un jour j'ai simplement cessé de recharger sa batterie. Il sonnait si peu. Et puis entre lapins, on ne se téléphone pas. J'ai aussi cessé de répondre aux mails, il n'y avait plus que des publicités. Annabelle m'embrasse et murmure qu'elle revient tout à l'heure. Je voudrais lui sourire mais je n'y parviens pas. Elle dit à sa fille : « Le lapereau est dans le coma. » J'arrive, Axel, je suis déjà en route.

On entre dans la chambre. C'est Cerise qui se penche sur moi, me prend la patte, me dit qu'elle a volé très vite depuis l'Afrique pour être auprès de moi, que là-bas il y a des antilopes naines de la taille d'un gros lapin qu'on appelle dik-dik. Suis-je sa fille ? Ou celle d'Annabelle ? Je confonds tout. Elle se met à chanter doucement :

— « Ce matin un lapin / A tué un chasseur / C'était un lapin qui / C'était un lapin qui / Ce matin un lapin / A tué un chasseur / C'était un lapin qui / Avait un fusil. »

Sa voix se brise au milieu du couplet. Je chantais faux comme une casserole autrefois, mais on me prenait dans les chorales à l'école parce que j'avais l'air enthousiaste. Où est mon petit garçon ? Il devrait être là ? Nous avons valsé ensemble quand tu t'enfermais pour écrire, Axel. Les hommes de ma vie ont parfois été si durs, mais tellement indispensables. Je flotte. Je n'ai pas mangé ni bu, pourtant je n'ai ni faim ni soif. On m'a lavée, les draps sont frais, l'oxygène m'assèche un peu la gorge. Je suis un lapereau en apesanteur.

La forêt, si sombre jusqu'ici, s'éclaire brusquement. Un ruisseau frais coule en contrebas. Il y a des carottes savoureuses, des fleurs de pissenlit, et même de la pastèque. Il faut que je te rejoigne, Axel, que j'abandonne ma vieille écorce terrestre devenue inutile et pesante. Je fronce le nez en respirant plus vite, je serai bientôt libre. Cerise caresse ma patte. Mes doigts sont très gonflés. Tout à l'heure, le médecin a retiré mon alliance en forçant, il était très méchant, il m'a écorchée. Cerise l'a mise à son annulaire pour ne pas la perdre. Elle chuchote :

— Tout va bien, petit lapereau. Les chasseurs sont partis, tu es en sécurité. J'ai une mission pour toi. Dis à Penny que Moro ne l'oubliera jamais. Ne crains rien, maman. Tu ne seras plus seule. Je t'aime.

Je vais gambader avec les autres dans la garenne, manger les fleurs de trèfle en laissant les grosses feuilles. Cerise croit que je suis immobile dans ce lit, avec un masque à oxygène et une perfusion. Elle ignore que je lui échappe et que je cours vers mon terrier, tout près, là où le soleil ruisselle à travers les feuillages, au profond cœur de la forêt.

Cerise

À la seconde où maman cesse de respirer, je sais que son absence creuse un trou dans mon cœur. On s'est déchirées, affrontées. Mais j'ai aimé le doux lapereau de nos dernières années. C'était mon devoir et ma responsabilité de la protéger des prédateurs. Elle ne risque plus rien. Son corps harassé est devenu mue de couleuvre, cocon de papillon, son âme s'est envolée là où la vie n'est plus un effort.

Je reste quelques minutes près d'elle avant d'aller prévenir les infirmières. Je sors dans le couloir, la gorge serrée, il y a des malades et leurs familles, je ne veux pas leur faire peur en annonçant à voix haute que la mort vient de les frôler. Je chuchote à une infirmière :

— Je crois que ma mère est morte.

Elle rentre avec moi dans la chambre, puis va chercher le médecin de garde. Il ne prononce pas le décès, on n'est pas dans une série télévisée américaine. Il hoche la tête, compatissant, me propose de le suivre dans son bureau. Nous parcourons le couloir. Je sors mon portable, je vois flou à travers mes larmes comme à travers le plafond du lodge d'Aelig quand il pleut et qu'on distingue à peine l'escalier d'étoiles.

J'envoie un texto à Annabelle et Ganaëlle : « Le lapereau est parti gambader au paradis. »

À Aelig : « Maman est morte. »

À Moro : « J'ai transmis ton message pour Penny. »

J'ai une seconde le réflexe absurde de vouloir t'avertir aussi, papa, mais il n'y a plus d'abonné à ton numéro.

Si c'était un animal ? Un petit lapin fragile mais déterminé. Si c'était une époque ? Le XXe. Si c'était une qualité ? Sans hésiter, le courage.

L'âge, la coiffure, les robes, le vernis à ongles, les escarpins, le maquillage n'ont aucune importance là où on va après. Seules les émotions comptent, les retrouvailles et les rencontres. Lise est debout, éberluée, vertigineuse. Elle n'est plus un lapereau vulnérable, elle est redevenue une diantrement jolie jeune femme. Elle ne peut pas vérifier si son rimmel a coulé, si son rouge à lèvres est bien appliqué, ni si ses cheveux sont en place, elle n'a pas de miroir. Elle s'y habituera.

Lise regarde l'océan de nuages et d'étoiles, apaisée. Elle ne sent pas encore les présences qui l'entourent. Brusquement, elle les voit. Axel la serre contre lui, plus rien d'autre n'existe. Il s'écarte et elle retrouve ses parents, puis Louis et Manon. Arrive une adolescente au regard pétillant d'intelligence dans un visage à l'harmonie gâtée par un nez proéminent. Elles se sautent dans les bras et s'embrassent, bouleversées. L'adolescente a un numéro matricule tatoué sur l'avant-bras gauche. Il émane d'elle une vitalité et une séduction irrésistibles. Ensuite, une enfant bouclée à la grâce lumineuse s'avance. Toute son âme affleure dans son regard. Elle est vêtue d'une robe orange et de sandales blanches. Lise fronce les sourcils.

— Nous étions amies ?

Le général Madec se détache du groupe. Il pose une main sur l'épaule de Lise, l'autre main sur celle de l'enfant, les place face à face. Ses gestes sont doux, bienveillants, paternels.

— Tu es la petite fille de Carnac ? s'écrie soudain Lise. Celle du Tumulus ? J'ai rêvé si souvent de toi...

— J'ai beaucoup de choses à te raconter, dit l'enfant.

— J'ai compris la vérité à la mort de maman, quand j'ai récupéré son livret de famille et lu avec Manon la lettre qui l'accompagnait. Ton père était un Allemand déserteur, ta mère était juive et appartenait au même réseau de Résistance que nous. Notre père t'avait donné mon nom pour te protéger mais ça n'a pas suffi.

— Je me suis sacrifiée pour les sauver, murmure-t-elle.

— Tu as été infiniment courageuse. Comme mon amie Nadine.

Cerise

J'organise tout comme maman aurait voulu. Je commande des fleurs avec une croix de Lorraine en roses rouges et blanches pour rappeler son engagement dans la Résistance. Je me retiens pour ne pas rajouter une botte de carottes. Je repense à sa dernière fête d'anniversaire, avec Annabelle, Ganaëlle et le champagne. Je ne vais pas à la mise en bière. Je charge une cousine de confiance d'une mission délicate. On ne peut pas enterrer le lapereau coiffé de son cercle à oreilles de lapin, mais on peut le glisser près d'elle comme les anciens Égyptiens disposaient des objets près des pharaons morts.

La messe est belle, l'église pleine, il y a vos amis ou leurs enfants, nos deux familles, des gens du Polo, des voisins, des anciens combattants, des membres de la Légion d'honneur. Et puis mes amis, mon éditrice, mes copains auteurs, la reine des fées Annabelle et ses filles. Je ne les vois pas tous, je flotte entre deux eaux. J'ai tant de fois souhaité que maman émigre au bout du bout du monde ou me lâche les baskets, et voilà que le départ du lapereau me disloque. Mes cousins sont fidèles au poste. Le fils de tante Manon a annulé un voyage pour être à mes côtés. J'ai écrit un hommage à toutes les différentes Lise. La courageuse jeune fille à vélo qui risquait sa vie pour porter des lettres compromettantes au nez et à la barbe des soldats allemands. La jeune femme superbe qui avançait, aérienne, au bras de l'historien géant. La femme meurtrie qui dansait sa vie en tutu seule devant son miroir. La tragédienne qui voulait sauter de ta voiture en marche ou de la falaise de Groix. La veuve qui aurait préféré que je meure à ta place. La mère qui prétendait m'avoir adoptée parce qu'elle te suffisait. L'oratrice qui a fait une magnifique conférence sur ton travail. La passionnée qui défendait tes livres. L'amie vaillante qui a témoigné contre le mari violent d'une amie. La personne déterminée qui a changé plusieurs existences. Le lapereau tendre, hilare et pompette, avec son cercle à oreilles sur la tête. Celui qui a failli mourir à cause de ma mini-viennoiserie. Maman sans qui je n'existerais pas.

Je termine ainsi : « Elle aimait les lapins et la vie. » Comprenne qui pourra.

Je croise le regard noyé d'Annabelle qui voulait s'asseoir discrètement derrière avec ses filles et que je suis allée chercher pour l'emmener avec Ganaëlle et moi au premier rang. Aelig n'est pas là, c'est la pleine saison, personne ne pouvait le remplacer. De toute façon, j'ai le caillou gravé A C M dans ma poche. J'ai annoncé dans le carnet du jour du *Figaro* la disparition de Lise Venoge née Madec, résistante, danseuse, conférencière et écrivaine. Je suis sûre que ça lui a plu.

Il y a du monde dans notre tombe familiale au cimetière de Passy avec toi, papa. Mes grands-parents paternels que je n'ai pas connus, tes trois frères aînés et tante Rire. La dalle de marbre a été repoussée, nous faisons tous cercle autour du terrier béant dans lequel le cercueil descend. Je prends la main d'Annabelle et nous avançons de quelques pas. Nous avons été là pour maman jusqu'au bout. Nous sommes deux chics filles aimantes et honnêtes. Ma part du contrat est honorée, n'est-ce pas ? Aelig est mon étoile, je peux marcher vers lui sans abandonner maman. Désormais, c'est à ton tour de reprendre le flambeau.

Cerise a sorti la bague de son écrin pour l'emmener à la messe. Elle est de nouveau vêtue de noir comme le jour où à dix-sept ans elle a enterré son père. L'émeraude est la seule couleur dans l'église. C'est l'enterrement de sa mère. La musique est splendide.

De nombreux inconnus embrassent Cerise ou lui enserrent les mains. L'émeraude brille de mille feux. Mais elle retrouve sa prison le soir même.

Cerise

Je cherche dans les affaires de maman des documents administratifs. Je trouve deux livrets de famille. Celui de son mariage avec toi, sur lequel figure mon extrait de naissance. Et celui du mariage de ses parents, sur lequel figurent le sien et ceux de ses frères et de Manon. Sur la page suivante, au crayon, grand-mère Enez a rajouté de son écriture ronde le prénom de maman, Lise, avec la même date de naissance et une date de décès en 1944. C'est à n'y rien comprendre. Il y a eu deux Lise Madec, mais l'une est morte jeune ?

Oncle Pierre, le mari de Manon, est le dernier vivant de sa génération de ce côté de la famille. Il a toute sa tête mais ne sort plus de sa chambre, il voit mal, il ne peut plus regarder la télévision, alors il écoute la radio.

— C'est toujours un plaisir de te voir, ma chatte. Ma petite-fille Christelle m'a apporté une bonne bouteille de vin, va chercher le tire-bouchon et deux verres. Nous allons porter un toast à la mémoire des sœurs Madec. Tu sais ce que ta mère a dit à Manon le jour de notre mariage ? « Je te laisse ton Pierre parce qu'il ne m'intéresse pas, mais si je l'avais voulu, je n'aurais eu qu'à claquer des doigts ! » Elle était quand même culottée…

— Elle a dit ça ?

L'ombre de l'éblouissante jeune Lise traverse la chambre de ce vieil homme digne qui arrive au bout de son chemin. Culottée, insupportable, magnifique, seule, triste.

— Ta mère était plus belle mais Manon avait pour elle la joie. J'ai épousé la sœur qu'il me fallait.

J'aborde le délicat sujet qui m'amène.

— J'ai trouvé un livret de famille dans le tiroir de maman, sur lequel grand-mère Enez a rajouté au crayon un autre enfant, une autre Lise Madec, décédée en 1944. C'est quoi cette histoire ?

— La seconde vivait sous l'identité de ta mère. Ton grand-père comptait l'adopter. Ses parents étaient des amants tragiques, un Berlinois et une Parisienne. Ils se sont connus avant la guerre et installés en Bretagne. Lui était pianiste et catholique, elle était violoniste et juive, ils enseignaient au conservatoire de Rennes. Quand la guerre a éclaté, il a refusé de prendre les armes contre son pays d'adoption. Elle a refusé de porter l'étoile jaune et s'est engagée dans la Résistance. Ils se sont cachés, on les a dénoncés. Il a été fusillé sous les yeux de sa femme qui a été déportée et gazée le jour de son arrivée au camp. Ils avaient confié leur petite fille à une amie résistante la veille.

— Quelle horreur !

— Cette amie, qui vivait à Auray, était la maîtresse de ton grand-père. L'enfant risquait à tout moment d'être prise dans une rafle. Ils ont prétendu qu'elle était la fille de ton grand-père. Pour les voisins et les commerçants, elle est devenue Lise Madec. Deux petites filles du même âge, un seul père, une seule identité. Il avait prévenu ta grand-mère qu'il l'adopterait officiellement après la guerre en lui rendant son nom d'origine.

— Pourquoi personne ne m'en a parlé ? dis-je, éberluée.

— Parce qu'elle est morte, elle aussi. Toutes leurs précautions n'ont pas été suffisantes. Elle a été arrêtée par la Gestapo.

Les deux Lise sont nées la même année. L'une a vécu vieille, jusqu'à se muer en petit lapin, l'autre a été fauchée en plein vol.

— Ils ont essayé de lui soutirer des informations et lui ont brisé les doigts, dit oncle Pierre d'une voix sourde. Elle a sauté par la fenêtre pour leur échapper, comme Pierre Brossolette.

Une enfant adoptée. Des doigts brisés. Alors tout était vrai, et tout était faux. C'est l'autre Lise qui était adoptée. Pas moi. L'autre Lise qui a eu les mains écrasées. Pas maman. Mais elles partagent le courage. C'est parfois plus terrible d'être la survivante. Ce secret est resté là, dans le livret de famille, enfoui, claquemuré.

Bouleversée, je raconte à Annabelle ce que j'ai découvert. Elle se rappelle alors un soir où, alors qu'elles regardaient ensemble à la télé une émission sur la Bretagne, elle a vu maman changer de visage. Le reportage parlait des alignements mégalithiques de Carnac. Maman s'est mise à répéter de façon obsessionnelle : « La petite fille de l'hôtel Le Tumulus m'a volé mon nom, je n'existe plus, c'est elle la vraie Lise, la petite fille de l'hôtel Le Tumulus m'a volé mon nom, je n'existe plus, c'est elle la vraie Lise », encore et encore, comme un mantra.

Annabelle a tenté de la calmer, de la rassurer, mais elle répétait ces trois phrases en boucle avec angoisse, et elle ne s'était pas endormie avant minuit. Je vérifie sur Internet. Il y a bien un hôtel Le Tumulus à Carnac.

Une semaine après la disparition du lapereau, je confie Loullig à Ganaëlle et prends l'avion pour la Namibie. Aelig vient me chercher à Windhoek. Alors que je rêve de voler seule avec lui en posant ma tête et ma peine sur son épaule, j'ai la mauvaise surprise de le retrouver flanqué d'un couple de touristes français. L'homme a un ventre de buveur de bière et un pantalon camouflage qu'Aelig lui conseille de retirer tout de suite parce que les vêtements militaires sont interdits aux civils. Le type se change en grommelant. La femme est vulgaire, ses seins refaits pointent bizarrement, sa voix aiguë est pénible.

— J'espère qu'il fera beau demain pour la montgolfière, hein, mon lion ? glapit-elle.

— On a raqué pour ça, on volera, ma panthère.

Nous montons dans le Cessna. Vu l'embonpoint

du lion, Aelig le place à côté de lui. Je m'assieds à l'arrière avec sa femme qui déverse sur ma fatigue un trop-plein de mots.

— Excusez-moi, j'ai mal dormi dans l'avion, je vais faire un somme, dis-je pour m'en débarrasser.

L'avion roule sur la piste. Aelig communique par casque en anglais avec la tour de contrôle. Il prononce plusieurs fois le mot Roger. La panthère piaille à son mari :

— C'est mignon, le monsieur de la tour de contrôle a le même prénom que toi !

— Roger pour les pilotes signifie bien reçu, précise Aelig.

— Si vous dites à un Roger que vous l'avez bien compris, vous dites Roger Roger ?

Le voyage va être long. Je ferme les yeux et les oreilles. J'avais tellement envie de voler corps contre corps avec Aelig. Ces derniers jours, beaucoup de gens m'ont serrée dans leurs bras, plus fort, plus longtemps, et ça m'a aidée. Je suis déçue. J'ai envie de pleurer. Je mets Barry White à fond dans mes écouteurs pour ravaler mes larmes. « *You're my reality, but I'm lost in a dream. You're the first, you're the last, my everything.* »

Le staff du lodge nous attend. Moro sort en courant du bureau et m'entoure la taille de ses bras graciles, elle enfouit son visage sous mon blouson puis elle lève la tête et murmure :

— Je sais ce que ça fait.

On s'installe toutes les deux sur la terrasse devant

le désert. Des oryx sont rassemblés autour du point d'eau. Deux girafes avancent parallèlement en ondoyant, beiges sur le sol beige, on les voit à peine. La chaleur me tombe dessus brutalement, avec le manque du lapereau. Quelques mètres plus loin, Aelig explique au lion et à sa panthère le fonctionnement des équipements. Puis il confie le couple à un membre du staff et nous rejoint enfin. Moro a la délicatesse de nous laisser seuls.

Aelig m'emmène dans notre bungalow, le plus éloigné du bureau et du restaurant, celui que les bêtes sauvages nocturnes attaqueront en premier. Il pose mon sac sur notre lit chapeauté de ciel puis se tourne vers moi :

— Tu dois être épuisée, dit-il en m'ouvrant les bras.

Je m'y blottis, enfin arrivée au port. Il y a cela, dont j'ai tant besoin, sa force et sa tendresse, notre amour plus fort que la mort, je fous mon chagrin à la porte avec un coup de pied au cul, il revient en force par la fenêtre et je me mets à pleurer comme une gourde contre son impeccable chemise de pilote.

— Ça va aller, fait-il tendrement. Le vol t'a fatiguée.

Je m'écarte, gênée par le ton de sa voix.

— Je suis si triste, Aelig.

— Pourquoi ?

Il ne plaisante pas. Il est réellement étonné.

— Ma mère est morte !

— Et tu as été une fille parfaite, jusqu'au bout.

Maintenant tu vas être plus légère, tout sera plus facile, tu pourras vivre entre ici et la France.

L'homme que j'aime ne peut pas avoir prononcé ces paroles. Au moment où, choquée, je vais lui expliquer à quel point il se trompe, son talkie grésille : « Aelig, on a un problème ! » Il se lève précipitamment.

— Je suis désolé, je dois y aller. Repose-toi, je reviens.

La porte claque derrière lui comme le couvercle d'un cercueil. L'appartement de maman s'était transformé en clapier de peluches. J'avais lancé la mode en lui offrant des lapins marrants, Annabelle a continué, même Ganaëlle s'y était mise. Il y avait des lapins absolument partout : Peter Rabbit de Beatrix Potter, Bugs Bunny, Pan-Pan de *Bambi*, Coco Lapin de Winnie l'Ourson, le Lapin Blanc et le Lièvre de Mars d'*Alice au pays des merveilles*. Elle s'endormait le soir en serrant Rabbit, son préféré. Quand j'ai confié à Annabelle mon projet de glisser le cercle à oreilles à côté de maman lors de la mise en bière, j'ai ouvert la bouche pour ajouter « et Rabbit », mais elle m'a devancée :

— Surtout pas de peluche, Cerise. J'ai perdu un enfant, je n'en parle jamais mais j'y pense tous les jours. Je l'ai entouré de ses peluches pour qu'il ne soit pas seul, depuis je ne supporte plus cette idée de peluches enfermées.

— Le cercle suffira, ai-je dit doucement.

Elle a emballé tous les lapins de l'appartement et

les a déposés à une association. Un enfant inconnu s'endort maintenant en serrant Rabbit contre lui.

Je suis allongée près d'Aelig. La lune éclabousse le lit de sa lumière laiteuse à travers la fenêtre qui nous surplombe. Il soupire.

— Je ne te comprends pas, Cerise. Tu disais que vous ne vous entendiez pas. Elle prétendait t'avoir adoptée. Tu souhaitais qu'elle se remarie avec un Esquimau ou un guide himalayen. Elle a souhaité ta mort et la mienne. Tu as fait *tout* ce qu'il fallait pour elle. Tu es enfin libérée de ce poids. Et maintenant, tu pleures !

Couché sur le dos, il fixe le plafond transparent à travers lequel les étoiles se moquent de nous.

— Je ne comprends pas, répète-t-il.

— C'était ma mère, Aelig. On s'est beaucoup heurtées. Mais j'ai éprouvé une tendresse infinie pour le lapereau vulnérable.

— Parce qu'elle a oublié que vous ne saviez pas vous aimer ?

— Exactement.

Il frémit comme un cheval se dérobe devant l'obstacle. Son visage est verrouillé, ses émotions barricadées, son cœur bloqué.

— Je voudrais compatir. Je ne peux pas. Je n'ai pas Alzheimer, moi, je n'oublie rien. Je n'ai jamais souhaité la mort de qui que ce soit.

— Maman ne t'en voulait pas à toi, elle était aveuglée par sa hantise de la solitude. Elle a eu peur que je parte loin d'elle.

— Une mère doit se réjouir pour son enfant, pas être jalouse de son bonheur. C'est ça, aimer.

— Il y avait de l'amour planqué derrière nos bagarres.

— Unc maman, s'entête Aelig, ça vous ouvre les bras et ça les transforme en tente, en château, en pyramide, en montgolfière.

— La mienne arrondissait les siens pour faire des entrechats devant sa glace.

— Je t'aime, murmure Aelig. Je ne peux ni t'aider ni partager ta peine. Et ça me rend dingue.

Le lendemain la météo est bonne, les montgolfières vont décoller, il ne reste que deux places pour le lion et sa panthère. Aelig les y conduit. Il part à cinq heures du matin, s'habille sans bruit pour ne pas me réveiller. Je ne dors pas, je devine chacun de ses gestes, mon cœur bat si fort qu'il ébranle le matelas, je garde les yeux clos. Enfin, la porte se referme. Il est parti. Je me rendors en pleurant.

Le soleil est déjà haut dans le ciel et les animaux sont tapis à l'ombre quand j'émerge. Je rejoins le bar pour petit-déjeuner. La dame en gandoura brodée, aperçue lors de mon premier séjour, est assise seule à la terrasse, le regard caché par ses lunettes de soleil. Elle me fait signe, je m'approche.

— Je m'appelle Mina Mastino, nous n'avons encore jamais eu l'occasion de bavarder. Venez me tenir compagnie. Thé ? Café ?

— Café, dis-je en souriant.

— Moi, ça me flanque des ulcères. Que pensez-vous du décor ?

Elle englobe la plaine d'un geste large.

— C'était le rêve de mon mari, moi j'étais plutôt île Maurice ou plage du Belize. Il était avocat, il travaillait comme une bête en me jurant qu'à sa retraite on ferait le tour du monde. Mais il est mort dix jours avant notre départ. Il avait préparé le voyage en cachette. J'ai reçu les billets et le programme des réjouissances, le matin de son foutu enterrement. C'était son dernier cadeau, je n'ai pas eu le cœur de refuser. Depuis sa disparition, je retourne régulièrement en pèlerinage dans mes étapes favorites.

Elle se penche soudain vers moi et m'agrippe le poignet si fort que j'aurai un bleu.

— N'attendez pas qu'il soit trop tard.

— Pardon ?

— Foncez. Ne temporisez pas. Ne gâchez pas le présent. La joie, c'est maintenant. Maintenant !

Je retourne seule au bungalow. Je traîne mon chagrin comme une ancre. Je suis fâchée avec Barry White. Je le remplace par Murray Head et *Say It Ain't So, Joe.* Aelig revient en début d'après-midi. On reprend notre discussion, on tourne en rond.

Il décapsule une Windhoek Lager, pioche dans une assiette de biltong.

— Je me croyais incapable d'aimer à nouveau. Puis tu es arrivée. Je ne peux pas pardonner à ta mère, Cerise.

— Pardonne au lapereau ?

— C'est la même personne.

— Non. Le petit lapin c'est la vraie Lise, celle qu'elle serait devenue s'il n'y avait pas eu la guerre, si son frère Louis et son père le général étaient revenus. Je ne te demande pas de l'aimer, mais d'être là pour moi.

Il plonge ses yeux dans les miens.

— Je suis là. Tu ne le sens pas ?

— Non.

Aelig nous emmène avec une touriste voir des éléphants du désert près d'un point d'eau. Un pisteur les a repérés la veille. Nous nous arrêtons à une centaine de mètres, à découvert. Même si les éléphants nous voient et nous sentent, on ne représente pas une menace pour eux. Aelig réitère ses recommandations : ne pas crier, ne pas parler, ne pas s'agiter, ne pas se lever, ne pas faire de mouvements brusques. L'attente commence. Le paysage est morne, terne, poussiéreux et beige, une mare, quelques arbres rachitiques. Le soir tombe, on s'ankylose. Le pisteur lève soudain la main pour nous alerter. Je perçois un craquement, suivi d'un bruit sourd. Et soudain, par une trouée entre les arbres, les éléphants déboulent à la queue leu leu pour boire. Ils se suivent comme sur une frise de papier peint, j'en compte vingt-huit. Uniformément beiges et poussiéreux. La touriste, pétrifiée, répète : « Oh mon Dieu, oh mon Diiieu, oh mon Diiiiiieu ! » de plus en plus fort. Un énorme éléphant tourne la tête vers nous, balance sa trompe, barrit, agite ses formidables oreilles, puis se remet à boire.

C'est un ballet aux codes stricts. Les grands mâles boivent, les éléphanteaux et les mères boivent, les ados mâles sont refoulés et attendent leur tour pour se désaltérer. « Ooooh mon Diiiieuuuu ! » brame, en transe, la touriste qui brandit un appareil avec un téléobjectif et se lève pour mitrailler. Moro pose la main sur son épaule et la fait rasseoir en chuchotant : « Taisez-vous. » Deux mastodontes, à l'écart, surveillent l'arrivée et le départ de chaque membre du troupeau, on dirait des videurs à l'entrée d'une boîte de nuit. Les éléphanteaux, minuscules entre les jambes des adultes, repartent en dansant, encadrés par leurs aînés.

La dernière nuit avant mon départ, nos corps se reconnaissent et se rejoignent, nos bouches s'embrassent mais ne se parlent pas, nous nous étreignons avec désespoir.

Je reviens en France, encore plus triste, malgré Moro qui a fait de son mieux pour me dérider. Je dois remplir des attestations employeurs pour Annabelle, vider l'appartement de maman, m'occuper des factures, des abonnements, des impôts, du notaire, de l'administratif, bref, tout ce qu'elle a fait autrefois quand tu es parti, papa, alors que j'étais trop jeune pour m'en rendre compte. Je renvoie les lettres qu'on m'adresse à « Succession Mme Veuve Venoge » en écrivant en gros en travers de l'enveloppe « Ma mère, Mme Axel Venoge, n'a pas épousé

M. Veuve, j'ouvrirai votre lettre lorsque vous en changerez l'intitulé».

Je déjeune avec Lyev et me confie à elle.

— Aelig est choqué que je sois triste. Il ne m'épaule pas alors que j'ai tant besoin de lui.

— Elle a souhaité sa mort, mets-toi un instant à sa place ! J'ignore ce que ta mère a traversé et tu lui pardonnes parce que tu as commencé à l'aimer. Si la mère d'Aelig disait autour d'elle qu'elle te souhaite de choper un cancer du sein, ça te ferait quoi ? Le plus important, dans la vie, c'est ce qu'on construit, la famille qu'on bâtit, conclut ma sage amie.

Ganaëlle offre de m'aider à vider l'appartement de maman, j'accepte avec reconnaissance. Je propose à Annabelle de choisir ce qu'elle veut. De mon côté, je garde des photos, quelques objets, et le bonheur-du-jour de ma grand-mère, un secrétaire ancien dont le nom me faisait rêver enfant. Je croyais que ses tiroirs, comme les portes des calendriers de l'Avent, renfermaient un bonheur pour chaque jour. Ganaëlle et Géraud viennent d'acheter une maison à Quiberon, ils ont besoin d'un fonds de cuisine et de linge, d'une table de salle à manger. Il faudra trier et donner le reste à une association.

L'idée de revenir dans ces murs chargés de souvenirs me rend malade. J'aurais tant voulu qu'Aelig soit avec moi. Bordel, j'aurais vraiment eu besoin de lui. Je vais ouvrir la boîte de Pandore, les tiroirs et les placards de maman, pénétrer son intimité. C'est d'une violence inouïe.

À peine entrée, mon estomac se contracte, mes mâchoires se crispent. Je pénètre dans la chambre du lapereau, le cœur serré à l'idée de revoir son lit médicalisé, son fauteuil horrifiant, l'homme du *Magicien d'Oz.* La chambre est vide. La moquette bleue ressemble à un ciel de traîne avec les marques claires du lit et du treuil qui faisait peur au lapin. Annabelle a rendu tout le matériel médical loué. Le fantôme de la vieille dame dépendante et vulnérable se désagrège, la petite fille effrayée qu'on bordait avec tendresse se volatilise. Le lapin mutin agile des gambettes dit gaiement : « Le lapereau est content ! »

Je pense au moment où, dans le parc du manoir des antiques princesses déglinguées, j'ai eu la tentation de libérer maman. Annabelle m'a confié récemment qu'il y a quelques mois, en arrivant le matin, elle avait trouvé Lise bleue, froide, en train de passer l'arme à gauche. On avait ri ensemble la veille, en mimant et chantant « Lapin, lapin, entre et viens / Me serrer la main ! ». Annabelle a hésité une seconde, moins que moi avec la mini-viennoiserie. Elle a eu la tentation de laisser s'envoler paisiblement maman, lui éviter une nouvelle hospitalisation, des soins, des escarres, son Rabbit posé hors d'atteinte par une aide-soignante débordée, et ses larmes du soir. Puis elle s'est reprise, elle l'a secouée, elle a appelé le Samu. Ils ont envoyé une ambulance spécial lapin pour l'emmener à l'hôpital. Les docteurs l'ont retapée et elle est rentrée au clapier.

La chambre est vide aujourd'hui. Merci tellement, Annabelle. Ganaëlle, sa sœur Cathy et Géraud entrent derrière moi. Je me blinde l'âme en prévision des heures difficiles qui vont suivre. Ganaëlle me dit :

— Ça ne sert à rien que tu restes là. Dis-nous ce qu'il faut monter dans ton nid d'aigle, on le mettra dans le camion de Géraud et on te le déposera. On rangera les papiers dans des cartons qu'on empilera dans ta cave.

Tous les trois ont perdu des proches, ils connaissent la chanson et les arrachements qui vont avec.

— Vraiment ? dis-je, comme le randonneur assoiffé qui croit avoir encore cent kilomètres à marcher avec des Pataugas trop petites et auquel on annonce qu'il est arrivé à l'étape.

— Fais le tour des pièces, je note.

Je m'exécute, n'osant croire que je vais couper à l'épreuve. Je caresse le bois marqueté du bonheur-du-jour. Je souris aux livres nichés dans la bibliothèque. Je revois maman assise dans son canapé, majestueuse, coléreuse, magnifique, cruelle, drôle, jalouse, tendre. Ou avec Annabelle sur le balcon, arrosant ses géraniums et son jasmin. Je nous revois le soir de son anniversaire, avec les cercles à oreilles sur nos têtes et une alcoolémie de légende.

— Tu peux partir, me dit Cathy.

— Allez, file, tu nous encombres, ajoute Géraud.

Je referme pour la dernière fois la porte de l'appartement de maman. Je sors de l'immeuble. J'expire à fond pour chasser ce qui n'a pas été. J'inspire pour m'emplir des bons souvenirs.

J'ai besoin d'écrire.

De retour chez moi, j'allume mon ordinateur et je m'immerge dans les mots. Le départ de maman crée un vide immense, la paix retrouvée m'écrase. Je ne me ronge même plus les ongles. Ce réflexe a disparu en même temps que le lapin. Depuis l'enfance, je refermais les mains pour cacher mes doigts. Quand on n'a plus de parents, on a juste le choix d'être adulte.

On inaugure aujourd'hui la place Axel-Venoge dans sa ville natale. Le maire actuel, fils d'un ancien maire que le père de Cerise a connu et qu'il estimait, est un type droit dans ses bottes, un garçon solide. Lise a raté la cérémonie à quelques mois près.

Cerise n'a pas dormi de la nuit, elle s'est retournée dans son lit, répétant son discours, repassant dans sa tête la liste des invités pour vérifier qu'elle n'avait oublié personne, priant le ciel qu'il fasse beau. Pourvu que la météo soit clémente.

Cette inauguration réjouit le cœur des présents et des disparus. Les Venoge vont entrer dans la mémoire des murs.

Cerise

Le soleil brille ce matin, quelle chance, papa ! C'est un jour très spécial, on inaugure la place Axel-Venoge, tu la vois de là-haut ? Penche-toi, regarde.

Mes amis venus aujourd'hui ne savent pas combien leur présence me touche. Ceux de ta génération et celle de maman sont âgés et moins mobiles, peu se sont déplacés. Ton ami Éric me bouleverse en arrivant très en avance dans son costume élégant avec son éternel cachemire sur les épaules, sa marque de fabrique. La plaque qui porte ton nom est encore cachée par un tissu, façon linceul, pourtant c'est jour de fête, pas de funérailles. Le temps a passé, la douleur s'est abrasée.

Mes nombreux cousins débarquent, fidèles au poste, ce sont des gens de parole et de cœur. Maman était la seule à n'avoir qu'une fille. Je suis la seule sans enfants. Ils me trouvent un peu bizarre. Je les aime infiniment.

Un pupitre trône au centre de la place, des chaises pliantes sont disposées devant. La statue d'Henri IV nous tourne le dos. Tu auras une vue directe sur le postérieur du roi de la poule au pot, papa. Je réprime un fou rire. François, un enseignant si passionné qu'il convertirait un Martien à l'histoire de France, prend la parole après le maire et raconte la famille Venoge.

— C'est pourquoi aujourd'hui, en présence de sa fille, Cerise, j'ai le plaisir…, commence le maire avec un large sourire.

L'assemblée bruisse à l'énoncé de mon prénom, je suis habituée, ça fait toujours cet effet la première fois.

— Vous pouvez à présent démasquer la plaque !

Je tends la main vers la ficelle et tire d'un coup sec. La plaque apparaît : « Place Axel-Venoge, résistant, historien, écrivain », avec l'année de ta naissance et celle de ta mort. J'entends maman chuchoter dans ma mémoire : « Et moi je compte pour du beurre ? » Le temps terrestre, c'est du sable ou de l'eau qui file entre les doigts. Ton histoire se poursuit par cette place et tes livres. Des amoureux se donneront rendez-vous pour s'embrasser place Axel-Venoge. *Peri nawa.*

Je sors de ma poche la feuille pliée sur laquelle j'ai imprimé mon discours mais je m'exprime de mémoire. Je fais sourire l'assistance en décrivant comment, pilote de la France libre, tu imaginais l'histoire des alliés et des ennemis qui partageaient ton ciel. Je parle du courage de maman qui livrait des lettres à vélo en risquant la mort. Et je termine par : « Ma mère et moi vous remercions tous d'être ici. » J'entends le lapereau approuver : « Tu m'as nommée en premier, c'est bien. » J'échange un regard complice avec Annabelle. Je vois Ganaëlle, qui tient la main d'Émeline, pousser Géraud du coude en regardant vers la droite.

Deux silhouettes débouchent de la rue adjacente. L'homme avance à grandes enjambées souples, en jean, blouson, chemise blanche et chaussures de koudou. Il est venu rendre hommage à un camarade pilote. Il est accompagné d'une enfant aux yeux clairs en cachemire bleu ciel avec une girafe blanche sur le devant. Elle grandit, bientôt le chandail de Penny sera à sa taille.

— Je suis si heureuse de vous voir, dis-je tandis que l'assemblée cingle vers le cocktail. Tu as pu te libérer ?

— Non. Le type des ressources humaines a refusé. Je me suis passé de sa permission.

— Tu risques ta place !

— J'expliquerai que ma belle-mère est morte. Tu vas m'épouser, donc ce n'est pas un mensonge.

Je mets trois secondes avant de percuter ce qu'il vient de dire.

— Attends. Je rêve, ou tu viens de me demander… de la façon la plus pourrie et la moins romantique du monde !

— Tu te trompes, j'ai soigneusement choisi le lieu : la place Axel-Venoge. C'est ma façon d'enfiler des gants couleur beurre frais pour demander ta main à ton père. Et de faire la paix avec ta mère.

Je me sens libérée d'un poids immense.

— Tu ne lui en veux plus d'avoir souhaité ta mort ?

— Je lui suis encore plus reconnaissant de t'avoir donné la vie, dit-il gravement.

J'ignore si les émeraudes portent bonheur ou malheur. Celle qui a scellé l'amour de mes parents n'est pas faite pour se morfondre dans un écrin, elle mérite la lumière du jour. Mais je ne pourrai jamais la porter.

Après avoir mûrement réfléchi, je la confie à un commissaire-priseur qu'on me recommande, pour qu'elle rende heureux un nouveau couple, ailleurs.

En quittant l'étude, Aelig se plaint que sa montre retarde. Nous allons chez Barrier. Le jeune bijoutier est le petit-fils du monsieur chez qui papa a autrefois emmené maman.

— Nous avons une montre à réparer, dis-je après m'être présentée.

Moro se gondole.

— En fait elle marche très bien, c'était une excuse pour venir ici, avoue Aelig. Tu te souviens que j'ai grandi dans une ville où il y a des mines de diamants ?

Il sort de sa poche un petit écrin, l'ouvre, libère un diamant qui capte aussitôt la lumière de la pièce. Il se tourne vers le bijoutier.

— Ma fiancée s'appelle Cerise, vous auriez un rubis pour créer une bague Toi et Moi en entrelaçant les deux ?

L'homme pose devant nous un plateau sur lequel des pierres précieuses attendent sur fond de velours. Je me tourne vers Moro. Elle n'hésite pas.

Il n'est ni le plus gros, ni le plus tape-à-l'œil.

Pourtant c'est lui que l'enfant au rire clair pointe du doigt.

— Alors ce sera celui-là, dit la jeune femme brune d'une voix émue.

L'autre bague, l'émeraude, a été portée par une femme époustouflante.

Elle est prête pour une nouvelle aventure.

Maître Fabien, armé de son marteau, lance des chiffres.

Des mains se lèvent.

On la présente ensuite sur un plateau à un couple. Une femme aux yeux sinople la fixe. La pierre lui renvoie son reflet.

— Elle sera parfaite, déclare sa nouvelle propriétaire en la faisant tournoyer dans le soleil.

Cerise

Je dois montrer quatre endroits à Moro avant qu'elle reparte avec Aelig. D'abord l'immeuble du seizième arrondissement où j'ai grandi. Des rideaux rouges encadrent la fenêtre de notre ancien appartement. Un homme lit dans le salon sur un canapé bleu, il a l'air paisible.

Le lendemain, on trace vers la Bretagne. Loullig est tombé en amour pour Moro, qu'il suit comme son ombre. Je m'arrête aux mêmes stations essence que d'habitude, et j'écoute les mêmes radios. Pour Moro, tout est nouveau, elle est alerte et enregistre chaque détail. Première étape, Quiberon. Nous déjeunons à La Mer à boire sur la côte sauvage, face à l'océan et au château Turpault. Aelig savoure une queue de bœuf confite, je goûte l'œuf poché mousse de pop-corn, Moro découvre les crevettes, bulots et bigorneaux mayonnaise et refile des bouts de pain à Loullig sous la table.

Puis je les emmène à la plage de Castero et je montre à Moro la maison de ma grand-mère. Les volets sont clos, les Rennais qui l'ont achetée reviendront aux prochaines vacances. Oncle Charles a scellé dans le mur la pierre gravée par Ganaëlle. Il n'y a pas eu de fête, Lise n'a pas engagé de crêpière. Les hortensias et les roses sont magnifiques.

On met ensuite le cap sur Lorient et la gare maritime où ma Fiat 500 disparaît dans les entrailles du *Breizh Nevez*. Moro n'était encore jamais montée sur un bateau. L'île est à trois milles nautiques, c'est-à-dire cinq kilomètres. Elle découvre la rade de Lorient, la citadelle de Port-Louis, Larmor-Plage avec ses villas de la fin du XIXe siècle. Elle retient sa respiration quand on quitte le chenal pour naviguer dans les Courreaux de Groix. Loullig, oreilles au vent, aboie de joie. Elle me souffle :

— Est-ce que Gustaaf pourra venir avec moi chez toi en juillet ? Tu serais d'accord ?

Je fronce les sourcils pour la faire marcher.

— Chez moi ?

— Je voulais t'en parler avant, mais…

— Pas chez moi, Moro. Chez nous.

Elle rigole et en oublie son inquiétude. Elle ne sait pas nager mais on y pourvoira.

— Mon père aimait jouer au portrait chinois, dis-je. Tu connais ? Si j'étais un animal, moi je serais un cocker. Et toi ?

— Un goéland, intervient Aelig.

— Moi, je serais une girafe, décide Moro.

Au moment où on met le pied sur le quai de Port-Tudy, le ciel se déchire, le soleil se déchaîne et mon cœur bondit d'allégresse. Je pense au jour où je suis arrivée ici avec Ganaëlle, le matin du mariage d'Erwan et Loulou. Je ne pouvais pas deviner que j'allais poser mon sac sur ce caillou.

Moro a grandi entre un lodge de vingt bungalows et un village de vingt cases. Elle n'est jamais entrée dans une maison bretonne en pierre. Elle pousse un cri de ravissement devant la nôtre, s'y précipite, admire tout. Puis elle ouvre la bouche pour dire quelque chose de poétique :

— Y a la wi-fi ?

Notre préado est en bonne santé.

On adore une île ou on s'y sent mal à l'aise, c'est tout l'un ou tout l'autre. Ici, comme en pays himba, les gens se battent pour conserver leurs traditions. Ici, comme au Kaokoland, il y a des touristes discrets, polis, qui s'intéressent, disent bonjour, sourient ; et des touristes arrogants qui braquent leurs appareils photos sans demander, se croient chez eux, pensent qu'être en vacances leur donne le droit de se comporter en terrain conquis. Chez le père de Moro, ils sont déguisés en Indiana Jones et parfois dodus, ça fait rire les Himbas. Ici, ils sont déguisés en marins d'opérette ou en randonneurs de haute-montagne, ça fait rire tout le monde. La réserve où est situé le lodge s'étend sur 184 000 hectares ; Groix fait moins de quinze kilomètres carrés.

— L'île est une ancienne zone de subduction au moment de la formation de la chaîne hercynienne, précise Aelig.

Je traduis pour Moro :
— C'est un morceau du fond de l'océan qui a émergé à l'air libre.

On va saluer mes hôtes de La Criste Marine chez qui j'habitais quand j'ai trouvé notre maison. Ils nous emmènent chez leur amie Fred qui réunit, le 7 de chaque mois de l'année, une joyeuse bande dans son jardin l'été ou au coin du feu l'hiver. Chacun apporte à boire et à manger. Aelig retrouve ses cousins groisillons. On savoure un gâteau à la carotte dément que le lapereau aurait adoré. Johana, dont les grands-parents habitent Port-Lay, est élève d'une grande école de cuisine parisienne.

— Tu me donnes la recette ? lui souffle Moro, extatique et gourmande. On pourrait ajouter sur la carte des desserts du lodge le *Johana's Carrot Cake.*

Au fil des heures, elle fait la connaissance de plusieurs ados de l'île : Pomme et sa cousine Charlotte, Dom et son amie Mathilde. Elle aussi trouve sa juste place sur ce caillou.

On reprend le bateau le lendemain pour terminer notre pèlerinage par un endroit que je vais découvrir avec eux. Je conduis de Lorient à Carnac en leur faisant écouter *Dance Me To the End of Love*, la version de Leonard Cohen et celle de Madeleine Peyroux. On arrive au Tumulus, un hôtel-restaurant de charme et de caractère avec une vue fantastique sur la baie de Quiberon, Belle-Île, Houat et Hoedic, où nous déjeunons. Moro découvre les noix de Saint-Jacques et apprécie le sorbet banane-persil. Je lui raconte la Seconde Guerre mondiale et l'invasion allemande, quand toute la bande de littoral était interdite parce qu'ils craignaient un débarquement. Je lui explique la différence entre les soldats de la Wehrmacht enrôlés obligatoires et ceux de la Waffen-SS adeptes des théories nazies. Je lui parle de la Résistance, du réseau dont faisaient partie mes grands-parents et maman, d'oncle Charles passé jeune en Angleterre comme toi, papa, d'oncle Louis qui a rejoint le maquis et qui est mort à dix-huit ans. Je partage avec Aelig et elle mes découvertes, le livret de famille avec la seconde Lise Madec et son destin tragique.

— Elle s'est sacrifiée. Maman ne m'a jamais parlé d'elle, mais il y a un lien avec cet hôtel.

Je porte un toast aux deux courageuses Lise.

— C'est quoi un tumulus ? demande Moro.

— Un amas de terre et de pierres élevé par-dessus une tombe très ancienne.

En 1900, Zacharie Le Rouzic, archéologue et photographe, a construit sa maison au pied de ce tumulus qu'il fouillait. Ensuite c'est devenu un hôtel que sa famille tient depuis quatre générations. Je demande à son arrière-petite-fille Gwénaëlle si le nom de Lise Madec lui dit quelque chose, mais non.

Nous grimpons jusqu'au tertre sur lequel s'élève une grande croix de pierre. Je frissonne dans ma veste légère à cause du vent. Moro tourne sur elle-même pour admirer la vue. Loullig, les pattes fermement plantées dans la terre, se fend la gueule. Moro n'est pas notre fille mais ils sont ma famille et j'adore ce plan de vol.

Tu as raison, papa. Le bonheur est réservé à tout le monde.

Mon portable sonne, brisant la grâce du moment. Ce n'est sûrement plus maman, même si son numéro est encore dans mes contacts. Quand j'ai voulu le retirer, mon iPhone m'a demandé si je voulais « supprimer maman », j'ai refusé.

Je réponds. Ma délicieuse attachée de presse Valentine me propose une super émission de télé, enregistrement ce soir, quelqu'un s'est désisté et on a pensé à moi. Je n'arriverai jamais à temps à Paris en Fiat 500.

— C'est trop bête ! Tu es où, en Bretagne ?

Solène, qui gère la logistique, pianote sur son clavier.

— Si tu te dépêches, tu peux sauter dans le prochain train. Je t'envoie ton billet par mail. Une moto-taxi t'attendra à ton arrivée gare Montparnasse et tu seras au studio à l'heure.

Aelig fonce, m'éjecte devant la gare. Je cours, je monte dans le train *in extremis*.

Haletante, je trouve ma place dans un espace famille où un couple âgé est déjà installé. L'homme devant moi a un visage parcheminé et une canne, sa femme a l'air plus jeune. Le vieux monsieur dodeline de la tête. Sa femme lit un livre de poche avec un phare sur la couverture. Elle en est à la moitié.

C'est moi qui l'ai écrit. Je les regarde attentivement, et brusquement je les reconnais. On s'est rencontrés dans le tire-bouchon le pire jour de ma vie, j'avais dix-sept ans.

— Ton bouquin est bien ? demande Paul à sa femme.

— Oui, répond Pénélope en haussant le ton.

La voix de Paul est plus cassée que dans mon souvenir, mais je retrouve l'intonation avec laquelle il m'avait demandé si j'étais ta fille et si mon prénom évoquait une chanson. Je le fixe, par-dessus la tablette, et je me mets à chanter :

— « Ô Pierrot de lune, ô monts et merveilles / Voilà que ma plume tombe de sommeil. »

Pénélope me dévisage avec inquiétude. Je continue pour leur rafraîchir la mémoire :

— « L'amour est cerise et le temps passé / C'est partie remise pour aller danser. »

Paul ne réagit pas. J'insiste, plus fort :

— *L'amour est cerise* de Jean Ferrat. Vous me l'avez chanté dans le tire-bouchon quand j'étais adolescente. Parce que je m'appelle Cerise. Je suis la fille de l'historien Axel Venoge.

Paul reste de marbre. Pénélope, rassurée, sourit. Son mari a vraiment mal vieilli par rapport à elle.

Je leur crie presque :

— J'ai entendu ce que vous disiez, à l'époque, dans le couloir du wagon !

Paul comprend enfin que je lui parle. Pénélope me souffle :

— Parlez plus fort, mon père est sourd.

D'accord. Il a l'air d'être son père parce qu'il est son père. Je hausse encore la voix pour Paul et précise :

— Je suis Cerise, la fille de Lise Madec et d'Axel Venoge. Vous vous trompiez la dernière fois que nous nous sommes vus. Je suis bien la fille de mes parents. Et non seulement je ressemble à ma mère, mais j'en suis fière.

Tu me manques, maman. Je parie que tu danses au milieu des étoiles et que les archanges en restent babas. J'ai été le caillou dans ta chaussure, la mouche dans ta coupe de champagne. Tu étais aussi différente de moi qu'une jeune fille himba d'une adolescente groisillonne. Au portail de ton père, il n'y a plus personne dans le noir. Ton départ me mord le cœur. Tu m'as posé un sacré lapin. S'il y a des librairies là où on va après, ce que j'espère, parce que sinon je m'ennuierai fichtrement, tu liras ce roman. Je l'ai écrit pour toi. Tu es, pour la première fois, mon héroïne. Avant tout le monde. Avant papa. À la place d'honneur. Je parlerai de toi à la télévision tout à l'heure. Tu vas leur plaire.

Île de Groix, Chatou, Rome,
désert du Namib, 2020.

Kenavo d'an distro, au revoir, à bientôt.

Trugarez. Okuhepa. Merci.

Aucun petit lapin n'a été maltraité pendant l'écriture de ce livre.

Mon cocker Uriel est parti là où on va après, à seize ans et demi, alors que j'écrivais le dernier chapitre, ses cendres reposent sous son cher figuier dans le jardin.
Il a rejoint mon basset hound Guinness et la cohorte des chiens amis aimés : Sam, Bulle, Eden, Olaf, Ulysse, Géostationnaire, Rebecca, Arthur, Edgar, Duracell, Michka, Kilt, Karl, Torpenn, Aristote, Soussou, Viking, Touki, Ghost, Pluto, Baxter, Freddy, Willow, Mickey, Lolita et Al Capone.

Bande originale du roman

Votre fille a vingt ans, Serge Reggiani ∾ *Chanson des jumelles*, Michel Legrand, film *Les Demoiselles de Rochefort* ∾ *Jef*, Jacques Brel ∾ *So Long, Marianne*, Leonard Cohen ∾ *Strangers in the Night*, Frank Sinatra ∾ *La Chanson de Lara*, BO du film *Docteur Jivago* ∾ *I'm Calling You*, Jevetta Steele ∾ *My Everything*, Barry White ∾ *La Mamma*, Charles Aznavour ∾ *My Favorite Things*, version jazz John Coltrane, ou chanté par Sarah Vaughan ∾ *Nisi Dominus*, Vivaldi, chanté par Philippe Jaroussky ∾ *La Chevauchée des Walkyries*, Richard Wagner ∾ Adagio du *Concerto pour clarinette en la majeur* K 622, Mozart ∾ *I'll Be There for You*, The Rembrandts, générique de la série *Friends* ∾ *L'Hymne à la joie*, Ludwig van Beethoven ∾ *Concerto pour violon, n° 1, op. 15*, Benjamin Britten ∾ *I Can't Believe That You're in Love With Me*, Catherine Russell ∾ *The Fairy Queen*, Henry Purcell ∾ *Variations Goldberg*, Jean-Sébastien Bach, jouées par Glenn Gould ∾ *Il faut vivre*,

Serge Reggiani ~ *Un lapin*, Chantal Goya ~ *Say It Ain't So, Joe*, Murray Head ~ *Dance Me to the End of Love*, version de Leonard Cohen et version de Madeleine Peyroux.

Recette du carrot cake

de Johana Buffet
(élève de l'école Ferrandi)

Ingrédients

4 œufs
220 g de sucre
160 g d'huile neutre (tournesol)
220 g de farine
1 gousse de vanille que vous fendez en deux
pour utiliser les graines
1 cuillerée à café de noix de muscade râpée
le zeste d'une orange
le jus d'une demi-orange
1 sachet de levure
1 cuillerée à soupe rase de cannelle
3 ou 4 carottes (l'astuce c'est de les râper
le plus finement possible)
une poignée de noix concassées

Pour le glaçage :
400 g de Philadelphia

50 g de beurre fondu
Assez de sucre glace pour obtenir une texture crémeuse
1 sachet de sucre vanillé
Jus de citron et zeste

• Mettre les ingrédients les uns après les autres dans un grand saladier, dans l'ordre de la liste, en mélangeant au fouet entre chaque ajout d'ingrédient, verser dans un moule à cake préalablement beurré et cuire 25 minutes à 180 °C au four, traditionnel ou si possible chaleur tournante.

• Quand le gâteau est sorti de son moule et a refroidi, mettre tous les ingrédients du glaçage dans un bol puis l'appliquer dessus à l'aide d'une fourchette ou d'une spatule.

• Pour le décor : couper de très fines demi-tranches d'orange qu'on peut mettre à sécher au four, puis les déposer sur le gâteau avec des noix et des morceaux de cannelle pour décorer.

• Si vous n'aimez pas les carottes, vous pouvez faire le même gâteau avec 500 grammes de courge butternut finement râpée.
Dans ce cas, au lieu des oranges par-dessus le glaçage, mettre des graines de courge en décor.
Et du coup ça devient
le *Butternut Cake* de Johana.

POSTFACE

Un sacré lapin

Cette année, *J'ai failli te manquer*, avec Lise la mère et Cerise la fille, sort au Livre de Poche en même temps que *J'ai rendez-vous avec toi*, dialogue entre un père et sa fille narratrice. Je n'avais pas réalisé que les deux titres se répondaient avant de voir les deux couvertures côte à côte.

L'histoire de Lise et de Cerise est inventée, j'ai fabriqué un puzzle à partir d'émotions et de moments drôles ou moins drôles qui ont – ou pas – existé. Alors que le récit de Christian et de Lorraine se lit comme un roman d'aventures, un dialogue à travers le temps, même si tout est strictement vrai.

Grâce à ces deux livres, j'ai compris qu'on peut donner rendez-vous au passé, à ceux qui sont partis là où on va après, pour continuer une conversation, boucler une boucle, se réconcilier, s'étreindre par la pensée, se dire qu'on s'aime.

Ce n'est pas moi qui ai trouvé le titre de ce roman. J'hésitais entre *La Cerise sur le gâteau* (déjà pris), *Le bonheur est réservé à tout le monde*, *La joie c'est maintenant*, ou tout simplement *Cerise*. Et puis Roxane, mon éditrice, a eu cette idée formidable. Ce titre peut s'interpréter de plusieurs façons : tu as failli ne pas m'aimer assez fort… j'ai failli passer à côté de toi… on a failli ne pas se trouver. Ce qui aurait été infiniment dommage.

Mon vingt et unième roman publié vous emmène à l'île de Groix, la juste place de ma vie, mais aussi à Quiberon (j'ai des amis libraires à Port-Maria) et à Carnac, parce que – comme disent les Groisillons – « j'ai du goût à pagaille » pour la Bretagne. Mes parents ont acheté un terrain dans le Morbihan entre Belz et Erdeven dans les années 1970, grâce à leur ami Louison Bobet, le champion cycliste. Mon père est mort l'été de mes dix-sept ans, maman a fait construire la maison mais elle avait le cœur brisé et le mien était aussi lourd que si j'avais englouti trois *kouign amann*, ou trois *tchumpôt*, le dessert groisillon dont je donne la recette à la fin de *Entre ciel et Lou*. Quand j'ai débarqué à Groix, il y a vingt ans, j'ai eu l'impression d'être enfin arrivée au port.

Ces pages vous transportent aussi à Paris, et dans les paysages grandioses de Namibie. J'aime les îles et les déserts. J'ai effectivement vu une famille de lions à quelques mètres, papa lion, maman lion et quatre lionceaux qui faisaient du toboggan sur leur mère ; nous, les humains fragiles, on était assis dans une Jeep ouverte, ils pouvaient nous croquer en moins de temps qu'il n'en faut pour dire « à table ! ». J'ai assurément vu cinquante éléphants se suivre à la queue leu leu vers un point d'eau à la tombée du jour, comme sur une frise murale, sauf qu'ils ébranlaient le sol, mesuraient entre deux et quatre mètres et que les gros mâles pesaient plus de six tonnes. Et j'ai dit *please shut up* à une touriste hystérique, qui hurlait *oh my Goood oh my Gooood* ! à dix mètres de ces magnifiques mastodontes, alors que le guide nous avait avertis de ne pas faire de bruit.

Il y a de beaux lodges (dont je ne connais pas les directeurs) à Sossusvlei. Les villages traditionnels himbas se visitent avec respect et délicatesse, ce ne sont pas des lieux attrape-touristes. Les hommes et les femmes du peuple rouge choisissent, avec noblesse et dignité, de montrer aux étrangers leur culture et leur mode de vie (et ils trouvent les nôtres vraiment bizarres, mais comme ils sont polis ils ont juste les yeux qui pétillent en voyant nos vêtements, nos cheveux et notre allure). Le film et la BD de Solenn Bardet m'ont passionnée.

Je me suis accrochée à mon siège dans les petits avions volant au-dessus du désert (ceux qui en ont été témoins en rigolent encore) en mettant les musiques de mon téléphone portable à fond. *My Everything* de Barry White et *Happy* de Pharrell Williams m'ont été d'une immense aide, je vous les recommande en cas de trouillomètre à zéro, ça booste.

Pour les prénoms, je cherchais un pendant à Prune et Charlotte d'*Entre ciel et Lou*, et Cerise s'est imposé bien que je n'aime que les yaourts au soja nature. La correspondance musicale Cerise-Lise est venue naturellement, il fallait que ça claque comme une gifle d'amour. Les prénoms bretons style Aelig sont mon clin d'œil perso. Mon cher cocker Uriel est parti gambader dans les prairies du paradis des animaux aimés la veille de mon anniversaire, alors que je finissais d'écrire, mais il vous fait son œil de biche dans ces pages grâce au talent d'Anne-Marie, la magique directrice artistique des éditions Héloïse d'Ormesson. Et à Groix, Damien, l'artiste verrier, a créé pour moi des bracelets-cerises et des cerises à poser sur un bureau, si rouges et tentantes qu'on brûle de les croquer.

Pour la BO, Serge Reggiani, Charles Aznavour et Leonard Cohen sont des magiciens. Pour la recette de la fin, j'ai savouré le dessert exquis de Johana, à Port-Lay, près des fidèles goélands Boy et Lola, et c'était tellement bon. Et pour le chapitre sur l'inauguration de la place Axel-Venoge, j'ai repensé à celle de la place Christian-Fouchet dans la ville natale de mon père, je fais souvent des détours pour la traverser.

Enfin, pour écrire ce roman, je me suis inspirée de mes rapports avec Colette, ma maman. C'était une grande dame époustouflante et courageuse, elle a été une fière résistante. Elle rêvait d'avoir un petit garçon blond et mince, pas une petite fille rousse potelée. Quand papa est parti là où on va après, elle avait quarante-huit ans, moi, dix-sept ans. Elle m'a dit qu'elle aurait préféré que je meure moi plutôt que papa. La vérité sort de la bouche des mamans. Ce n'était pas du tout méchant, c'était sincère, elle était tellement triste. Je lui ai répondu respectueusement la même chose. On s'est heurtées et cabossées pendant des années. On l'a oublié quand elle est tombée malade et qu'elle s'est prise pour un petit lapin fragile et vulnérable sans perdre sa classe ni son panache. On a pu rattraper le temps perdu et s'aimer à plein. Elle est morte il y a deux ans. J'ai écrit cette histoire pour elle. Elle me manque. Elle m'a posé un sacré lapin.

Beaucoup de mes amis ont la voix ou les traits d'un de leurs parents. Je suis un mélange des deux mais je ne ressemble à aucun. Ils étaient superbes. Maman avait un exquis petit nez. Moi j'ai une patate. Du coup j'ai toujours la tête penchée sur les photos, on le voit moins, enfin je crois.

À part ça, chaque fois que j'aperçois un lapin dans une devanture, en chocolat, verre, bois, plastique, papier, ou sur un vêtement, je pense une seconde que je vais entrer l'acheter pour lui faire plaisir. Je vais continuer encore longtemps à avoir ce réflexe.

Voilà. Je pense sincèrement que « la joie c'est maintenant ». Et qu'on peut raccommoder la tendresse à gros points, comme une voile, et réparer les familles et les amours déchirées.

Kenavo d'an distro, au revoir, à bientôt.
Trugarez. Okuhepa. Merci.
L. F.

REMERCIEMENTS

Merci une fois de plus tellement à Héloïse d'Ormesson et Gilles Cohen-Solal pour leur confiance et leur amitié, à Roxane Defer pour le super titre et le chaleureux travail commun, à Valentine Barbini, Charlotte Nocitau, Solène Marivain et la magique Anne-Marie Bourgeois, c'est une chance formidable de travailler avec vous, à la talentueuse Didouch.

Merci à Audrey Petit et toute la belle équipe du Livre de Poche.

Merci à Anne Goscinny, Grégoire Delacourt, Baptiste Beaulieu, Virginie Grimaldi, Jérôme Attal, vos livres rendent le monde plus intense.

Merci à Groix à Jean-Pierre et Monique Poupée, Johana et Isabelle Buffet, Lucette et Véronique Corvec, Françoise Faraud, Pat et Mimi Sacaze, à tous mes amis de la bande du 7, aux fileurs de verre Damien et Chantal Vanoni, à Carnac à Gwenaëlle Wilhelm, à Quiberon à Félicie Cavallin, à Lorient à Nicole de Pol.

Merci, pour maman, à Behzad Behnam, Marianne Batault, Arlette Sadoun, Éric Frachon, Didier de Haut de Sigy, Anne d'Ornano, Michel Duzan, le Dr Christophe Portefaix, et immensément à Isabelle et Nadia Preuvot.

Merci, pour Uriel, à Geneviève Stéphan, aux Dr Thierry et Évelyne Godat, au Dr Élodie Masson, à Christine Lemonnier.

Merci infiniment à Renata Parisi, Vincent et Esther Rouberol, Anne et Catherine de Jenlis, Dominique Tabone, Christine Soler, Catherine Ritchie, Édith Colnel, Marie-Amélie et Mathilde Pouliot, Sylvie Overnoy, Bettina Funck-Brentano, Catherine Ferracci, Yveline Kuhlmey, Silvia Gatti, Alessandro Simone et Livia Gaggero, Achille et Sandra Callegaro, Alberto et Lori Medici, Julien Trokiner, Fabien Mirabaud, Sylvie Copeau, Didier Piquot, Nausicaa Meyer, François Boulet, Florence Sylvestre-Fouchet, Anne Palewska, Béatrice Bazin de Jessey, Emmanuel et Anne Mercier, Xavier Dupeux et Christelle Bernasconi, Vincent Moens.

Merci aux libraires, Lydie et Marie Zannini, Nathalie Couderc, Gilles Tranchant, Sandrine Dantard, Frédéric Leplat et Marie-Cécile, Alexandre Cavallin et Florence, Myriam Sacaze, Yann et Ginie Riou, à vous tous et toutes qui permettez à mes mots de prendre le large, aux représentants qui les font naviguer jusqu'aux libraires, aux blogueuses et blogueurs et groupes de lecture

qui les faites tanguer sur vos sites, à vous,
lectrices et lecteurs bretons ou qui aimez la Bretagne.

Merci, en ce qui concerne les Himbas, à :
l'association Kovahimba, www.association-kovahimba.net, *Rouge Himba* de Solenn Bardet et Simon Hureau, édition La Boîte à bulles, *Les Himbas font leur cinéma*, Solenn Bardet, France 5,
Gédéon Programmes, « Muriel Robin chez les Himbas », *Rendez-vous en terre inconnue*, Frédéric Lopez et Pierre Stine, production Bonne Pioche et Adénium.

~

Un clin d'œil spécial pour Myla Klein
et Lise Wautier de Nancy.
Tout le bonheur du monde
pour Erwan Lahrer et Loulou Robert,
ainsi que pour Christophe Louppe et Nathalie Moschetti.

~

Ce livre est dédié
au souvenir de Marta Di Febo.

Hughes Ternon, Alberte Bartoli,
vous me manquerez toujours.

Du même auteur :

Aux Éditions Héloïse d'Ormesson

Face à la mer immense, 2021.
Tout ce que tu vas vivre, 2019. Le Livre de Poche, 2020.
Poste restante à Locmaria, 2018. Le Livre de Poche, 2019.
Les Couleurs de la vie, 2017. Le Livre de Poche, 2018.
Entre ciel et Lou, 2016 (prix Ouest 2016, prix Bretagne-prix Breizh 2016, prix des lecteurs U 2017). Le Livre de Poche, 2017.
J'ai rendez-vous avec toi, 2014. Le Livre de Poche, 2021.

Aux Éditions Robert Laffont

Couleur champagne, 2012.
La Mélodie des jours, 2010. J'ai Lu, 2012.
Le Chant de la dune, 2009.
Une vie en échange, 2008.
Place Furstenberg, 2007. J'ai Lu, 2010.
Nous n'avons pas changé, 2005. J'ai Lu, 2006.
Le Bateau du matin, 2004. J'ai Lu, 2006.

L'Agence, 2003 (prix des Maisons de la Presse 2003). J'ai Lu, 2005.
24 heures de trop, 2002. J'ai Lu, 2004.

Aux Éditions Denoël

Le Talisman de la félicité, 1999.

Aux Éditions Flammarion

Le Phare de Zanzibar, 1998. J'ai Lu, 2003.
Château en Champagne, 1997 (prix Anna de Noailles de l'Académie française 1998). J'ai Lu, 1999.
De toute urgence, 1996 (prix Littré de l'Académie Littré des écrivains médecins 1997). J'ai Lu, 1999.

Aux Éditions J'ai Lu

Taxi maraude, 1992.
Jeanne, sans domicile fixe, 1990.

www.lorrainefouchet.com

PAPIER À BASE DE FIBRES CERTIFIÉES

Le Livre de Poche s'engage pour l'environnement en réduisant l'empreinte carbone de ses livres. Celle de cet exemplaire est de :
300 g éq. CO_2
Rendez-vous sur www.livredepoche-durable.fr

Composition réalisée par MAURY-IMPRIMEUR

Achevé d'imprimer en France par
CPI BRODARD & TAUPIN (72200 La Flèche)
en février 2022
N° d'impression : 3046811
Dépôt légal 1re publication : avril 2021
Édition 06 - février 2022
LIBRAIRIE GÉNÉRALE FRANÇAISE
21, rue du Montparnasse – 75298 Paris Cedex 06

89/7298/5